呼喊在风中

一个博士生的返乡笔记

王磊光 著

復旦大學出版社

目 录

呼喊,在风中(自序) / 001

近"年"情更怯 / 1
为什么我们越读书越困窘 / 14
我们将无路可退 / 20
别了,家乡的板栗 / 25
表哥的亲事 / 29
母亲的初夏 / 33
父亲的信 / 37
孤独无依的人 / 42
二父住院记 / 46
一个人的生存 / 56

一位乡村教师的命运 / 59
城市鱼:她们背着婚姻漂流 / 75
一个乡镇公务员的自白 / 81
我们成了故乡的过客 / 85
"我一辈子的苦都在这里受了" / 96
放蜂人 / 105

单身老汉的爱情故事 / 109

圣山垴的守望者 / 115

无声的乡村 / 127

乡村动物记 / 133

活着活着就走了 / 148

无力自卫的乡村 / 153

饮水史 / 156

渔事 / 159

大雾山上桐花祭 / 165

山乡杂记一 / 169

山乡杂记二 / 177

水库的黄昏 / 184

为了什么去农村 / 195

从梁漱溟的困境看今日的乡村动员 / 199

第一代农民工,故乡拿什么迎接你 / 205

老人农业有效率吗 / 210

寻找乡贤

——关于城乡关系的随想 / 214

在今天,谁来赡养乡村老人? / 218

附录一:写给家乡的诗 / 222

打要 / 222

父亲的生日 / 223

还乡 / 224

静默 / 227

墓地 / 227

熟了呀,稻谷 / 229

附录二:L县见闻　王晓明 / 232

编后记 / 249

呼喊，在风中（自序）

王磊光

大约是在25岁之后吧，我常常想起古书上记载的两个人。倘在孤夜里想起，又由他们想及现实中的许多人和事，竟扑扑地落下泪来。

我说的第一个人是个贵族，就是宋襄公。襄公与楚人在泓水作战，楚人渡到河心，襄公不肯出兵攻打，并说这样做就好比人家处在危险之中，你却要从背后推他一把；楚人上了岸，襄公依然要等到他们排列成阵势，鸣鼓后才进攻。可楚人并不是那么讲规则的，上了岸就开杀戒，襄公大败，且受了腿伤，第二年就去世了。

要说的第二个人是个平民，叫尾生。上古之时，原是可以自由恋爱的。尾生在桥下约会，心上的姑娘却迟迟没有出现。河里涨水了，尾生抱着桥柱不肯离去，终于被大水淹死。

年少的时候，也跟着大家一起对襄公、尾生极尽嘲笑，笑他们的愚蠢。但随着年岁渐长，阅世愈深，忽然在某一刻惊悟自己是多么浅薄。我们的时代最不缺的就是聪明人，缺"傻子"。像襄公、尾生这样的"愚人"，恰恰是他们心中有秩序，有敬畏，有仁、有信，如日月高悬，坚守在人类的天空上,照耀出当下是多么猥琐和混乱。

这是我的第一本书。写作的过程,也是身心还乡的过程。借用别人的话来说,谁的家乡不在沦陷?所以这种还乡是苦痛的。眼看着要成为一本书的样子,我终于不肯再多写一个字,然后便是长长的一段空落和苦闷,不知所措。就在这时候,襄公和尾生,又回到了我心上。

我的内心当然是黑暗的。我写了乡村的故事,也写了我的忧愤,但我的文字却称不上"乡土挽歌"——满眼的破碎与凋零,又如何能歌?而且我也非常清楚,每个时代有每个时代的构造,乡村的流逝大概是无可阻挡的。

写这样一本书又如何呢?

我稀里糊涂地进入家乡的内部摸索了一番,又稀里糊涂地记录着它,中途一度辍笔——因为我发现进入家乡越深,便越不知它究竟是个什么样子。这时候,一个叫雷蒙·威廉斯的人救了我。他说:"文化是整体的生活方式。"这句话被认为是威廉斯给"文化"下的一个定义。我自然是笨拙的,在别人看来极为简单的一句话,却一直感觉甚为抽象。但当我站到乡村的大地之上,吸收着泥土的灵气,忽然明白:威廉斯大约并不是要给文化下一个众口流传的定义,而是给我们提供了一种视角——从生活方式的角度去认识文化。所以你要问我写了什么,我会说我写的是乡村生活方式的变化。

梁漱溟说他那个时代乡村破败的原因在于文化失调。教化、礼俗和自力(理性),这些是文化的核心部分。历史绕了一个圈,仿佛又回到了梁漱溟的时代。"物"的败坏,尚可恢复,或者创造更新的,而"文化精神"一旦败落下去,要拯救回来,怕是难以计算时日。

古人说:"礼失而求诸野。"倘"礼"在乡野也找不见了,我们又该到何处找寻?

当年鲁迅先生呼吁那些已经觉醒的大人们,"背着因袭的重担,肩住了黑暗的闸门",放后辈们到"宽阔光明的地方去;此后幸福的度日,合理的做人"。但今天的问题却是大家普遍没有了"因袭"的担子,也就没有几个人愿意去肩住黑暗的闸门了。

不过,事情也还并未坏到令人窒息的地步。襄公、尾生这样有着圣贤之德的人,的确是找不见了,但在荒芜的大野上穿行之时,我还是能够看见一些令人欣慰和振奋的亮色,闪烁在乡村的暗夜里。

长久以来,对于自己的身份,我充满了迷惑。如果说我是农民,但我一直身处校园,早远离了稼穑。倘说我是知识分子,但按照世俗的标准,知识分子自然是要生活在城里,有着较好的物质条件,在利益层面能够为自己说得开一些话。显然,这些我都不具备。我不但没有在任何一个城市落下脚来,还始终脱不净乡下人的泥土气。况且,我也融不进知识界的种种小圈子,亦不喜欢"形而上",不擅长高谈阔论,"热闹是他们的,我什么也没有"。

陶渊明说,从前那些大好光阴啊都误落在尘网中,是个大大的错误,但往日虽不可追回,未来却是可以选择的,我要归园田居。毫无疑问,我没有陶公那般勇气和境界。我要是真想着回家去种田,为祖国多生产一些粮食,我的父母一定会羞愧而死,父老乡亲的唾沫也不会饶了我。然而,这些年来,我回家的次数也的确是越来越多了。寒暑假必回去,平时有机会也一定回去。因为父母都老了,身体也不好;年过七十还种着三四家田地的大父(大伯),已咬不动稍硬的食物了;大舅的听力越来越差,走山路也越来越困难了;而身体极健壮的姑爷(姑父),已埋于黄土底下。

最近,一个朋友对我说:他想回到武汉找点事做,也便于常回家看看。他家在大别山主峰脚下,回去一趟委实不容易。他曾是我极好的朋友,却在高中毕业后十几年里杳无音信,前些时日才联系上。他知道我家在哪里,曾在2008年骑摩托去找过,半路上摩托车链条断了,只好折回。后来又从网上读到我的文章,并搜到E-mail,却又不给我留任何信息。他说:"没有交集,就没有深究。"那些年他大约过得不好,四处漂泊,才有了这样的想法。这两年有好转,在一家企业当总监,每月有一万块钱的收入,但还是买不起房。聊起这么多年来对于回家的感受,他的原话是这样的:"开始不想回家;后来,觉得应回家;现在,想回家。"只需要排列一下句子,他的话就是一首质朴的诗。诗是痛苦的产物,他的感受又何尝不是无数乡村子弟共同的感受呢!

就在昨夜,我做了一个奇怪的梦,醒来后梦境还异常清晰,仿佛真的经历过一般。在梦里,我与童年的伙伴到河上玩耍,走到一个浅水潭边,看见两只小龟浮在水上,见人来了亦不逃走。我们都觉得奇怪,因为这条河上已二十多年没有见过乌龟了。我们把小龟捉上来,放在水盆里。一只龟却开口说话了,说她是我的外婆,她死后,舍不得离开生前住过的垮子,就没有投胎转世,而是变作了乌龟,住在垮子旁的河里。她还说,这水潭的沙底下总共藏着五十多只龟,他们都是从古至今没有去投胎的亡灵,生前就住在附近垮子里,死后仍舍不得离开这儿。外婆享年89岁,过世已经五年多了——她在80岁的时候还要上山摘菊花,卖出的小钱舍不得用,定要留给我拿到学校做生活费。如今,外婆是一只小龟,惦记着人间的情意,整日在血地的河流上游过来又游过去。

回到乡下,我常会坐在无人的山岗上眺望、倾听,我在眺望和倾听脚下的土地。慢慢地,心里头便会升起一股温暖的泉,生出一些奇怪的想法来,竟感到莫名的幸福:城市人虽然拥有这个时代,但我们乡下人却拥有一块埋人的土地。

这本书的写作,大约就是这样一种归根结蒂的过程。我的乡下人的自信也随之变得越来越理直气壮了。我也更加有意识地将自己与学院派区分开来,我对我自己说,我跟他们是不同的:今天能够在学院里扎下根来的,或者还并未扎下根来却已读到了博士的人,多半有着小康以上的家境——即便少数出身底层,也大多是在半途上就脱胎换了骨的。所以,我与他们,到底是不同的。他们绝大部分人习惯于眼睛朝上看,但我,要注目于脚下的泥土。

"我们还要发愿:要人类都受正当的幸福。"

然而,我又突然变得犹疑,乡下人胆小怕事的本性再次暴露:我看到一个如天马行空般的"我",正回头注目于现实中那个渺小而窘迫的"我"。在阿富汗贫民营,一个士兵对伟大的女作家多丽丝·莱辛说:"我们大声呼喊向你寻求帮助,但风把我们的话吹走了。"我写下这本书,也许同样是对着风呼喊吧。

提及这本笔记的缘起,还得从一个"媒体事件"说起。2015年春节前夕,因罗小茗老师的邀请,我在一个论坛上作了名为《近"年"情更怯》的演讲,稿子随后被媒体以《一个博士生的返乡笔记》为题发表,竟引起了广泛的关注和讨论,甚至被很多人认为是2015年开春最热的一篇网文。复旦大学出版社的李又顺老师随即找到我，一开始在电话和短信中我是拒绝的，但在上海与他初次见面时便相谈甚欢，因为我们有着相似的人生经历，对于文学和乡村，也有很多共通的感受和见解。就这样，我一口答应了下来。

没有罗小茗老师为我创造的机缘，没有李又顺老师持续的鼓励和敦促，也就没有这样一本乡村书。

早在2004年，导师王晓明教授去我的家乡L县调研，就写过一篇影响巨大的文章。十年后，我写了这样一本关于家乡的书。我的书，自然是受了老师的启发，在内容和主题上，也与老师的文章相呼应。在本书初稿完成之际，我有幸在加州大学Christopher Connery教授的帮助下，来美国学习一段时间。中外城乡现实对比，让我有了更多的思考和更新的理想，可惜这些都没有来得及写进书中。

这本书，

献给我的老师王晓明教授，Christopher Connery教授；

献给搞了四十年基层工作的大父，当了一辈子乡村教师的大舅；

献给我那节衣缩食，备尝艰辛的父亲和母亲。

2015年12月9日

近"年"情更怯

"有故乡的人回到故乡,没有故乡的人走向远方。"我很庆幸我有故乡,可以随时回去,尤其可以回家乡过年。因为我的根在那里,我的亲人在那里,我的生活经验和记忆在那里。

我的家乡在湖北的大别山区,L县。我导师王晓明教授在2004年写过一篇著名的文章《L县见闻》,写的就是这个地方。王老师的文章以我家乡为对象,揭示了当时农村的破产状况、人的精神颓败以及乡村文明的没落。

我家所在的那个村子,是一个东西两座大山夹住的狭长谷地。一个村子由十来个"垮子"组成,一个垮子有几十户人家,我家所在地叫王家垮。直到现在,我每到一个地方,凡是碰见两山相夹或两排高大的建筑物相夹,我的第一意识就是,这两座山或两排建筑物,一个在东,一个在西,所以我在外面经常迷路,尤其在城市里。

上海地铁7号线有两个靠得比较近的站:"长寿路"和"常熟路"站。我好几次下错站,以致现在每到这两个站就紧张,怕弄错了。为什么呢?因为在我家乡的方言里,"长寿"和"常熟"是完全一样的读法。人要靠语言来思维,这件事情让我意识到:对于有家乡的人来说,是用方言来思维的。

我有一个初中同学群,群里90%的同学只读到初中就出去打工。经过十七八年的积累,很多同学在城市里有房有车,有的还有了自己的事业。平时在群里,他们交流最多的是工作问题、车子问题等,言谈中总少不了炫耀。但有一次,有个同学忽然在群里说,他已经三年没回家过年了,另一个同学紧跟着说,他五年没回家了,接着很多人纷纷说起回家的情况。有一个说:不管怎么样,今年过年一定要回一次家!另一个说:如果能在家乡找一个两千块钱的工作,就回去算了。还有一个说:要是能找个每个月一千块的工作,我这边什么都不要,也愿意回家。

我有一个从小学到初中的同学,已经十年没有回家。有一天他在QQ里突然对我说,我的父母是很好的人,因为小学四年级的时候他去我家玩,我爸妈用腊肉下面条给他吃。这都是陈芝麻烂谷子的小事,他还记得。其实我知道,这是因为他太想家了。

回家过年,其实是没有道理可讲的一件事。套用贾平凹的话来说:家乡对我们的影响,就像乌鸡的乌,那是乌到了骨头里面。

回家的交通

十多年前我上本科的时候,从大西北到武汉,坐的是那种编码没有字母只有四个数字的绿皮火车,22小时,通常还要晚点两三个小时。西北往武汉的路线,自然不是人流最多的,但春运那个挤啊,恐怕大大超出了今天90后的想象。好在那个时候,学生一般都可以提前集体订票,买得到座位。而站着回家的,几乎全都是农民工。每次上车的时候,无论有票的还是没票的,都一窝蜂往车上挤。

我对过年回家的第一印象就是:我背着一个包,提着一个包,与同学一起,在站台上从第一节车厢狂奔到第十几节车厢,然后被后面的人推着挤上了车。上车后一分钟左右,车就开动了。我记得火车广播里号召大家发扬风格,让站着的乘客往座位上挤一挤。大家真的很友好,四个人的座位,往往挤了五六个人。火车过道里人贴着人,想蹲下来都没有办法,连厕所里也挤着好几个人。

要上厕所了,男乘客还可以想办法,可苦了女乘客。记得有一次我身边坐着一个在西安读书的大学生,他要小便,就脱下外套让我给他挡住身体,想把尿撒在矿泉水瓶里,但他很紧张,用了十几分钟才勉强撒出来。我还记得有一次身旁坐着一个从西北打工回家的河南妇女,尽管有位子,但她实在太困,太想睡觉了，就把位子让给别人坐，自己钻到座位底下睡觉去了。

应该要肯定，我们国家这十年间的铁路建设取得了巨大成就，铁路线路的增加，尤其是动车和高铁的开通，极大缓解了交通压力。火车站、火车上，起码不会像过去那么拥挤了。

过年回家那种路途的遥远，时间的漫长，竞争的激烈，火车上的拥塞以及种种不安全感，让我对"男儿有志在四方"的观念产生了极大厌倦。所以，本科毕业时，我找工作坚决要回到湖北。后来我就在老家隔壁的县城一中当语文老师。自 2004 年到 2011 年来上海读研之前，我再也没有遭受春节回家难的痛苦了。尽管从隔壁县回家的汽车在过年时依然被塞得满满的，但毕竟只有两个多小时，实在挤不下，还可以花两百多块钱请出租。我在上海读研的这几年，其实也没有遭受回家难的痛苦，因为上海到武汉的高铁和动车很多，普通车也有几趟，买票很方便。

今天各位出行，如果坐火车，不是选高铁就是动车吧？但是，不知道大家有没有想过：那种速度慢、见站停的普通列车是否还有存在的必要？

大家有没有想过：到底是谁在乘坐普通列车？

我想大家肯定一下子就能给出答案：除非没有其他更好的交通工具，学生不会坐，城市人不会坐，主要是那些底层的老百姓，比如农民、农民工坐。

去年暑假和寒假回家，我特意选择坐慢车，16 个多小时的硬座。就是要看看哪些人在坐慢车，看看慢车上还是不是过去那个样子。的确，主要还是农民、农民工在坐慢车。对农民工来说，选择坐慢车，比动车起码节约一半的钱，比高铁节约三分之二以上的钱。从深圳到武汉，高铁一等座要八百多，二等座五百多，但慢车的硬座不到两百。尤其是全家在外打工的，从深圳到武汉，可能要节约一千多元，这对于农民家庭来说可不是个小数目。

不过，慢车也没有过去那么挤了，因为农民工虽多，但很多都被动车和高铁分流了——既有主动的分流，也有被动的分流，因为价格便宜的慢车越来越少了。

大家可注意到，2015 年 12306 网站通告的春运期间的加班车，三分之二以上的是非动车高铁。这个安排除了出于运输车次时间差的考虑之外，我觉得还有很人性的一面，因为说到底，加班车就是为了农民工而加，低价位的车符合他们的需求。

而且,你会发现,普通火车与动车的氛围完全不同。

在动车上,相对比较安静,大家不是玩电子产品就是睡觉,相互间很少交流;但是,在普通火车上,熟悉的、不熟悉的,都在热烈地交流,还有打牌、吃东西的,也有用劣质手机放歌曲的,做什么的都有。大家都不担心打扰到别人,也没有人认为别人的做法对自己是一种干扰。慢车上的风格是粗犷的,是人间生活的那种氛围。

对比动车、高铁与普通火车,很容易就能发现这里的阶层差别、生活方式的差别,而且你还能感觉到:底层人的心理,比我们想象的要乐观得多,健康得多。底层的状况虽然普遍很"糟糕",但大家还是"很听话"很乐天地活着,这里面的一个重要原因,就是他们如果在外面活不下去,还有家园可以退守。

骑摩托车回家的情况,大家可能在新闻里看到过了。每年春节,总有摩托大军回家过年。我的一个表哥,每到过年时就让他的儿子坐汽车回家,而自己骑摩托车带老婆回家,路上要两天一夜。另一个表哥也是骑摩托带老婆回家,有一年在途中撞了人,不知是真撞还是被讹诈了,反正被人家扣了一天多,赔了一万多块才放人,半年的收入就这样打水漂了。

开私家车回家过年,在青年打工者中也越来越普遍。我待会进一步讲这个事情,因为它的意义大大超出了交通工具本身。

人与人之间联系的失落

打工的父母与孩子

每到年关,许多人迫不及待地赶回家,最大的期待就是见到自己的孩子。可是很多孩子,尤其是年龄在十岁以下的,跟父母并不亲近。父母回来了,见到孩子激动得要掉眼泪,但孩子却显得"无动于衷",甚至躲一边去了。春节期间,很多父母还没有来得及跟孩子建立进一步的感情,就又不得不离家。甚至,当父母对孩子仔细叮嘱的时候,孩子却催着父母赶快回城市去。

以下是我在前年寒假时记下的一个片段,让大家感受一下留守儿童的内心世界:

> 每次回家,在跑乡下的班车上总能听到最生动的对话。那一天,坐在我前排的是两个妇人,都带着孩子。
>
> 妇人 A 指着身旁的小男孩说:"我这孙子翻生(爱闹腾的意思),你煮饭他要吃粑(馒头),你做粑给他吃他要吃饭,高高兴兴地买鱼回来他要吃肉,把肉买回来,他又要吃鱼。吃饭也不点实(不认真的意思),饭含在嘴里不往下吞,要打他,他才肯吃。做作业手拿着笔不动,要抽几下才做几道题。有一回,我一拍子拍过去,我觉得也没有用力,但就是在他背上打了这么长一道口子(她做了一个比划),看着这血口子,心里又很过不去。但这孩子啊,就是不听话。生得贱,就要打!他六岁了,只要他爸妈打电话来,就躲得远远的,从来都不接。"
>
> 妇人 B:"哎呀,你看我孙子还只有四岁,也一样,他爸妈打来电话也从来都不接。"她又指着另一个女孩说,他姐姐七岁,每次爸爸打电话来,就要说上一两个小时,爸爸说他要去上班了,她还舍不得挂……

留守老人与子女

农村的日常生活充满着深刻的悲剧。

自打工潮于上世纪 90 年代兴起以来,很多农村人一直在外打工,二十多年来与父母团聚的时间,平均到每一年可能就十来天。很多农村老人倒毙在田间地头,病死在床上,儿女都不在身边。没有来得及为父母养老送终,成为许多人的终身悔恨。

每次回家,看到我身边的老人摇摇欲坠的样子,我就觉得心里难受得很。留守儿童是苦,但是还有很多希望,对于农村老人来说,很多人是硬撑着过日子。

如果一个人为了生存,连爱父母、爱子女的机会都被剥夺了,你怎么可能指望他去爱别人、爱社会、爱自然？你怎么可能指望他能用超出金钱的标准来衡量别人的价值？所以我想说：现代生活是一种让人心肠变硬的生活。

亲戚朋友之间

我觉得当前农村的亲情关系，很大程度上是靠老一辈维系着的。在老一辈那里，亲情关系处在一种相对稳定的时空里，但对年轻一代来说，大家的关系早已被现实割裂了。比如，我和我的众多表哥，小时候一起上山捉鸟，下河摸鱼，关系好得不得了，但这一二十年来，他们一直在外打工，我一直在外读书和工作，我们一年最多在过年时见一次，平均下来每年还不到一次，因为他们不是年年都回家。拜年的时候，大家也不再像过去那样，在亲戚家吃饭喝酒聊天，甚至留宿一晚，现在大家都骑着摩托车拜年，去亲戚家匆匆走一遭，放下礼物，客套几句，就要离开了。平时的生活啊、情感啊什么的，都没有来得及交流。

大家拜年，不再是为了亲戚间互相走动，馈赠礼物，交流感情，而只是为了完成传统和长辈交代的一项任务。

悲哀的是：如果老一辈都不在世了，新一辈的联系也就慢慢断了。

在农村，还有什么可以将农民动员起来？

自从 2006 年免收农业税之后，中国农村的基层组织主要起着上传下达的作用，不再与农民的基本利益发生关系，也不再能将农民组织起来，农民处于"个人自治"的状态。

春节的力量

春节千里迢迢赶回家，亲人团聚，过年拜年，大家互相走动。过年的力量，亲情的力量，是当下动员中国人最有效的力量。这也是过年最让人感觉温暖的一面。

当然，以前过年时的各种集体活动，都已消失殆尽了。比如，我的家乡从前有一个词，叫"荡十五"。什么意思呢？就是正月十五这天，不应该留在家里的，人人都要出来，到街上去闲荡，交流，聚会，看热闹，看电影看戏什么的。可是现在，过了初八，村子里的人已经走得差不多了，哪里还有什么"荡十五啊"！

祭祀

中国农村还是保持着过年、过十五给祖宗上坟"送亮"的习俗——家家户户都要去祖宗的墓地给祖先点蜡烛、烧纸钱、放鞭炮，与祖先交流。很多已经在城市安家的人，也会赶在大家三十这一天开车回老家给祖宗上坟。一些地方曾被废弃的祠堂，这些年也逐渐恢复起来了。

葬礼

很多老人没有捱过冬天。不少老人就是在春节期间去世的，但这在农村并没有被看作是不吉利，反而被大家认为是老人修来的福分，因为这时候所有的亲人和亲戚朋友都在家。传统文化里有"喜丧"一说，书本上解释为"福寿圆满"，其实不够，还应包括老人死后丧葬的"热闹"。中国的乡土文化是极为重视"热闹"这一点的。

丧葬在中国文化和中国人的生活中有着非常重要的地位，尤其对今天的社会来说，有着特别重要的意义。媒体上动不动就喜欢报道某某地方为举办葬礼大肆挥霍，让大家误以为这是普遍现象。其实恰恰相反。相比古代，今天的丧葬已是在最大程度上简化了。"贵生重死"的观念早已失衡了——大家越来越贵生，对于死，不再有敬重，不再让死者享受哀荣；对于天地，不再有敬畏。

但丧礼，在现实中依然起着不可替代的作用。去年快过年的时候，本家一个叔叔亡故——本家人和四面八方的亲戚来给他守丧，守丧的时候大家聚在一起交流，像过节一般，交流一年的生活情况、见闻和感想，称赞中央的政策，谴责干部的腐败……深夜里交谈的声音传得很远很远。守丧完毕，大家集体出力，将他抬到山上，让他入土为安。

社会学者经常用"原子化"来形容今天农村的现状，说白了，就是农村原有的那种共同体已经消失了，人与人之间不再像原来那样有着密切的关系和交往，不再像过去那样每到过年时相互串门，集体上街玩等等，平日里连争吵都极少了。然而,为死者守丧和送葬,在农村反而成了村里人团聚和交流的一个契机。这也是我在家乡看到的唯一能够让尽可能多的人团聚在一起的方式。

妻子房子车子

妻子

这一点主要是针对农村的男青年来说的。在今天的社会,农村男青年在本地找媳妇越来越难。一来,这是由中国男多女少的现状决定的。而且,农村稍微长得好看点的女孩子,基本都嫁到城里去了,愿意嫁在农村的女孩子越来越少。二来,农村青年讨媳妇,要具备的物质条件很高,现在普遍的一个情况是:彩礼六到八万,甚至十几万,房子两套:在老家一栋楼,在县城一套房。这个压力,并不比城市青年讨老婆的压力小。

过年的时候,打工的青年男女都回来了。只要哪一家有适龄女孩子,去她家的媒人可谓络绎不绝,村里人笑称:"某某家的门槛被踏破了。"说媒在乡村已成了一门生意,几乎到了"抢"的地步。如果初步说定一个,男方至少要给媒人五百块,最终结婚时,还要给上千的报酬,有的甚至要给到两三千。我听到现在有人把媒人唤作"人贩子"。这个称呼至少说明两点:说媒是一门划得来的生意;也说明当下开亲花费高昂。

传统的农村婚姻,从相亲到定亲到结婚,短则一两年,长则三四年,这个时间足以让男女双方有一个了解和熟悉的过程。现在却不同,年里"看对眼"的,过了年,马上定亲,然后女青年跟着男青年出去打工,等到半年过去,女方怀孕了,立刻奉子成婚。

农村家长希望儿子早早成婚的愿望,可能比过去的家长更为迫切。因为女孩子难找,而且彩礼涨得跟房价似的,所以男孩子一到二十岁,父母就张罗着给儿子物色对象,物色好对象之后,既怕女孩子变心,又考虑到要去城市讨生活的现实情况,就催着孩子赶快结婚。

可以想象:在现代社会这种动荡不安的生活中,这样的婚姻会出现多少问题! 事实上,农村离婚的情况,也是与日俱增的。

房子

刚才已经说了,现在农村人娶老婆要房子两套:一套在家里,一套在县城。其实县城的那套房,平时都空着,只是过年时回来住,但对年轻人来说,那就是城市生活的一种象征。过年时,有的也会把父母接到县城过年,但父母住不惯,在县城过了大年三十,初一就赶回来了。在老家的生活是"老米酒,蔸子火,除了神仙就是我",而在县城除了那套房,什么都没有。

但是,为了添置这两套房,将来能够给儿子娶媳妇,很多家庭是举全家之力在外打工。

下面给大家看我的一篇笔记,涉及房子和婚姻的问题,但还有其他的含义在其中。

笔记一则

跟大哥、细哥到二郎庙水库捕鱼。(细哥私人承包的这座小水库只有三十亩的水面,在海拔八九百米的山上,水很纯净,可直接饮用,鱼放在里面长得非常慢,一年下来甚至还要瘦。每年腊月底或者年初,细哥就要从外面进鱼秧,虽说是鱼秧,其实有三斤多一条——这种鱼是在平原地带的池塘里用饲料喂养的,进价不到三块,但是鱼在纯净水里清洗了一年之后,肉味大大改善,年终可以卖到五块多一斤。)

一个拉砖的师傅把车停在坝上。我们问他,从山下往山上拉一趟要多少钱。他骂了一句粗话,然后说:"两百块,划不来!"又说,就是这样的生意,也越来越少了。山里的楼房基本都盖完了,没有盖的也都在县城里买了房。大哥说:"在县城买房又怎样,到时住在那里做什么呢?"司机说:"只要是人,总有个生存的法子。"又来了一个人,是细哥的同学,他的摩托车上带着老婆和还在读初中的儿子。得知他在这山里盖了楼房,还在县城买了一套房,细哥问:"你要买那么多房做么事!"他叹了一口气:"我们这时代不叫人过的时代! 没办法!""做了一栋楼,买了一套房,还叫没办法! 明年还去打工吗？""不去打工，在家里做么事？"据他讲，这水库上头两个塆子的人家，基本上都在这里盖了一栋楼，在县城买了一套房。

其间来了一人，开小车，戴墨镜，手腕上戴着很粗的黄金链子。老远就用粗嗓子喊正在水上下网的细哥，问有鱼没有。细哥正划着独木船，一只手划，一只手下网，笑着答："你又不买，问这做么事！"同我们说话时，他的墨镜始终没有摘下来，神气得不得了。墨镜又对细哥喊："别扑了麻雀（翻船）哈，我是秤砣，到水里就沉了，帮不了你。"说完就独自哈哈地笑。他同我们说起晚上要陪开挖机的斗地主。说是挖山种天麻，规模很大，已经买了十五万斤树苗。从言谈中得知，他平时在县城住。细哥的同学也说，他准备将家里几面山的树都卖了——分田到户后交了几十年的税，没有沾过任何光。

一会儿又来了母女三人，带着一个三岁的小孩。她们是来买鱼的，跟墨镜是亲戚。墨镜却不认识那个年纪小的女孩。"跟以前长得不一样了呀！"墨镜说，"在哪里打工？"她说在温州。"属什么？""属鸡。（刚满20）"墨镜说："还没有说人家吧？我帮你介绍个。"女孩的母亲说："她回来这几天，已经有好几个人来介绍。""某某某正为儿子找媳妇急得哼，我把你说到他家。"（说，替人说亲的意思）女孩母亲连忙说："那怕是不行，她想嫁到县城里。"墨镜说："他家在县城有套房子。那男孩的娘脾气不好，但你们又不跟她过，你们到县里住，做点小生意。他家也有钱，你叫他们现在拿个四五十万，轻而易举就拿出来了。"墨镜走的时候，表示过两天要带那男孩上门相亲。

（2013年腊月二十五）

车子

近些年来，对于在外打工五年以上的农村青年来说，他们对一种东西的渴求，可能比对房子和妻子更为强烈，那就是车子。车子不一定要多么好，五万、八万、二十万，各种档次的都有。老百姓不认识车子的牌子，不知道车子的价位,只知道这些车叫"小车"。不管什么小车,关键是要有!

在农村,房子是一个媒介,车子更是一个媒介——是你在外面混得好、有身份的象征,房子不能移动,车子却可以四处招摇,表示衣锦还乡。很多二代、三代农民工,当下最大的期待就是买一辆车子。尤其对那些好些年没回家的人来说,他再次回家,必须要有辆车,否则他怎么证明自己呢!

春节的县城,到了水泄不通的地步,这些车子绝大部分都是从外面开回来的,与此同步的情况是:物价飞涨。春节不光是县城堵,连乡镇公路也开始堵。

再看一则笔记:

2014年腊月二十九,我们大清早从L县出发去M城,就在M县下面的小集镇给堵住了,挂着全国各地牌照的小车堵成了长龙,整整堵了四十分钟。在返回L县的时候,又听司机讲,去年初五,在L县三里畈镇桥头堵了三个多小时。这是去黄州和M县的必经之道,很多人急于到火车站赶车,只好临时给司机加钱,改走高速。

车祸也是越来越多了,出事最多的情况是摩托车遭遇小车。2015年春节,我所在的王家塝以及隔壁塆子,就有三人发生车祸。在我家乡的一条笔直的公路上,一辆车因为躲避摩托车,直接冲到了路外的河里,四脚朝天。这是一辆分期付款的新车。车估计要报废,幸好人没有大碍,只是头上有几处伤口。后来请吊车将车从河里吊了起来。另一起车祸是一个人骑摩托带着妻子和孙女,被一辆小车掀翻,等他们从摩托底下爬起来,小车已经跑了。还有一个年轻的小伙,直接被小车撞成重伤,失去了体内的一个器官。我同学在QQ群里发来一张照片,一辆从外面回来的小车,直接朝树撞去,卡在了大树杈里,还是请吊车从树上"打捞"了下来。

知识的无力感

这十多年来,外界对于农村的关注主要集中于农民工身上。众所周知,他们在城市打工的日子很苦,而家里的老人和孩子往往无人照料,其中的酸甜苦辣自不待言。但从另一个角度来看,现在农村日子过得较为殷实的,也恰恰是这些有几个成员在外务工的家庭(仅仅只有一个成员务工,通常不足以改变家庭的经济状况)。应该说,他们的辛劳和泪水还是得到了适当的回报。

倒是有两类家庭,他们处于最困难的境地,却往往被忽视。一类是孤寡老人;一类是举全家之力,把子女培养成大学生的家庭。

在第一类家庭中,这些老人的年纪一天比一天大,身体一天比一天衰弱,没有任何经济来源,日子过得异常艰难。有人会问:国家不是有低保吗?是的,他们中的确有部分人吃上了低保。但是,绝大部分这样的老人,仍在低保的福利之外。因为他们处在农村的最底层,没有人替他们说话。低保名额通常被"身强体壮"者拿走。甚至,有些村干部为了堵住所谓"刁民"的嘴,不让他们到镇上或县里反映村里的问题,就把这些人变成低保户,有的甚至全家吃上低保。"有钱人吃低保",早已成为农村公认的一桩怪事。过年的时候,大家也不再像传统社会那样,家家户户给这些孤寡老人送点东西。

好在随着这两年反腐力度的加大,有钱人吃低保的情况得到了一定程度的控制。

我这里所谓第二类家庭,主要是指有孩子在1980年代出生的家庭。这些孩子,从小学读到大学,一直都在经受教育收费的最高峰,没有哪一坎能够躲过。并且,二十多年来,农村税费多如牛毛,家里一年的收入,不够交税。大人内外应付,心力交瘁。最要命的是,作为满载家庭希望的大学生,毕业之后勉强找到一份饿不死的工作时,又面临结婚、买房等种种压力。可以说,无数的80后农村大学生,都是以牺牲整个家庭的幸福为代价来读大学的,但他们中的绝大部分,毕业后没有希望收回"成本",倒是让年迈的父母继续陷入困顿。

最近一个博士师兄请吃饭,他说他现在最害怕的就是回家,感觉很难融入到村子的生活,所以他每年过年都回去得很迟,来学校很早。为什么呢?因为当你一出现在村子里,村里人其他的不问,就问一个问题:"你现在能拿多高的工资啊?"所以,他过年回家,基本不出门。这个体验跟我是一样的。你要问我过年在家乡看什么,其实我没看什么,因为很多时间是呆在家里看书,看电视,写东西。

作为农村大学生,当你回到家乡的时候,你童年那些伙伴都衣锦还乡了,而你连自己的问题都不能解决,你还能做什么呢?

你看到你的亲戚朋友,做的有些事情明明是不对的,有些发财的梦想分明是疯狂的,但是你却没办法开口劝导他们——因为他们觉得他们自己的所做所想是能够赚钱的。只要是他们认为可以赚钱的,哪怕违纪违法,你往往也不知道如何去劝阻,恐怕劝阻了也不会有效果,因为,没有人信任你的知识!

小 结

说了上面这些,相信大家能够理解,对于我这样漂在外的农村大学生,回家过年既是一件非常急迫的事情,也是一件情怯的事情。

回家究竟看什么?其实真的没有刻意去观察,但是很多事情却不停地往你心里撞,也就有了很多感受。往往看得越多,对乡村的未来越迷茫。

(本文系作者2015年2月1日在上海"我们的城市"论坛上的演讲稿。2015年10月,作者对原稿进行了部分补充。)

为什么我们越读书越困窘

一

小时候,常听大人念叨:"读的书多胜斗丘,不劳耕种自然收。白日不怕人来借,夜晚不怕贼来偷。"这是我家乡自古流传的一首打油诗。不过,今天的孩子已很少有人听过这两句话了。当着孩子的面,做父母的会说:"多读一点书总不是坏事。"在外人面前,他们又会说:"读书有什么用?读出来还不是打工!"

一方面希望孩子多受点教育,一方面又对读书的出路不抱太大希望,这中间包含着农村人多少矛盾,多少无奈!

"万般皆下品,唯有读书高"的观念,早已被残酷的现实摧毁。出生于1980年代的人,从小学读到大学,一直都在遭遇教育收费的高峰,对一般人而言在求学过程中能够得到的资助很少,甚至几乎没有;与此同时,农村税费多如牛毛,高税费从1980年代末一直持续到2006年,压得农民喘不过气来。作为满载家庭希望的大学生,在毕业后又立即碰上"毕业即失业"的严峻状况,勉强找到一份饿不死的工作之时,又面临着高房价、高失业率、高的婚姻成本等种种压力。自顾不暇,又如何能够改变家庭的状况呢?

我曾在一篇散文中写下这样一段话:"如果问,在我成长的岁月中,有什么最值得庆幸和最后悔的事,那么我会说:我最庆幸的是我上了大学,没有辜负大人的期望;而我最后悔的也是我读到了大学,把整个家庭读穿了!父亲、母亲和妹妹因为我的读书而长期受煎熬。大学期间,父亲在一封来信中这样写道:'我知道你的钱太少,但在这个月内没有钱寄给你,下个月我一定想办法再寄给你。'"我每次重读这篇文章,读至此,便会泣下沾襟。网上有个段子流传甚广,引起了广大青年,尤其是80后农村青年的共鸣:"我们读小学的时候,读大学不要钱;我们读大学的时候,读小学不要钱;我们还没能工作的时候,工作是分配的;我们可以工作的时候,撞得头破血流才勉强找份饿不死人的事做;当我们不能挣钱的时候,房子是分配的;当我们挣钱的时候,却发现房子已经买不起;当我们没找对象的时候,姑娘是讲心的;当我们找对象的时候,姑娘是讲金的。请问:我们这一代到底招惹谁啦!"而最近,网上有一篇文章的标题,再一次引起许多人的共鸣:80后还在努力奋斗时,70后一代的娃都要上大学了。

随着经济的发展和国家对农村教育的投入稍有加大,90后在读书期间承受的经济压力或许有所减轻,但是,他们毕业之后面临的出路却更加不容乐观。而对于00后,村子里的小学和附近的初中可能早被撤并了,他们不得不到一二十里外的镇上去读书,甚至要自带课桌上学。农村的教育环境和质量并没有随着社会的发展而有所改善,相反是倒退了。

我们要认识这样一个事实:尽管不少农村父母望子成龙,举全家之力培养孩子上大学,但农村孩子很难考入重点大学;能够考上二本院校就已经万岁了。对此,我有着最真切的感受。我从师范学院毕业后,在湖北大别山区的一所省级重点高中——M县一中工作了7年(2004~2011)。M县人口130万,中考参考人数从以前的2.4万人降至现在的一万多人,一中录取了成绩排在前列的1200人,学生每天学习12个小时以上。在2013年之前,M县一中每年通过高考考上一本的,约350人。而M县其他七所普通高中的升学情况就可想而知了。M县一中是湖北大别山区优质教育资源仅次于黄冈中学的高中,几乎每年都能够保证有两三个人考上清华、北大,而周边有两个县,已经有十年没有人能够考上"两大校"了。

农村学生是普通大学的主力军。套用流行的话来说:他们早已输在了起跑线上。2010年夏天,我在北大听温儒敏教授讲中学语文教育,他告诉大家:像北大这样的顶尖级大学,每年来自城市的学生占到了88%。而《上海大学2011年度教育教学质量报告》提供的数据是:上海大学的农村学生仅占11%。这几年来，国家开始允许重点大学拿出一定比例的招生名额进行"自主招生"，并且这个比例在逐年扩大，然而，在以"知识面""灵活性""思维能力""现场表现能力"等方面为考查重点的"自主招生"，更是让那些优秀的农村学生处于劣势。作为在重点高中工作了7年的我，对这个情况十分了解：同样是省重点高中，武汉市的一所重点高中通过自主招生的人数可能会达到两百多人，而下面县城的一所重点高中能通过自主招生的，可能不足10人。农村学生从小就在一种破败、落后、质量差的教育环境中成长，绝大部分人高中毕业后注定只能去打工，好一点的，能够读一个二本、三本或者高职高专。而最差的大学，往往有着最高的收费。尤其是三本院校，每个学生一年一到两万的学费，完全是在走教育产业化之路。不仅如此，农村学生一直输到了人生最关键的大学阶段。国家的大量投入主要集中于985、211这些重点大学，普通院校能得到的投入也非常少，与重点大学的差距很大。他们也自然一直输到了大学毕业，在人才市场上，他们的竞争力可以预想；在工作机会上，他们的起点也可想而知。

有一部纪录片叫《为什么穷——出路》，拍摄的也是发生在湖北的故事——农村孩子上不了好大学，只能花最多的钱去接受最差的大学教育。那个只有一根手指的母亲，拼尽全力供女儿上一所所谓的大学，以为将来能找到一份较好的工作，这让我潸然泪下。而据一所民办大学的招生老师讲："这些学生毕业后，不吃不喝五年也赚不回大学的费用。"

农村大学生中的绝大部分人，在城市里拿到的工资并不比他们的父兄在外打工的收入高出多少，甚至还要低。他们在毕业后短时间内是没有希望收回读书成本的。而他们想要在城市里发展和立足，变得越来越艰难，反而继续使自己和家庭陷入困顿之中。"丰收成灾"的现象，在今天的农村依然时有发生，而这十多年来，竟又添了个"读书致贫"之病，想一想，叫人心痛啊！这样的教育，与人的幸福、与人对美好生活的向往又有什么关系呢？

当然，培养人才的意义，绝不应该仅仅停留在改变个人命运和家庭状况这个层面之上，而是希望他们将来能够为家乡做一点贡献。但是，恢复高考三十多年来，从农村走出那么多大学生，又有几个人愿意回到自己的故土呢？每次从城市回到家乡，我跟许多人一样，有着相同的感受：除了楼房多一点，河水变黑了,家乡一二十年来没有真正意义上的改变。我们所接受的教育只在告诉我们:农村是落后的、贫穷的,生活在这里是艰辛的、没有希望的,你们要通过上大学落脚到城市,去做体面的城里人!

写这篇文章时,我又重读了王晓明教授在2004年发表于《天涯》的一篇调研随笔——《L县见闻》。L县是我的家乡,地处大别山腹地。王老师这样表达了他的忧思:

> 在访问L县的那些学校、看着学生们的年轻的面孔时,我不止一次地问自己:这些学校到底对L家垮们有什么用呢?除了向年轻人灌输对城市的向往,激发他们背弃乡村的决心,除了将那些最聪明、最刻苦、最能奋斗的年轻人挑选出来,送入大学,开始那成为城市中产阶级的'灿烂前程'——这是一所中学大门口的标语上的话,除了以这些成功者的例子在其余的大部分年轻人心头刻下无可减轻的失败感、进而刺激他们寻觅其他的途径——从打工到贩毒——也涌向城市,这些学校还做了别的事情吗?

王老师观察到的自然是2004年前中国农村的状况,但那时候,对于出生于1970年代且已走出农村的大学生来说,哪怕仅有专科文凭,也尚有机会改变家庭和个人命运,有机会在城市里过上中产阶级的"好日子"。而在今天,对于同样抛弃了家乡的80后、90后农村大学生来说,跻身于城市中产阶级的行列,多半是黄粱美梦!

要不要读高中,然后再去读大学?在今天的农村已经成为一个艰难的抉择。不读书肯定不行;读吧,读到大学毕业,往往还是不能让自己在城市里安居乐业、让家庭获得幸福,更没有能力去给家乡做一点贡献;城市根本不属于你,家乡又回不去了。那么,我们读书又到底是为了什么?

还必须看到,中国城乡教育越来越大的差距,农村孩子上大学和不上大学都没有较好的出路,以及当下教育培养人的整体思路,已成为社会两极分化的十分有力的助推器!整个社会的上下流通之路似乎越来越被堵死了。有意思的是,我们这些在改革开放之后出生的人,在学校的政治课上,最讨厌用"阶级分析法"去分析世界,但是,强大的现实却复活了我们对于"阶级""阶层"等概念的认识。

二

第一部分文字,写于2013年3月9日。

两年来,中国的教育情况有了一些变化。一方面,国家加大了对农村学生的资助,资助从义务教育阶段扩展到了高中阶段,另一方面,中国的一流大学也在想办法扩大农村学生的招生比例。然而,这并不意味中国教育的地区和城乡差别在缩小。

自2012年国家开始提出实行"贫困地区专项计划"以来,尤其是近两年来,以清华、北大为代表的重点大学招收农村学生的数量有所增加。例如,在2014年高考中,M县一中考取清华、北大的学生达9人,实现了前所未有的大突破,其中通过国家"贫困专项"或清华大学等名校推行的"自强计划"而进入两大校的有7人之多;L县一中,通过"自强计划"有1人录入清华,终于打破了该县十年无人考入清华、北大的状况。(M县、L县毗邻,同为大别山区贫困县)

然而,有心人都看得出来,无论是实行"贫困专项",还是"自强计划",都是在教育公平出现极大问题的情况下,国家采取的治标不治本的无奈之举。它其实是以彼种"不公正"的思路来协调此种"不公平"的现状。

在当今中国,从农村到县城到地级市到省会城市,不同地带的教育水平的差距是惊人的。越是往上,占有的优质教育资源就越多,越是往下教育质量就越差。很多农村连中小学都没有,无数孩子随打工的父母去城市生活甚至无学可上。"仓廪实而知礼节",农村的现状是青壮年劳力必须外出打工,否则难以维持其正常运转,带来的直接后果就是孩子的家庭教育的缺失,爱的缺失。在这些现实面前,还何谈教育质量?

中国的中学和大学教育的格局是再生产着新的"富N代、穷N代"的重要原因。农村教育与城市教育的巨大差距其实是社会分化的一个缩影。往大处说,这早已成为影响社会公平与稳定的一个重要因素。要及时扭转此状况,促进教育公平和社会阶层的良性流动，必须要从根本上改变当前城市宰制乡村的这种社会关系，重塑为社会主义培养劳动者和接班人的"平民教育"的观念。然而，在这些都还远远不能实现的情况下，另一个治标措施——控制优质资源向重点中学集中，停止继续实施所谓的985、211工程，加大对于农村学校和普通高等院校的投入——则显得更为急迫，也是切实可行的，它甚至比"贫困专项"来得有意义得多。

葛兰西在《狱中札记》中论述教育问题时，讲了这么一个意思：民主是指每个"公民"都能够"执政"，哪怕是在抽象意义上，社会也要给他提供达到这一目的的一般条件，也就是保证每个非统治者免费获得必需的技能训练和技术——政治准备。但是，本应服务于大众的学校却把招生对象严格地限定于具有技术能力的上层社会。这种教育是在返回到划分法定阶级的阶段，而不是努力超越阶级。应该说，中国大学的招生除了地域差别和某些特别照顾城市学生的政策外，在其他很多方面，还是实现了名义上的平等。然而事实上，在城乡贫富差距日益扩大、社会急剧分化的时代里，个人出身、生长环境、家庭经济条件以及整个社会的教育导向，已经在一般意义上决定了你所能够享受的教育档次和未来出路。葛兰西的言论虽然不是针对我们今天的中国现实，但至少能引起我们的思考和警醒吧？

我们将无路可退

2013年7月15日,二舅去世,胃癌,年70。

2013年9月17日,表嫂去世,白血病,年53。

2013年11月11日,姨舅去世,从拖运稻谷去镇上加工的三轮车上摔下,颅内出血,年65。

2013年11月20日,姑爷去世,倒毙在泥土上,年68。

——《笔记》

一

听到姑爷张昌云亡故的消息之时,我立即买好车票,从上海往回赶。姑爷是我见过的最勤劳的一个人。发病的那天,他像往常一样,天刚亮就起床,拾粪,喂鱼,喂猪,送牛上山,到山上勤(寻)桐子,砍树,一棵树还没有砍倒,他自己却先倒下了,直到傍晚才被找到,昏睡两天后,流下一行清泪,溘然长逝,留下一只眼睛已经失明的姑姑单独生活。

儿子儿媳、女儿女婿、孙儿孙女,从四面八方赶了回来,见老人最后一面;众多亲人,也赶来了,送这个一生辛劳的男人最后一程。葬礼很简单,从姑爷死亡到下葬到除灵,前后不过五天。传统的"头七""三七""五七""七七",都免了,用家乡的话说,叫"一趟过境"。

劳碌一生的姑爷，留下的财产有：猪一头；大小牛一对；两个池塘的鱼，最大的十五六斤一条；柴火，够两个儿子烧三年；稻草，够两头牛吃两个冬天；存款：两万六千元。姑爷曾对做公务员的大伯说："我跟你不同，我的每一分钱都是从土里刨出来的。"

2011年，中国的人均寿命就已达76岁，而一向身体十分强健、没有任何病痛的姑爷，仅活了68岁。葬礼结束的那天夜里，同表哥们喝过一点酒，我终于忍不住嚎啕。我为姑爷而哭，也为其他三个亲戚而哭——他们都不是寿终正寝。他们的连续离世，也让我回想了近二三十年来家乡的众多亡人，结果却悲哀地发现：近十年来，在我的家乡，农民的平均寿命不是在延长，而是在减少。在我成长的80年代和90年代，我周围的老人活到七十多，一般没有问题，他们虽然一生辛苦、艰难，但起码一生平安，情感有依托。而现在，对于农民来说，60是个坎，70是大限，我身边的很多人，没有能够活到70岁。我不知道我的观察是否具有普遍性，我也没有足够的数据来证明它的真谬。但至少，在我的家乡，是这样的。

四位亲戚，都不识字，但他们始终坚守人的本色，热爱劳动，每天与泥土打交道，无一不辛劳，无一不忍受，直到最后一刻。这也似乎是中国农民普遍的宿命。他们熟悉泥土、树木、牛羊、虫鱼，他们熟悉粮食、水土和天气，他们深知活在人间就要讲究礼仪和道德，但是，他们却被认为没有文化，他们的知识被贬低为不是知识，以至于让他们也自我认为"没有文化"。中国知识分子讲自由、民主、解放、革命、变革……都讲了一个世纪，却从没有人想着要去为这无数的劳苦大众"解放知识"。

在丧宴上，少不了听大家谈起农产品的价格。我的家乡湖北L县，是全国板栗第一县，然而每到板栗大上市之时，价格通常就要回落到一到两元之间，今年是一块五一斤。这已经是延续了二十多年的情况了。有老人上不了树，又舍不得丢掉树上的栗子，就请人来打，结果卖出来的还不够付工钱，在收购点老人不禁放声大哭。板栗虽然大丰收了，然而留给父老乡亲的却是更多的哀叹、更多的失望。乡人们重复着讲了许多年的老话：还是要出去打工，在农村种田没有前途。但他们也算明白，自己算是快到头了，种一点是一点，儿孙辈却一定不能回来种田。劳动对于农民来说,早已不是一件充满乐趣的事情,仅仅是为了养活性命,为了到市场交易。他们抱怨市场,却把原因归结于中国的农民太多了,种出来的东西也太多了,所以农产品不值钱。尽管2006年之后,农民不再向政府上缴税费了——那曾压在农民身上多如牛毛的税费政策终于被彻底终结了,但是,中国农民的收入并没有实质性增长——日常消费越来越高,而在农产品市场,价格和价值依然处于极大的分离状态,用政治经济学的话语来说,就是"非等值经济"。农民的劳动产品,一直都是在悄悄地被剥夺,除了哀叹"价格低",除了放弃农业劳作去城市谋生,农民又有什么选择呢?

像我的四位亲戚一样,留守农村的无数老人,没有年轻人的帮忙,独自承担着最繁重的体力劳动,还要抚育孙子一辈;子女在外打工十多年、二十多年,平均一年团聚的时间不足十天。他们在精神上老无所依,只在最后一刻,才将孩子从遥远的城市唤回。但是,再见血亲最后一面,这个愿望于很多人来说,都永远没有机会来实现。人与人之间联系的失落,这便是雷蒙·威廉斯所谓的"现代悲剧"。想一想,中国大地上每天要上演多少这样的悲剧啊!

"天涯岂是无归意,争奈归期未可期。"到底,到底是谁剥夺了农民的情感生活?

我在姑爷丧宴上的那一场痛哭,其实也是为我自己而哭——我一个农民的儿子,好不容易读到大学本科,然后在县城的最好高中谋得一个教职,教书育人,虽然一生默默无闻,却功德无量,而且经常可以守候在亲人身边,但我却耐不住寂寞,偏偏要为了一份虚荣,一头扎进遍地枭雄、遍地黄金的上海滩,去挣一个更高的文凭,丢下岁月日衰的父母在田间无声地劳作,丢下所有于我有恩的人而让他们的恩情成为我永久的亏欠。在父亲60岁的寿宴上,有些熟悉的面孔再也见不到了,我给大家一一敬酒,只为感激他们的恩情,祝福他们平安。但是我的感激和祝福,于他们又有何用?他们依然不得不边咳嗽边在田间劳作,依然不得不忍受着情感无处安放的孤独,依然不得不迅疾地衰老。

二

在姑爷的丧宴上，坐在我身旁的是天性乐观的继生叔，他是我们村的"创业第一人"，近二十年来，承包了大面积的山地，先后种过松树、杉树、西瓜、板栗、天麻、茯苓及其他草药，做什么，什么亏，依然屡败屡战。今年，他的板栗和茯苓又亏了，一气之下，他砍光了板栗林，计划改种苍术、泡桐和茶叶。我的家乡海拔近千米，山上有大片野茶，自生自灭，没有人来开发它。继生叔想发动农户都来种茶，注册商标，成立茶叶合作社。但是村民不信任他，就算他愿意免费给大家提供茶种，也没有人跟他走。他虽然读书不多，但多年与市场、与政府打交道的经验，让他对形势看得很清楚，他对我说：不久以后就会有各种各样的投资下到农村来，这些投资定会和地方政府合作起来，从生产到销售都统了，如果农民不成立合作社，散兵游勇式的劳作方式根本没有出路。他说的其实就是"资本下乡"，却不会用这个词。

我们还谈到土地的问题，谈到农民的出路与退路。那些远离乡土的农二代、农三代，早已对土地、对农村充满了厌弃之情。就像表哥所言："在农村真是没有前途，就算我现在回来，每个月有两千的收入，我都不会用眼睛望它一下。"不难预想，接下来，农村的大片山林、田地如果上市了，将会流转到大资本的手中，农村的公共建设用地、农民自己的宅基地，能卖的将会被卖掉。那么，农民还剩下什么呢？贺雪峰先生认为，占人口绝大多数的小农是中国现代化的稳定器和蓄水池。农民进城，为城市建设、为"中国制造"提供了源源不断的劳动力。中国农村如此艰难，但还能正常运转，就在于农民有打工和务农两笔收入。当城市出现经济危机之时，当农民进城失败，或者年老力衰之时，他们又随时可以退守农村。农村不仅是农民生活上的归属，更是精神上的归属。尤为重要的是，中国这样一种劳动力再生产的模式，使得中国具有极强的应对经济危机和就业波动的能力，也使得中国能够成为唯一一个没有在城市出现大规模贫民窟的发展中国家。然而，当农民退出了农业，当农民从田地里流放了出来，连宅基地都要失去的时候，我不知道这到底意味着什么。

我最热爱的诗人海子,在他的第一首成熟的诗作《亚洲铜》中,有这样的句子:

亚洲铜/亚洲铜
祖父死在这里/父亲死在这里/我也会死在这里
你是唯一的一块埋人的地方

亚洲铜意指东方的黄土地。但对于无数的农二代、农三代、农 N 代来说,未来的问题也许不再是"回不去的家乡"了,而是"无家乡可回"。在失去我们的"亚洲铜"之后,我们唯一的选择只能是蜗居城市,与高房价、高消费决战。诗人郑小琼在对女工长达八年的跟踪调查中,她的感受是这样的:"她们依旧用肉体直搏生活,跟她们交流,我无处不感受到压抑之后在她们心里积聚的暴力情绪……我只能深深担忧着在底层积聚的暴力,或者被压抑的暴力会成为一股怎么样的力量,它会将我们这个国家如何扭曲!"可是绝大多数人感受不到这种暴戾之气,看不见地火在无声地运转。

当农民逐步丧失了农业劳动的主体身份之时,当农 N 代怀着对乡村的鄙弃,纷纷出让土地之时,我们这些在娘胎里就被额上刺字的农民后裔,也将真正失去故乡,失去唯一的一块埋人的地方。

我们将无路可退。

别了，家乡的板栗

想起来，这已是二十多年前的事情了，那时我还是个小学生，那一年我们L县的板栗突然卖到了七八块钱一斤，把全县人民吓了一跳。那一年L县的板栗真是卖疯了。一夜之间我们身边增添了很多"万元户"。家乡有人去武汉，在公交车上看到兜售锡纸包着的"人参果"，花一元钱买下一个，打开一看，竟是一颗板栗，气得大骂。

L县盛产板栗，但二十多年前并没有今天这么大的规模。也就从大发横财的那一年开始，L县把板栗种植作为支柱产业，农户家家种。但也就是从这一年开始，板栗价格再也没有出现过激动人心的时刻：板栗一直在增产，但价格持续低迷，终于到今天，不少人已经大面积砍挖经营多年的板栗林了。

还是先从家乡的四大特产说起吧。在我家乡，大人们常会念叨："蚕吐丝，蜂酿蜜，树结油，山产栗。"这句话概括了L县的四大特产。还流传着一首好听的民歌："风儿溜溜好唱歌，大畈田中薅秧棵，秧棵杪上结白米，桑树杪上织绫罗……"最后一句赞美的是家乡的桑蚕。L县的蚕丝产量在80年代达到湖北第一，各个乡镇都设有桑蚕收购站，可是后来蚕桑业全面崩溃，国营的缫丝厂垮了，蚕丝几乎无人收购——我还记得那一年母亲清早去镇上卖蚕丝，到天黑才回来，一季蚕丝卖了十多块钱。终于，全县农民把桑树挖个干净。我们家也同样把大面积的桑树挖得一棵不剩，改种板栗和麦子。——今年夏天我特意在家乡寻觅桑树的影子，找了大半天，只在王家堍一个荒弃的茅厕边找到一棵"残"桑——树杪早被人一刀砍断了。"蜂酿蜜"同样不用提了。"树结油"说的是桐子树,在整个L县,我的家乡大雾山村桐树数量居首,可是现在大家宁可外出打工,也不再管理桐子树了,任凭它们在山上自生自灭。

还是回头说板栗吧。"百度百科"这样介绍L县板栗:"L县板栗,栽培总面积达4万公顷,年产板栗2万吨以上,2006年L县板栗年产量已经高达3 000万公斤,其产量、面积均居全国之冠。"

2015年8月底,我每天早上骑摩托车去镇上卖"栗米"。在笔记中有着这样的记录:

> 8月26号开始剥栗米,七块五一斤。从打板栗到剥栗米,速度快的,一个人一天能剥出十二三斤,而速度慢的,只能剥出十来斤,且通常是要从早上六点开始上山打板栗,忙到夜里十二点。七块五这个价格持续了三天。从第四天开始,打下来的板栗越来越多,栗米基本每天降价一毛。

栗米能卖十天半个月。然后板栗大面积成熟,就只卖"红壳栗子"。——如果没有估计错误,今年的价格又是在两块钱一斤。而等到"白露"一到,板栗全打下来了,红壳栗子就只能卖到一块多钱一斤。

这里有必要解释下"栗米"和"红壳栗子"。板栗被三重"皮"包裹:首先是从树上打下刺球,再用剪刀把刺球撬开,取出里面的板栗,还有两层皮——外面的硬皮和内在的表皮。硬皮若是白色,说明板栗是鲜嫩的,剥去硬皮及表皮,就是"栗米"了;倘若硬皮是红色,就是"红壳栗子",说明板栗已完全成熟,表皮紧紧粘在了栗米之上,此时要剥去这两重皮就非常困难,而且板栗大量上市,也没有时间去剥红壳栗子,于是就直接把红壳栗子送到市场售卖。

我是9月2日离开家乡的。离开的时候,父老乡亲正起早摸黑地剥栗米,红壳栗子还没有上市。后来只能从家乡的论坛来了解到板栗价格的变化:红壳栗子最开始的收购价是三块,等到板栗全面上市后,个大、模样好的红壳栗子收购价是两块,个小的只有一块八,模样太差的就会被挑出来退还给主人。接近板栗收购尾声的时候,板栗价格只有一块二,连人工费都挣不到。

今年L县板栗价格及其变化曲线,跟过去二十年,几乎没有区别。

在家乡王家塆,我的父母整日在山上摸索,整个塆子要算我家的板栗林最为干净,板栗枝修理得最好。我曾当着父亲的面埋怨过:板栗根本不值钱,你们种那么多干嘛! 但父亲想的与我不一样,父亲想的是,等到老了,爬不上树打板栗,他和母亲还可以提着篮子在树下捡那些从栗球里窜出的红壳栗子,去镇上卖些钱。

但我的父亲和母亲,分明已经老了。想到这一点,有时候我心里会恨恨的,恨不得去把那些板栗树全砍掉,把父母接到城市与我同住。可是我在城市也并没有一个家。于是我的父亲和母亲,还在计划着,等到他们老了,就到板栗林里去捡些从树上掉下来的板栗,拿到镇上去卖,换些食盐和火柴。

所以想到家乡的板栗,有时候我心里会恨恨的。

2011年,我辞去了在M县一中担任语文教师的工作,去上海读研。离家的日子总是板栗成熟的时节。当时我就写了一篇名为《我们为什么要去上海》的文章,有一部分文字是这样写的:

> 很多人问我:"你为什么选择去上海?"是啊,我为什么要来上海?
>
> 坐车去上海的那天中午,在M城建行对面的小餐馆吃饭,我点了一个荤菜,15元,肉看起来并不新鲜,老板说这是加了淀粉。一会儿进来一对父子,父亲四十多岁的样子,儿子不到二十岁。他们两个人共点了一盘青菜,10块钱。
>
> 走出餐馆,我的眼里突然盈满泪水。我想到在M城里,有那么多高级酒店,到底是谁在消费呢?主要是两类人,一类是靠做生意发家致富的人,一类便是"人民的公务员"。这么多高级酒店不过是为少数人开设而已。更多的人,早上从山里出来,中午只能随便在小餐馆里胡乱地对付一下,不少人根本不吃午饭。像我们这些当老师的,虽然清贫,然而在这个小城里却是非常"有地位",请我们吃饭的经常是政府领导、各部门局长,或者说靠房地产发家致富的那一类人,一顿下来,加上礼品什么的,五六千。
>
> ……唯有站在底层的一边,你才能深深理解:"无穷的远方,无数的人们,都和我有关。"

来上海的头几天,家乡的板栗已经熟了。从山上打回板栗,还要经过几道手续——板栗有三层壳。为了剥壳,我们常常忙到深夜。第二天清早,父亲便挑着板栗到小镇上去卖。十多年来,物价飞涨,板栗的价格却一直停留在两块左右。2011年家乡的板栗大丰收,父亲很高兴,四周的人都很高兴。我对父亲说,今年的价格不会超过两块。父亲不信,更不喜欢我这种怀疑的语气。结果等到板栗大规模收购时,我言中了,一块八。我知道,在中国,像我家乡这样的农村,是没有人能靠种板栗靠种田发家致富的。也正因为这样,年轻人都到外面谋生去了,剩下一些老人在家里种田,守着空空荡荡的两层小楼,年复一年,别无选择。我曾经在一首诗里描绘过"打要"的情景;"打要"是鄂东方言,编制稻草绳,用来捆稻草;可是很多人读不懂,因为现在的年轻人基本不种田了。

　　有人说:"你有什么样的才能,上海就能给你提供什么样的舞台。"我相信这是确实的。这些年,我总在思考社会公平的问题。很多人天天在喊着这个问题。可是,很少有人去追问,什么样的公平才是社会公平。我知道在许多人的潜意识里,所谓社会公平就是平均分配财富。然而,这不过是自鸣得意的幻想。没有哪个社会能够平均财富。过去未曾有过,现在没有,将来更不会有。真正的公平应该是机会的均等,也就是——每个人都有创造财富、发展自我、实现幸福的机会。可是,在L县、M县,在中国无数这样的地方,自我实现的机会往往只是掌握在少数人手里。大多数人没有机会,老死一生都没有机会。于是,只有出去,到上海去,到北京去,到深圳去……把异乡当作家乡,把家乡变成异乡。

　　"有我所不乐意的在天堂里,我不愿去;有我所不乐意的在地狱里,我不愿去;有我所不乐意的在你们将来的黄金世界里,我不愿去。"于是我去了上海。

表哥的亲事

清明节,天降大雨。据说这一天 L 县的雨量,全省第一。为了给外公和外婆上坟,我骑摩托穿过雨林。星哥披着破雨衣,骑摩托,从四十里外的县城也赶回来了。星哥说:"今年我谁的坟都不上,就祭奠一下你表嫂。"

大雨一直落,把四周的山都落雾了。我跟在星哥后面,也去给表嫂烧纸钱。表嫂的坟墓在别人家地头,为了换这样一块墓地,星哥让出了一块水田。还没有树碑,树碑的事等着两个儿子将来去做。农村向来是这样,长辈的坟墓留给后人去打理。其中包含着一种期待。倘儿孙发达,祖宗的坟墓也会修饰得熠熠生光。

星哥在坟前铺上湿漉漉的树枝,在口袋里摸索了一下,掏出一大把干松针,铺在树枝上,再把纸钱铺在松针上,给松针点上火。星哥念着表嫂的名字,叮嘱她拿钱去用。一大堆纸钱很快烧没了,烧到了阴间。——星哥老种田的,到底有经验;此前给外婆上坟时,纸钱都没法烧着,炮竹一扔出去,就被雨打熄了。

星哥是我表哥,种了一辈子田的表哥,住到县城已有一年半。

去年春节拜年,我特意选择到星哥家吃饭,我就想陪他喝酒聊聊天。星哥没有别的爱好,就爱酒。那天小表侄亲自下厨,做得又好又快。小表侄读书不多,很早就跟着堂叔出去打工,经过几年磨练,现在是身强体壮,阅历丰富,谈吐不俗,且已成家立业了。用星哥的话说:"小江是一点雨一点湿。"星哥有两个儿子,大江、小江。

前年9月,大小江的母亲、星哥的媳妇,也就是我表嫂,患病去世了。

我选择去星哥家吃饭,还有一个目的,想借此机会做做两个表侄的工作。不久前,表侄来我家拜年,说起父亲,情绪有些激动。原因是两个月前,有人给星哥说了一门亲事。女方是邻近塆子的,死了丈夫,但搬去县城已多年。本来就是熟人,知根知底,这次双方一见面,都觉得投缘,有意组合成家庭。反对最强烈的是大江,他说:"我妈才死了不到半年,他就找了别个!"大江讲述这件事时,称呼"父亲"用的是"他"。

二十多岁就失去了母亲,表侄内心的痛苦,我感受得到。他们的母亲一生没有读过书,不善表达,也很少与人交流,唯一懂得的就是劳作,不停地劳作,直到死去的头一天还在劳作。安葬母亲之时,大江指责两个舅舅:你们都读了书,为什么不让我妈读点书?她要是读点书,懂一些保健知识,也就不至于53岁就不在了。大表侄年轻,不清楚母亲成长的年代到底是什么样的。两个舅舅,失妹之痛本就萦绕心头,听外甥这么一说,更是气不打一处来,要动手打外甥……

那天,酒过三巡,表侄与父亲说话的声音越来越高,终于争吵起来。大表侄眼泪汪汪,一意指责父亲不该这么早就找了别人;小表侄虽没有指责,哭得比大表侄还伤心,丧母之痛、年少就外出打工所遭受的痛苦一下子全涌上他心头。星哥也哭唱起来:"大江啊你说我不爱你们的妈,但你晓不晓得大年初一的清早,我去了哪儿?我去坟上看你们的妈,在那里哭了一早上……我心里的苦你们可晓得?……小江,我晓得那时候没让你多读点书,但你哥在读,我们农村生产的,交税都交不起,没有办法供两个人读书……"

我原本心里想好要跟表哥表侄说的话,在酒席上什么也说不出了。或许,任何话都是多余的吧。吵归吵,生活总是要向前看。我相信这个理,他们都懂。而且这么一吵,想说的都说出来了,不想说的也说出来了,心结也就慢慢解开……果然,去年正月初九,两家大人和子女,见了面,一起吃了饭。

……

从表嫂的坟上回来,吃完午饭,同星哥聊了聊近况,天似乎就要黑了,星哥不久又要冒雨赶回县城。从去年到今年,除了过年,星哥很少回家。远处的田也不种了,山林也不管了,只种了屋门外两块田的水稻。"去年天好,风调雨顺,我除了回来打两次农药,田都没管过。水嘛,就让别人帮忙照看一下。"今年他还是这样打算的。反正粮食有的是，又不值钱，收成如何，已完全不是他心上事了。

我问起他跟新表嫂的感情，他说："很可以，她的孩子也都接受我。今年过大年之前，我、大江、小江在她家团年，然后她一家人又从县城上来，在我家团年。年倒是各家过各家的。"我想起今年春节拜年时，大江对我说过的话："我爸年纪越来越大，我们又在外边，不能照顾他，他找个人，相互有个照料，也要得。"

两个表侄，已经完全接受了父亲的亲事。

星哥与新表嫂，没有领结婚证，也没有举办仪式，就这样住到了一起。"这样做，倒是她提出来的，不过我也无所谓。她就是有点古封，说我们都是本乡本土的，只要人善良，相互待人好，那就可以，不要那么多麻烦手续。再说，都五十好几的人了。"也的确，五十多岁的农村人再婚，往往都是这样不声不响。

星哥继续说："如果确实搞不好，也是走一步看一步。两家人一起吃饭时也商量好了：生重病的话，哪家的人就由哪家子女负责，小毛病自己解决，互相照应。其他也没什么。以后就看各方的表现。"

住在县城，靠什么生存呢？这一年多以来，星哥当起了搬运工。表嫂家就是他落脚的地方，也正因为有了这么一个地方，星哥的收入才有极大改观。以前靠种粮、种板栗，帮人驮树，一个月挣五百块钱都难，而现在，"在县城当搬运工，一天能搞到两百块，会搞的，一天可以搞到三百。我们毕竟是底层人物，能挣这么多钱，已经心满意足了。目前的好处是我在县城有个落脚地。但从经济的角度来看，就她来说，她划不来，就我来说，我也划不来。我搞点钱，河里打鱼河里用，吃了喝了，存不下钱。在县城住，除了米是我从家里带的，其他的都靠买，一把青菜就要好几块。就她来说，我在她家吃喝住，她也划不来"。

口里虽说着划不来，但我感觉得到，对于这个"落脚地"，星哥是满意的。

星哥告诉我：县城里像他这样的搬运班有上百个。有一批人专门负责将货物搬运到小区的楼脚下，他们负责从楼脚下搬到楼上。主要是搬装修材料和家具等。搬运班，有的是四五个人，有的是夫妻俩，星哥一个人就是一个搬运班。大多数是夫妻俩一个班。L县城不小啊，所以才有这么多搞搬运的，有几百人吧。搬运给本地人提供了一个就业途径，但非常辛苦。

"虽说好苦,但有人就是搞到了钱。早年去县城搞搬运的人,有的现在存款上百万。但确实苦,我做事不差,在家里一两百斤照挑,但我看到有些人比我还狠。比如要一个人搬一台冰箱到五楼,哪怕是冬天,也是走一步汗就往下滴。比如搞装修做壁柜的那种板子,一米多宽,两米多长,要把它们背上楼,一次背两块,楼道不好转弯,咬着牙齿往上背,手勒出泡。那天下午我背了三十多块,放工还很早,三点多就放工了。

"在县城找事做,全靠熟人介绍,比如泥工、木工介绍。现在 L 县有些人组成了装修公司,如果从一个酒店接过装修任务,他们就把搬运的事情以较低的价格转包给自己熟悉的搬运班,这个搬运班忙不过来,就要邀请其他的搬运班来帮忙。我做不过来的时候,也找别人做,别人做不过来也会找我。比如那天帮人搬两台沙发到十五楼,电梯进不去,楼梯也不好走,我找了一个帮手,两个人抬上去。工钱是 250 块,我得 130,那人得 120,我多得了个联系费。"

看得出来,星哥自从去了县城,不但生活改善,心情也好出很多。"怎么说呢,在家里呆着,搞不到钱;去县城吧,能搞到钱,但是又用得大,存不下钱。但无论如何,比家里还是强多了。生活也很好,每天都喝点酒。"

星哥现在最担心的是大江,他还没娶媳妇。现在娶媳妇不容易,女方往往要求男方在县城有一套房。大表侄读的是药物学专科,工作不好找,进了一个私立医院,收入不高,除了租房吃饭,每个月剩不了多少。前年他妈妈生病死葬,也花了他的钱。要在县城买一套房,谈何容易?

不过,让星哥不理解的是,据他的观察,县城起码有百分之三十的房子卖不出去,怎么开发商还在使劲建。他们建那么多房子,就不怕没有人要么?

我说:"有政府撑着呢,就算没人要,也不会降价甩卖。"

星哥说:"你说的道理我不懂。我只晓得一个理:房子没人要,政府撑着管什么用?"

母亲的初夏

母亲的一条腿跛了好几年了。在乡下卫生所看过好多回都看不好。苏医生还在世的时候,苏医生说:这是风湿。断断续续吃过一些西药,又贴膏药,没有什么效果。后来,苏医生得癌症死了,约四十岁突然就死了。来了江医生,江医生说是骨质增生。如果是骨质增生就没有办法,吃药也没有太大效用。但母亲依然认为她得的是风湿,疼痛难忍的时候,就让我们买一点药回来。有一回,她还从江湖医生手中买了几张膏药,贴上去像撒了辣椒粉,又如同在火上烤,差一点把皮肤灼伤。

好几年了,母亲就这样跛着腿跛到田边地头,干完活儿又一步一蹒跚回到家中。

几场大雨过后,笋就冒出来了,这是阳历4月初,也就是农历二月底或三月初的时候。首先冒出来的是碗口粗的楠竹笋。挖这种笋不辛苦,到竹园或山地边,扛着锄头去就是了。一尺来高就得挖,稍不留神,笋在一夜之间就高过人头,老了。然后过十多天,水竹笋才冒出来,是那种比大拇指要粗一些的笋。水竹笋多半长在石头间、水涧边、刺丛里。没办法用锄头挖,只得用手一根根地折,这在我们家乡叫"撇笋"。撇笋不是一件没有危险的事,很多老人就是在撇笋的时候,摔了胳膊断了腿,或者遇上蟒,吓死了。今年家乡传言,邻县有妇人在山里撇笋,被野猪吃了——野猪向来不吃人,现在连人也敢吃,这件事叫大家很是吃惊。无论是楠竹笋还是水竹笋,搬回家后,首先要剥去它的几重外壳,削掉竹笋老硬的部分,然后放进沸水里焯,以去掉麻涩味。焯笋的时候,楠竹笋需要掰成几大块,水竹笋就整个儿放进锅里焯。忙完这些,总是半夜了。这时候就不必等。瞌睡快要把母亲压倒了,母亲在灶里加满劈柴,便去睡觉,第二天清早再将竹笋捞起来,撕成一块块、一条条。焯过的笋可以直接炒着吃,也可以晒干。干笋拿到镇上卖,好几十块钱一斤,城里人爱极了。母亲以前就卖过。但是现在大家都不卖了,我们家也不卖。干笋,不是留着给子女,送亲戚,就是酬客。

镇上有夫妻俩试图发展快递业务,我问他们是否考虑过要将本地的特产销售出去,比如说干笋……女主人立刻打断我的话:"快别说,笋子这样的东西看起来好值钱,也好销,但真正做起来根本划不来。你晓不晓得,十来斤湿笋晒干了怕是只有好几两,七八十块一斤又怎么样!谁愿意卖?L县不是曾经办过竹笋加工厂吗?外地老板投资的,结果呢?没有笋源,第一年就倒闭了……"

我突然想到,竹笋冒出来的日子,母亲总是从早上忙到深夜,但是一路忙下来,等到新竹剥落笋皮,高过枞树,高过两三层楼房的时候,无论怎么忙,柜子里从来只存着两小袋竹笋:一袋楠竹笋,一袋水竹笋。

初夏,山里的农忙还没有真正到来,母亲便跛到山上去找一些小钱。

四月中旬开始摘茶。首先替别人摘,论斤给钱,有的给五块,有的给六块,人手实在不够,有人就给到了七块。考虑到摘茶的多是老年妇女,行走不便,开发了一片茶山的继生叔,今年特意跑去买了一辆车,专门到各个小组接人来摘茶。母亲也去帮忙摘。这些都是辛苦活,不赚钱。有些人就跑到更远的山上摘野茶。大雾山半山腰往上,悬崖峭壁间有一丛丛野茶林,没有路,得想办法钻进去。大雾山野茶好喝,刚出锅,就有贩子收购,二话不说,150块一斤,收完了端着就跑,以两倍的价格卖到城里去。可是从我们垸子到山腰,弯弯曲曲有十几里山路,母亲腿不好,从前去过两年,现在走不动了。母亲常遗憾地说她赚不了这个钱,又怪父亲不会骑摩托。

帮别人摘过茶叶,才摘自家的。我家茶叶不多,只够家里人喝,也就没有送到镇上的茶厂去炒,都是母亲亲自把它放在铁锅里炒。母亲炒的茶,叶子粗大,样子不好看。我这个不懂茶道的人,这些年在外头也喝过各式各样的茶,但喝来喝去还是觉得母亲炒的茶好喝:味足,够劲。有一天晚上,正在炒茶的母亲对我说：你不晓得你外婆那时候是怎么炒茶的——先是煮一锅锅巴饭，再把饭盛起来，盛得干干净净，不留一粒米，立刻把茶叶倒进去，趁锅热着炒。这样炒出来的茶叶特别香。我无法确定外婆的茶同今天机器做的茶，谁优谁劣，但这其中包含的古典的生活艺术，多么令人神往啊。

五月摘二花。二花就是"金银花"。母亲总说：也真是巧事，一棵树上开两样的花。二花不压秤，且晒干才能卖，价钱也低，二十块钱一斤。有时候一整天摘一大竹篮，晒干，只有六七两。尽管不值钱，但是母亲，以及垸里的婶娘，总是要跑到山上去摘。二花开在绿树丛中开得那般好看，满山的黄金白银，要是让它们白白凋谢，怪可惜的。今年水库提前涨水，沿着河流往上涨了好几里路。河这边不朝阳，花开得少。但又过不去河，河那边山上大片大片的二花，独自盛开，独自凋零。

某一天早上，母亲腹胀，到中午还没有好些，就把今年新摘的二花同去年剩下的合在一起，拿到李家楼去卖，卖了二十块钱，又去药店买药。一盒胃药接近三十块。但母亲并不觉得伤心，甚至庆幸她买药没有花费从田地里挣来的钱。母亲觉得花是山上自生自灭的，这些小钱都是大山的馈赠。

垸里的H姨常来找我母亲去挖"白鸡"和"黄金"。多么动听的名字啊，其实都是药草。附近已挖不到药草了，要往更远的山上去找，才勉强找到一些。尤其是"白鸡"，多生长于险处，不易觅，价格也更高些。母亲走不得远路，今年就没有挖到"白鸡"。好多这样的小钱挣不了，母亲为此感到懊恼不已。H姨比我母亲身体好，天天往山上跑，越跑越远，也还是挖不到"白鸡"，一天挖下来挖到了十六斤"黄金"，然后再送到李家楼去卖。"黄金"湿卖，三块钱一斤。H姨的日子也过得好苦。某一年，H姨在山上挖药草，忙碌了个把月，结果一下子滚到沟里摔断了手臂，一个月挣来的钱都不够药费。

还挖半边莲，晒干后五块钱一斤。父亲说：半边莲开紫花，花瓣朝一边长，所以才有了这样一个名字。这种植物，从前放牛的时候我一定见过，但现在完全想不起它究竟长什么样子。只得借助网络去熟悉家乡的事物，这便是像我这代农村年轻人的悲哀。

还跑到山上扯马齿苋。也是晒干卖，三块五毛钱一斤。从前不收购马齿苋的时候,马齿苋长在路边,随处可见,城里人到乡下玩,顺便采些嫩绿的回去炒着吃。我家乡原本少有人吃这个,看到城里人吃,大家才学着品尝,依然不太喜欢。后来收购马齿苋了,收很老的那种,肯定不是用来做菜。至于做什么,大家都说不清。几年下来,马齿苋快要绝种了。那天母亲偶然在林间的荒地中发现一片马齿苋,喜得不得了,一会儿就扯了两大捆。还剩一大片。两捆马齿苋挑回家,放到楼顶上晒干,依然有十来斤。过两天,再去寻那剩下的,已经没有了。

还得去采荆芥。已经好多年了,总听母亲说上山采荆芥。一块三一斤。能变钱的植物中,荆芥大概是为母亲带来了最多的收入。但终于有一天,荆芥在附近也找不到了。塆里有人找遍了几座山,清早出去,天黑才回,采回的荆芥卖了十五块钱。荆芥收购的时间长,前后大约要持续三个月。李家楼收购点的老板对我说:"这两年一个季度才能收满三千斤,而在前几年,一天就能收三千斤。"她还说,根据她的经验,不管是采荆芥、扯马齿苋,还是挖其他什么东西,一般来说,一天只能挣三十块钱。

有一天中午,母亲又挖回来一篮我不认识的药草。还顺手从篮子里取出一把植物,叫我到屋角栽上。轻轻碰触叶子,就闻到一股浓郁的芳香。不用说,城里的孩子也猜得出这是什么植物,只要吃过薄荷糖的人都猜得出来。然而,要不是浓香的提醒,我几乎已经记不起野薄荷的样子了。我早就跟母亲说过,想在屋旁的空地上种一块野薄荷,可是不知道山上哪里找得到。

把野薄荷栽到杜仲树下,茂盛的杜仲树给了它们一大片阴凉。从山上迁徙到人间,野薄荷虚弱不堪,匍匐在地。我天天去浇水,好些天过去了,它们才慢慢从泥土上爬起来。

父亲的信

昨夜取出封存了多年的包,里面装着大学时代的手稿。想从中整理出几篇像样的文章,以纪念流逝的青春岁月。但我没有找到这样的作品,我找到了羞愧。真不敢相信这么多矫情、自恋、浅薄的愤怒,奢华的向往,竟是出自我的手笔。我也明白,一个人看不起往昔的自己,这本身就是一种浅薄。但是,我依然无法说服自己抛开这种羞耻感。一份一份的稿纸飞向垃圾袋,我的青春时光在眼前一段一段地坍塌。

手稿的底层,是一叠信。重看了第一封信的开头,便将它撕去。这是我最好的异性朋友的信。文字是真诚的,情感是真切的,但我依然感觉信里充斥着太多小资的矫情——尽管我们都是从贫困乡村走出来的孩子,但这并不妨碍,当年还青春的我们,站在时代的欲望面前,内心泛动着肥皂泡般的情绪……撕去第一封,我突然有些后悔,心疼。但接着,我撕掉第二封,第三封……我想当年我给朋友们的回信一定有着更五彩的肥皂泡世界。我的朋友大多已结婚生子,他们大概早已将这些信件丢进了垃圾堆。而这,正是我此时所期盼的。

突然翻出父亲的信。每次父亲给我寄钱,就会写上一封信说明情况。——那时虽然已经进入新世纪,但我们塆里没有一部电话,整个村只有大队部商店才有。寄来的钱,有时是两百,有时是四百,有时是八百。如果是数千的汇款,那只能是我的学费和住宿费。父亲的信总是充满自责,说钱太少,他和母亲"在想办法",或者是"再想办法"。

油菜熟了,父亲和母亲就会将大部分菜籽卖掉,把钱给我寄过来。

板栗熟了,父亲和母亲就会将所有栗子卖掉,把钱给我寄过来。

小猪大了,父亲和母亲就会将大猪卖掉,把钱给我寄过来。

小牛一岁半了,父亲和母亲就会将一岁半的小牛卖掉,把钱给我寄过来。

那些年月,我们穷人,是无处告贷的。亲戚能借的都借了。实在没有办法,父亲卖掉了耕牛。就差卖口粮了。我们那地方,八山一水一分田,田都在山里头,完全靠天吃饭。天也常常靠不住,一年忙到头,总是缺吃少穿。

父亲的信有不少错别字、病句,但重读它们,酸烫酸烫的泪水还是哗哗啦啦地滚下来。我无力继续读下去,无力将它们撕毁。我心头充满着无限爱,无限恨,无限愧疚。

想起2005年,我读到王晓明先生的《L县见闻》,一篇写于2004年的调查随笔。王晓明先生写道:

山村人晚饭吃得迟,趁着天还没黑,我拎一把竹椅坐在堂屋口,问起主人的日常生计。他年近六十,身材不高,瘦,笑起来满脸皱纹,却一头黑发,不显老。和村里其他人不同,他能说一口流利的普通话,此刻就扳着手指头,慢条斯理地告诉我:平时家中,就他和妻子两个人,儿子在上海工作,两个女儿也都出嫁了,住在不远的外村;他种两亩多地,一年两季,每季可收稻子近千斤,以目前的粮价,扣除种子、肥料、雇短工的费用,每亩可得四百来块钱,一年合计一千五百元左右;这笔钱包括一年的口粮,油盐酱醋,还要用来交纳税、费——去年是一千多,今年减了,将近九百元。

"那你怎么够啊?"我的数学虽差,也立刻估摸出,他种地的收入不敷日用。"养猪——",他妻子,个子矮小,终日在家中忙个不停的,解释说:每年养两头猪,一头春节时自用,另一头长到两百斤,卖了近千元;还有鸡,将近三十只鸡,平均每天可得六七个鸡蛋,每个卖三毛五分钱。"这样可以维持吗?""不行",男主人摇头:"现在农村办什么事情都要送礼,小孩满月、老人过生、上学、结婚、造房子……一送起码几十块。"到他这年纪,似乎不用再为子女的教育费钱了,可是,外孙和外孙女们都在读书,现在学费这么贵,作外公外婆的,能不支援一点?毕竟是渐入老年了,总要生病的,医药费可是无底洞……说到这儿,结论很清楚了:如果没有儿子从上海接济,这人家的生计是艰难的。

L县正是我的家乡。大概是时间的原因,王晓明先生只是作了一个粗略的调查,而且都是L县比较好的地方,但《L县见闻》包含着他对于广大中国农村的忧思,包含着一个真正的知识分子的良知。数年来我一直读它,每一次都会泪流满面。我身边的那些记者与媒体习惯了唱颂歌,当年L县农村的破产状况,我唯一从王晓明先生笔下读到;关于家乡,这是我读到的最真实的一篇文章。

再次读父亲的信,在深夜的蛙声中,它和王晓明先生的文章互相印证,我终于忍不住嚎啕起来,颤抖着,撕扯自己的头发,心如刀割。我不忍读下去,但更不忍不读下去。我想到当年,无知的我,因为钱的问题,常常跟父亲发脾气,赌气,很长时间不给家里写信,叫他担心、忧愁,和母亲相对而泣。

深夜如同一片巨大的哀伤笼罩着我。如果问,在我成长的岁月中,有什么最庆幸和最后悔的事,那么我会说:我最庆幸的是我上了大学,没有辜负大人的期望;而我最后悔的也是我读到了大学,把整个家庭读穿了,父亲、母亲和妹妹因为我的读书而长期受煎熬。在一封信中,父亲这样写道:

我知道你的钱太少,但在这个月内没有钱寄给你,下个月我一定想办法再寄给你。

我曾在笔记本中写下感悟:人类历史上最恶心的事不是暴力,不是侵略,而是劳苦大众"劳而不获"。因为暴力和侵略是显性的,其原因通常也是显性的;但对于劳苦大众来说,他们往往并不清楚自己为何劳而不获,却把一切归咎于自己劳苦得还不够,不够,或者,归咎于天。

深夜,如同巨大的哀伤,笼罩着我。蛙声从农民的田野里升起来,从人民的大地的角角落落升起来。我想起几年前一次回家,父亲兴奋地对我说,以后种田不交税了,国家还要倒给我们钱。我立刻走到门外,热泪涨满眼眶。在户外的空地上，我走了一圈，又一圈，再一圈。走进门去，看见母亲在灶旁默默切菜，父亲一把一把地往灶里塞着柴草，他们都老了，都有了白发。——虽然我多次在文章中读到别人描写长辈的白发，但当我第一次发现自己的父母也有白发时，依然震惊得说不出一句话，然后便是默默地流了一场眼泪。所以每一次回家，我总要上超市买最好最贵的洗发水，尽管我知道这对于他们的白发是无济于事。还记得有一回，在超市，站在"海飞丝"面前，但导购员偏偏把我拉向一个从没有听说过的牌子，我不禁对她发起火来："我要名牌！"

父亲现在最喜欢说的一句话就是："党的政策确实好啊！"每次我回家，父亲就要这样说；每晚看《新闻联播》，父亲就要这样说；扛着锄头站在田头，碰见乡人，父亲还是这样说。

但我的父亲母亲，时代和岁月没有放过他们，他们都老了。

我想到我们这些生于80年代初、从一无所有的农村走出来的一代人：近三十年来，我们的父母起早贪黑，承受着建国以来最沉重的赋税……从我们读小学二年级起，学杂费开始疯涨，一直涨到我们读大学，赶上国家扩招，学费攀上新的高峰……我们大学毕业后，很多人不能找到工作，而找到工作的大多数只能勉强维持生存；我们要结婚，要买房，大城市的房不敢想，小城市也要三四十万……而国家对知识分子的福利，我们都没能赶上……

正如一个网络段子所写："1980年，一对夫妻只生育一个孩子，80后成独苗；1997年，大学开始收费，年龄最大的80后17岁，步入大学；2004年房大涨，80后24岁步入结婚买房；2015年，中国实行全面二胎，80后25至35岁，成为生育主力军；2030年，人口老龄化，80后45岁左右，将迎来上四老、下两孩。我想说：咱能不能换一代人坑，别逮着一代坑到底！"这个段子不仅总结了80后悲惨的成长史，也展望了他们并不乐观的前景。

我的朋友刘丽朵在一篇小说中写下这样的话："2010年……是一个令人难以置信的年份，而这一年刚刚开始……这一年刚开始就发生了很多地震，空气中充满末世论的味道。但我早就知道它是世界末日，因为80后开始集体奔三……"是的，80后的第一批已经集体奔三了，而立了。但当立未立的我，毁掉了那些青春手稿和朋友来信，要跟往日作一个彻底告别。无须再去寻找失去的时间了,因为过去我太爱自己,过去的一切哀乐与愤怒,都只是为了我自己。我唯独存下父亲的信。从今以后,我要真正学会爱亲人,学会爱身边的每一个人。学会爱你,亲爱的陌生人。

为着我的父亲母亲,我要真正热爱这个时代。

孤独无依的人

从通塆公路到山上的菜地,中间隔一条窄水沟,水沟上横着两根木头做成的小桥。年近七十的二父,穿一双拖鞋到地里找菜,从小桥上滑进水沟里,摔断了右胯骨。我父亲从地里回来,看见二父蜷缩在水沟里,想把他抱起来,抱不动,而且一抱他就疼痛难忍,豆粒大的汗从脸上往下滚。最后是塆子里几个人一起将他从沟里抬了起来。细哥打电话叫来120。通塆公路是新修的,有一段极为陡峭,泥土又松软,救护车不敢下来,塆子里几个人,合力将二父抬到了公路上。

大父和我父亲都很生气。前些日子,民政办的王主任来找二父,要他住"光荣院"。他住了三天,就回家来了。要是一直住在那里,就没有这回事。王主任问过他为什么要回去,他说:"光荣院的生活吃不过来。"——二父平日吃素,同猫和鸡一起吃住,光荣院餐餐有肉吃,二父吃不惯,住了三天就回来了。

在我们塆里,除了哑巴,二父便是说话最少的人了。他总是沉着脸,只有看见我们这些嫡亲晚辈的时候,脸上才露出笑容。谁会想到呢?这个看起来又呆又沉闷的人,年轻时还当过兵呢,据说是当时最好的兵种——雷达兵,在东北齐齐哈尔,但我祖母执意说,是导弹兵。也许真的是导弹兵吧。在那个年代,出去当兵的人多半转业回县城,然而当了七年兵的二父却回了家乡。回到家乡的二父已是个残废,两只耳朵全聋了,后来被确定为二级伤残。部队曾给他来过信,然而他却把信紧紧藏起来,秘不示人,只说这是机密。听说二父也曾有过不错的对象,但没有成事。

1970年,我们塆子前面修水库,数百亩良田从此淹没在水下。上头要求整个塆子的人全搬走。我们家在平原上已经把房子建好了,据说有六七间大屋,但没有立即搬走。塆子里很多人舍不得搬,我们家自然也舍不得。祖先都葬在屋子后头的坟山上呢,怎么能说搬就搬呢?

祖母让没有成家的二父先行搬到平原上住。二父住到那里,却受到了当地人的欺负和排斥。起因是这样的:二父所在的队私分粮食,也给二父分了一份,二父竟然不要!在田地里劳作的时候,二父宁可饿得两眼发直冷汗直冒,也不参与私分集体的粮食。这可把大家气坏了!这个怪人让大家立刻没有了安全感。分粮食的活动一直在偷偷进行,但从此,所有人都紧紧瞒着他。在劳动的过程中,大家也都排斥他……总之到最后,二父在那里是住不下去了,我们家原本就不想搬走,就这样,二父又搬了回来,平原上的那几间大屋便卖给了别人。——许多年后,每每经过这个现已盖了好些漂亮小楼的塆子,大哥和细哥总要说:"我们家当年差点就搬到了这里,要是搬到了这里就好了。"我后来常想:二父大概是个党员吧?他的行为无疑是一个真正的共产党员的行为。但是,我也从没有见过村里来找他开党员会,也没有人来找他收党费。

80年代初,村里安装电线,准备通电。运电线的拖拉机一个大颠簸,把二父从车上摔下来,紧跟着滚下来的一大匝电线从他身上轧过。本已失聪的二父,腰部又因此受了重伤。受伤之前的二父,身体自然极好。大哥还记得小时候他与二哥吵架,二哥用小石头砸伤了他的脑袋,鲜血直流,刚退伍的二父抱起大哥,沿着山岗往上奔跑,没有停歇一下,一口气就跑到了大队部的卫生室。

我懂事的时候,总看到剃光脑袋的二父在读一些古怪的书,后来才知道那就是佛经。原来,祖母请人为二父算过命,命里说二父本应做大官,可惜生错时辰,不但做不了官,一生还有很多劫难。据说笃信佛道的祖母竟劝二父到庙上住,二父也就真的出家做了和尚。数年后,二父又还了俗,但身体已经很不好——吃素的日子让他那本有旧伤的身体彻底垮掉了。

二父后来养了一群羊,整日与羊为伴,常常半夜才回来,有时候还同羊一起在山上过夜。有一回夜里,大哥他们上山找二父,找到他的时候,他已经睡着了,睡在山坡的一棵树下,羊群睡在他周围。梭罗在《瓦尔登湖》中写道:"从前住着个牧羊人/他的思想高过了山/山上有他的一群羊/时时将他来喂养。"每每读到这幽深的诗句时,我就想到我的二父,想到二父的羊。二父家的羊常常钻进人家地里吃东西,不少小羊被别人用石头活活砸死。每死一只小羊,二父就要伤心落一回眼泪。后来在某一天晚上,大羊被人偷走了好多只。二父在火塘边闷坐了几天。几天之后,他从屋里走出来,卖掉剩下的羊,买回了一头牛,从此与牛为伴。

二父也种田,但他的稻田从不施药。大父给自家的田打农药的时候,顺便把二父的田打了,二父反而生气了。全世界的害虫就喜欢吃二父种的粮食。

后来,二父连粮食也不种了。有人说他懒,也有人说,他身体垮了,劳动不了。他有一点军人优抚,又吃上了五保,这些成了他基本的生活来源。他吃得很差,几乎每餐都是米饭加一点咸菜,有时候会炒上一些黄豆。他喂养了整个塆子的野猫。每餐饭,他必然要把粮食分一半给猫。甚至,在他吃饭的时候,猫会跳上桌,吃碗里的菜。

我赶到医院的时候,二父正躺在床上做牵引,一条钢丝刺穿了他的骨头。牵引机的另一头,悬着一块灰砂砖和两瓶水。上午打过四瓶点滴,下午没有打。二父住的是"抢救室"——因为普通病房都已经住满了,过道上也住了人。细哥从二父家的一只破缸里找到了他各种的存折和卡。有社会保险的卡,有农业补贴的卡,有五保卡……所有加起来,有三千多块。而这些钱,原本是想凑着给他翻新一下住房。他的房子住了几十年,到处是裂缝,随时都会垮塌。今年已从上面争取到 8 000 块的补助,如果当年没有翻新,补助就不会发下来,以后恐怕再也没有机会争取到指标了。

住院的第三天中午,医院下发了催款通知:2 380 元。二父看到这个数字,急着要出院。我跟他解释,国家可以报销大部分,他依然十分着急,两眼望着天花板,嘴里不停地念叨着一些数字。

在学院里,从教授到学生,许多人总在批评"养儿防老"的"落后"观念。这无数的人,振振有词,却从没意识到自己对于中国的现实多么无知!我看着在病床上不断移动上身、却又的确是已经入睡的二父,心里很难过:没有经济收入的老人,如果连儿女也没有,也就没有了最后的指望,还有比这更可怜的吗?

可是,有儿女就有指望吗?在今年 5 月,经过邻村的一个塆子,坐在门口的老人喊我喝茶。这个老人很孤独，无所事事，无人说话，唯有每天坐在门口，看着公路发呆。她的眼里总有一汪湿润，仿佛充满哀愁的海。她有五个儿子，都在外面打工，过年时才回，儿媳妇倒是在家照料孩子上学，却并不管老人。去年腊月底，她肚子疼痛难忍，就想：要是一直这样疼下去，就把自己了结算了。她把东西都准备好了，放在床头。她骂过世的老头子："我照顾了你一辈子，你现在倒快活了，就是不保佑我……"就这样一直骂，骂到下半夜，肚子的疼竟然轻了下来。第二天，她找到医生，说："你开最贵的药给我吃，我有钱。"其实，她的钱是到年终才能领取的1 000块的低保钱。"我问医生，我这个病好不好得了？医生说好得了，说我还要享好多年的福呢。"老人转述医生的话时，脸上露出了笑容。

农村最让人忧心的，莫过于留守儿童和老人。但这些年来，随着农村经济条件和政策的改善，相比以往，留守儿童的情况有了一定好转，很多人更愿意把妻子留在家中照顾孩子，或者把孩子带在身边，去城里读书。但老人的情况，却似乎越来越糟糕。我想着二父老到不能动的那一天，又该怎么办呢？

躺在病床的二父有些百无聊赖。我想找一点有文字的东西给他看，哪怕是一张报纸，却也没有找到。街上自然很容易就能买到《××都市报》之类的读物，但我不敢去买，因为这些读物的广告太多了。已经好些年了，二父总要我帮他办理汇款，买一种治疗聋病的药，这是他从一张小报上看到的，报纸上说这种药治疗耳聋立竿见影。我对二父说，那都是骗人的。一开始他还相信我的话，但又去看了几遍广告，坚决认定这是真的，因为报纸上说好多"用过"这些药的"聋子"都恢复了听力。但我到底还是没有帮他汇款去买这种药。

过着半俗半僧生活的二父，没有哪一天放下经书，没有哪一天不在诵经。祖父逝世的时候，他整夜整夜念经；祖母逝世的时候，他整夜整夜地念经。我不知道他是否已经有了一颗超脱尘世的佛心，但每每看到他过的日子，我心头就充满苦涩。当年，风华正茂的二父站在北国的冰天雪地里，可曾想到他到老来会是这么个样子吗？我也不知道二父到底有着怎样的过去，不知道二父到底经历过多少挫折和磨难，但我想，青灯黄卷的背后一定隐藏着很多难言之痛。二父心灵深处，大约也是苦的吧。

二父住院记

7月8日

从上海回到M县,才听说几天前二父到菜地找菜,过木桥摔进了沟里,大胯骨粉碎性骨折,当即叫救护车送进了L县医院,目前只有细哥照料。

匆忙赶回L县。

二父孤身一人,年近七十,唯嫡亲侄儿可以指望。他早年在齐齐哈尔当兵,服役七年,其间致残,带病还乡,后来在农村集体劳动中再次受伤。

二父被鉴定为二级伤残,为此得到了一点补助。后又得到军人优抚,且又吃上五保,今年还住进了光荣院。

找各种证件办手续时,我们看到二父还保留着当年的黄挎包,以及一张1966年的粮票。

二父所住的十二楼及楼上一层,都属骨科,住的几乎全是中老年人。有的摔断了胳膊,有的摔断了大腿。多半是做农活摔的,或者骑摩托车摔的。最新住进过道的一个病人,则是因为别人倒车扎伤了脚腕。

医生过来说:五保户虽然有国家的照顾,但是动手术前还是要先交上5 000块。

我向一些朋友打听关于国家对五保的政策,大家都茫然,只听说五保户住院不要钱,但我们这里好像还没有落实到这一步。

聊起住院费,一个病人说:能住到这里,都是以"万"为单位,哪有以"块"为单位的?

二父每隔一个小时就要小便一次。他把便壶塞到被子下面,然后拿出来,我们立刻接过去,倒在厕所里。入院以来,他还没有大便一次。我坐在他旁边,一直提心吊胆地等待着他的大便的到来。

7月10日

这几天常在医院对面的小饭馆吃饭。

人民医院前两年从城中心搬迁到了现在这个地址,处在县城东边偏僻的一角。据别人说,跟以往相比,生意要差很多。尽管如此,医院依然是人满为患。22层住院大楼,四台电梯,总是挤得满满的,根本不够用。

医院养活了对面的一排小餐馆。来吃饭的基本是病人家属。但多半是吃面,一碗热干面或者汤面,吃面便宜,少数人才会炒两个菜。

如果在医院食堂吃饭,早餐和晚餐主要是馒头、包子和稀饭,只要两三块钱。中餐是米饭,要八块。

7月23日

上次照顾二父只照顾了三天,又因事匆匆离开家乡,半个月后才回L县城。

二父住院已经18天,仍然在做牵引,点滴由开始每天四瓶变为后来的两瓶,住院费已经到了9 800元。这样下去,民政补助的8 000元,合作医疗能够报销的5 000元,很快就要用完了。

细哥有自己的工作,要捕鱼和卖鱼,不能每天都在这里照料,于是就请了一个护工。60元一天,另加每天供给二父20元钱的吃喝。护工其实是医院的一个清洁工,兼职做护工,据说同时负责了五六个人,主要是帮病人倒便盆、洗衣服和买饭。收入不菲。

昨天医院对二父做了重新检查,断裂的骨头没有任何缝合的迹象。继续做牵引。

医院一会儿说要做手术,一会儿说可以保守治疗,一会儿又建议转到乡镇卫生院治疗。但到底怎么办,始终不给出一个明确的治疗方案。

按照国家政策,五保户住院全报销,但是L县并未完全落实,县民政负责人和主治医生竟然都说了同样的话:"这是L县自己盘自己。"

而且,对于伤残退伍军人的医疗,国家也有相关政策。但是他的退伍证,医院不认,基本不起作用。

早在十多天以前,我们就向民政部门求助。基于我二父这种既是五保户又是伤残退伍军人的特殊情况,民政答应在政策范围内给予最大的救助。最终能否全额救助,民政给了一个并不肯定的说法。

民政又说,先不能向医院另外交钱,不然你们交的钱就拿不回来,因为对于每个五保户,国家放在医院的钱有"13 000＋6 000"元,五保人员住院,医院应该直接发卡。(对于这个政策的详细情况,我们并没有真正弄清楚)

但是,医院说,报销之外的部分,不交钱就不做手术。

于是二父就这样一直做牵引。

我有点生气,找到科室主任和主治医生,问:

1. 你们迟迟不拿出治疗方案,就一直拖,为什么不稍微站在五保人员的角度考虑下,拿出一个确定的方案?他一分钱没有,目前的花销、请护理的钱都是我们帮他出的。(我们做侄儿的都很穷)照这样拖下去再做手术,起码得三四万。

2. 为什么民政的救助在你们这里行不通?

科室主任才耐心做了解释。护士长也在一旁举例子,说去年有个类似情况,上头领导打了招呼,然后民政出面,让医院先做手术,但钱没有入账,科室承担了费用。她又补充说,好在绕了很大一个弯子,找了很多人之后,这笔钱最后还是到了账。护士长描述得很复杂,言下之意是:即使有些病人能够争取到上头的特殊救助,但因为程序太复杂,钱最终能不能拨下来还是个问题,所以医院肯定不能担责。再说,很多五保户本就是残疾人,字都不认识,话也说不清,找办手续的部门也找不到,又如何保证他能争取到上面的照顾?

主治医生也义愤填膺地说:"本来,五保户的事情,应该由你们村和镇里来管。你们做侄儿的,还真算不错。像他这样的五保户,你叫他自己拿钱,他吃饭都没有钱,哪有一分钱治病?但是,现在你们村和镇里都没有人出面来管,叫我们医院免费给他做手术,那也是不可能的。"

至此,我也稍微理解了科室的难处。医院都是科室负责制,自负盈亏。国家民政的钱,大约并不能直接划拨到科室转换成他们的效益。

那么,国家的钱到底是如何使用的呢?查阅了一些资料,也问过一些领导,这中间的曲曲折折,还是没有弄明白。

科室主任终于一口拿出治疗方案:做手术!明后天是周末,到下周一就安排做手术!但是,必须得先交一万的手术费。

在二父的病房,我问主治医生,动手术的话目前应该交多少,他说交八千。

我说:你也知道实际情况,你说个最低数目。

主治医生说:五千。下周一动手术。

于是我们交了五千。

7月24日

主治医生给细哥打来电话,很抱歉地说他说的话算不了数,科室主任要求必须在今明两天内再交5 000元,否则下周一还是不能动手术。

初步估计,如果动手术后再住上十来天,总花销近三万。

7月26日

细哥又赶往县城,交了3 000块的手术费,离医生的要求差两千,并且反复跟医院讲明到目前为止,钱都是垫的,我二父自己没有钱。

为什么不一下子交上全部的钱?我们存了一点小心思。因为在医院这么久,也看清了医院的运行模式。如果你完全按照医院的要求去交钱,那笔钱很快就会花完,接着会催你交另一大笔钱。

7月26日

查阅了《湖北省农村五保供养工作规定》:

"第三条 五保供养是农村的集体福利事业。各级人民政府应当加强五保供养工作的领导。乡、民族乡、镇人民政府负责统筹安排并实施五保供养工作。

农村集体经济组织负责提供五保供养所需的经费和实物。"

原来五保的就医和照顾问题应由集体解决。我几次去看二父（他先后换过两个病房），开始都被当成村干部。因为其他村的五保户几乎都是由村里送来，所有手续也都由村干部办理。但是我们村没有村干部来医院看望二父。为二父的事情，村干部总共出面过两次：一是送情况说明书到医院的大门口，没有上楼来。二是在我们向民政部门反映情况后，村书记陪同细哥去民政局进一步说明了相关情况。

我们村穷，大约是害怕担负责任，所以村干部根本不敢上医院来。

同学给我发来信息："去年下半年我细爷（我父亲的亲弟弟）在山上放羊摔破头，也很严重，在L县医院和乡镇医院住了十几天。我细爷也是五保户，在L县医院住院时也说要亲属垫钱，我们没理它，好了他就自己出院了，只留了五保供养证复印件和村书记电话。那次费用五千左右，未超八千，后来是村里找镇农合和医院办清手续。要是自己垫钱，报销过程会让你难受死。所以我们那里五保户得了大病都是自己去医院，治好了自己回家。费用手续由村镇和医院办，不管它那么多。"

二父邻床也是一个五保户，因摔破膝盖住院。他年纪不到五十岁，早年父母双亡，无兄弟，唯一的亲人是一个堂姐。医院找他签字，他说不会写字，找村干部。但是，他看得懂电视，也似乎看得懂催款通知单，不知道真不识字还是假不识字。所有要签字的，都是由村干部代签。毛巾、桶、杯、大便时用的凳子，也都是村干部帮忙买的。村干部说你什么都不用管。一切手续都由我们来办。

我问他："你真没有上过学吗？你长年在外打工，要是不认得字，也很不容易，坐车都麻烦。"他立刻表现得有几分警惕，说："天下不识字的人，多得很！"便不愿就这个话题再聊下去。

护士找他要各种证明证件，他也说，找村里。等护士一走，他就对我们说："我这样的人，你村里不管谁管，那我只有死路一条。我要是就这样死了，你村里负担得起吗？所以我什么也不管，我一分钱也没有，一切村里来管。我在外面打工的钱都吃了，喝了，玩了。"这个人很活跃，靠在床上一直说个不停，似乎没有任何痛苦。但是护士或医生一来，他就立刻滑下去，做出无比痛苦状，发出哼哧哼哧的呻吟声,有气无力地回答医生的提问。

这个人让我想到了阿Q,但是,如果不阿Q,这样无依无靠又没有文化的人在市场经济时代活得下去吗?这样一想,我就有些难过,很有些同情阿Q,觉得阿Q精神是一种了不起的生存智慧,可是我们一直没有认真看待过这种智慧。

7月27日

我9点钟赶到医院时,二父已经开始动手术了。昨天医院约定,9点进手术室。但早上才8:20,细哥骑车赶到两河口,就接到医生打来的电话,说病人进了手术室,打麻醉要细哥签字。二父是由护士和护工推进手术室的。周一要做手术的人多,所以提前进了手术室。

细哥每天夜里要捕鱼,看库,清早去卖鱼,很是辛苦。夜里还要到水库上去转上一两个小时。尤其夏夜,很多人偷鱼。夏夜的坝上极其凉快,人多,不光有本地人,有县城来的,还有武汉来的。武汉来人主要在坝上露营,搞烧烤。

二父出手术室时近12点。

医生吩咐:6个小时不能吃喝,要平躺48个小时。

五瓶点滴挂在二父头顶上,身子底下还挂着两个瓶子,一个是导术后的败血,一个导尿。尿导不出,二父疼痛难忍,喊:他会这样胀死。找来医生,医生说这是正常的。二父又喊。又找来医生,医生还是说这是正常的。于是我和细哥都有点生气,觉得二父像个孩子,吃不了苦。到中午,他又一直喊。再次找来医生,是另一个医生,大概刚参加工作不久,戴着手套拔下导尿管,发现导管被前列腺液堵塞了。换了一根,还是堵。

7月28日

同二父邻床的"阿Q"聊了很久。说是村干部昨天又来看他了,又给了他十天的生活费,300元。没有人来照料他,主要是叫外卖,10块钱一份。村干部说:"你要做手术的头一天给我们打电话,我们来照顾你。"

这个人还跟我说起他的爱情,但不肯透露细节,只是说伤了心。也准备再找个人度晚年。

他顺便还把我们村的干部大骂了一通,骂得我都有点替我们村感到羞愧,连忙替村干部开脱:"我们村也确实太穷,欠了一屁股债。"

这个人说:"不是穷的原因,是有政策不晓得用。有这样的村干部又怎么不穷?"

毫无疑问,这个人是有见识的。我先前说他没文化,其实我错了,这个人单单只是没有上过学不识字而已。

后来又听其他人说:这个人大概也不是不识字,不识字也是装的。你看他关于中央的好多政策都知道。

想起去年春天,某教授游L县天堂寨,我跟他说起L县很穷,他立刻说:"L县不是穷,是农民手中没有活钱。"在他看来,L县到处都是宝,要发展要致富不是难事。

晚上细哥继续在医院照料。

7月29日

听细哥说:昨天夜里医生为二父清洗了尿道。又是一夜疼痛。二父不听医生的话,坐着又躺下,躺下又起来,翻来覆去地折腾。看着生气,但想到快七十的人还这样遭罪,也着实可怜。

再次找到民政部门。民政部门的领导非常热情,又详细解释了政策,再次答应在政策的范围内给予最大帮助。事先垫的钱,事后应该能解决。但请护工的钱,就无法报销了。

这些天在县医院接触到很多病人。母亲又得了重感冒,送她到李家楼卫生所打针,也接触到很多病人。主要是老人。

老人和老人在一起,除了说儿女,拉家常,说得最多的就是共产党。

老人们在一起自然要说起毛主席。他们对毛主席充满感激,因为天下是毛主席打下的;毛主席创了业,现在的大河大渠大水库梯田哪一个不是毛主席在世的时候开出来的?又说,毛主席那时候,日子真苦,要饿着肚子搞建设,大家最大的愿望就是吃饱饭。

大家都很感念共产党免除了农业税,种田不仅不收税了,还补助钱。这些年,共产党让农民得到了实惠。他们说:"共产党的政策确实好啊!"

但有人愤愤地骂地方官员,还说起省巡视组要来 L 县的事情。

8月11日

今天二父出院。昨天医院就已经停药了,催着出院,但是我们都没有时间立即去把他领回。

住院一个月零四天,共花销两万三千五百多元。比一开始预料的要少。

护士长说:医疗费用超过了两万,可以申请大病救助,需要盖两个章,一个在乡镇卫生院盖,一个在县人寿保险公司盖。在此之前,医院没有告诉过我们还有这个政策。所以我就特意问了下护士长,这是什么时候才实行的政策。护士长说是今年年初。

为什么他们一开始没有告诉我们呢?

去镇卫生院盖章时,已经是中午十一点半了,医护人员正在吃饭,让我们等一会儿。细哥说:"食堂的条件也真差,我看不上眼。"吃完饭,会计就给我们盖好了章。

然后又赶去县城,已经是中午了,先为二父买了一副拐,然后等到下午两点半去保险公司盖章。快三点了,负责人还没有来。好不容易把他等来,他却一直接电话,电话接完,又拨出一个漫长的电话,最后才把我们交上去的资料扫了两眼,问:"有什么事?"我说:"人民医院让我们到这里来盖个章,申请大病救助。"那负责人冷冷一笑:"盖个章?说得轻松!先把这两张复印了。"于是我去把材料复印好,刚交给他,就有人来找他:"X总,有个事要耽误下你的时间,你来给办一下。""好好好!"他连忙堆笑答道,跟着那人出去了,却不对我们说一句话。十多分钟过去,他才回来,拿起复印件,问:"他是怎么受伤的?"我说:"摔伤的。""怎么摔伤的?""到菜园找菜,从木桥上滑到了沟里。"……其实这些,村里的证明上写得一清二楚,他却看都不看一眼。到最后,他才说:"在上面留个电话,你们就可以回去了。村里写的证明算不得数,我们要派人调查实际情况,看是不是真的摔伤的。一周后再来找。"

我们又回到医院。护士长说:"奇怪,以前都是直接盖章的呀。"

护士长又说:"你们自己垫的钱,再去找民政报。"

请来的面包车早到了,司机在草坪的小树荫下休息。面包车将二父拉回,送到家门口,收费八十元。——相比于请县城的出租车,这个司机的价格要便宜得多。司机是隔壁村罗家咀的人,早年也跑从罗家咀到李家楼到县城的旅客运输,后来不知何故,与同行分道扬镳,从李家楼到县城的线路也不准他跑了。于是他在乡下干起了"出租车"的生意。谁需要包车——多半是一家人或好几个朋友集体出行——说清早五点到,他一定在四点五十就到了,从不误事。只是,常常得翻山越岭,绕道邻镇。因价格相对便宜,信誉好,他的生意越做越好,几乎天天都有活。收入是他跑线路的那些同行的好几倍。女婿劝他买一辆小车,他觉得不实用,另买了一辆大面包,根据实际情况,一大一小两辆面包交替使用。去年他拿着状纸到县里告,告了一年,找了很多领导,终于赢得了从李家楼跑县城的权利,不必再取道其他乡镇了。他骄傲地对我们说:"以前我的车到县里,得躲着跑,一旦抓住就要罚款,现在交警看到我的车,根本不敢管。"

还是说二父。最大的问题还在后头,伤筋断骨一百天,他躺床上的这几个月该怎么办呢?

8月18日

我们等了一周多,保险公司一直没有派人来调查。又多等了几天,还是没有来。

再次跑保险公司,没有多余的话,就给我们盖了章。

又去找镇民政办。在二父就医的整个过程中,镇民政办的王主任给予了热情的帮助。十五年前,王主任在我们村驻点,每家每户的情况,他都了如指掌。办公室还有另一位工作人员,全镇所有五保人员的名字,她都记得一清二楚。

跟民政工作人员聊天最愉快,感觉到他们对于民间疾苦最为了解,也最富有同情心。一个重要原因就是他们经常跑基层,尤其对于五保人员,他们一定要亲自到这些人的家里看一看。

只剩最后一步:把相关发票交到县民政局,争取全额救助。

8月20日

　　细哥碰到村长,将二父住院前后的情况说了一遍,同时将村里狠狠批评了一通。

　　从村长那里得知:在医院不给二父做手术期间,民政局李局长亲自打电话到村里,让村里去跟医院院长接洽一下。但村干部并没有去。

　　我们都很生气,压根搞不懂村里的逻辑。

　　归根结底,还是村里太穷,而且村干部又不懂政策,害怕一去医院,就要村里负担医药费。

一个人的生存

四叔爱看电视,可是到现在还买不起电视机。每次放假回家,我都会给他带一点报纸,或两本书。四叔喜欢文字读物,年轻时还能写诗。我很小的时候,知道鲁迅和郭沫若是中国最大的作家,就是他告诉我的。我能作文的时候,四叔就把我的文字拿过去读,夸我写得好。直到今天,我还记得他背给我听的诗:"天下文章数三江,三江文章数浙江,浙江文章数敝庄,敝庄文章数舍弟,舍弟请我改文章。"四叔说,就算你将来成了天底下最大的作家,也还是要多向别人请教。我问四叔,"敝庄"的"敝"是什么意思,四叔竟也茫然。

四叔是个老实人,一个人过日子。在外人面前,说出第一句话就说不出第二句,因此别人看不起他,甚至欺侮他。别人越来越富有,四叔却越来越穷困,越来越沉默,又动不动自己对自己发脾气。我记得,四叔年轻时可是个多么温和的人啊。但在武汉打工的时候,包工头欠谁的钱就是不欠四叔的。据说包工的人心肠都比较硬,但心肠硬的人,看到我四叔也会产生同情。四叔与八十多岁的老母亲相依为命,只知埋头做事,从不讲价钱。老板就喜欢这样的人。每次从武汉回来,贴肉的衣服里有了一点钱,四叔的脸上也就有了些喜色,话也说得顺畅多了。四叔从收入中找到了做人的尊严。但这些钱很快就没了,再节约也还是没了,四叔又会陷入无边的沉默,发着脾气。

曾记得祖母总对我说:"你四叔虽有话说不出来,但心里藏的东西多着呢!"

四叔是个大孝子。祖母的晚年基本由他一手伺候。祖母一生最放心不下的,也是这个最小的儿子。祖母去世的时候,哭得最厉害的就是四叔,完全哭得像一个孩子,一阵又一阵;四叔一天接一天地哭下去,把嗓子都哭哑了。

前两年四叔终于吃上了低保。低保还是我通过同学的关系找镇长特批的。是一等低保,每年1 000元。在农村,有的人家一家四五口吃低保;没钱的人,就没有人替他说话,低保也自然轮不上他。那年办低保的时候,四叔正在武汉打工,一切手续都是我父亲替他跑的。腊月底回来,四叔的折子上就有了"1 000"块钱,四叔异常高兴,舍不得用,也就没有把钱立刻取出来。我知道,不到万不得已,他舍不得花这一点钱。大概是第二年秋天,四叔才去领,领钱的地方说,得换新折子了。换过新折子后,原先的"1 000"这个数字不见了,变成了"照顾"二字;钱也没有1 000,给到他手上的是700。四叔拿着700块钱,充满迷惑地走了。我说:"你没有问一下为什么少了300?"四叔说:"我没有问,人家是正规单位,不会乱扣的。"四叔真是个老实人。反正,四叔的低保从此只有700块钱。不过,四叔说,村里又给了他另外一份低保,一年有300块钱。钱没有增多亦没有减少,一份低保却变成了两份,这里头的意思倒值得玩味。

这几年,四叔一直在武汉搞环城绿化。相比农活,要轻松很多,多少还能挣点钱,反正比农村强得多。据四叔说,他们承担的这些绿化工程,本是武汉市政府照顾本地人就业的,但本地人只愿意负责养护,建公园、栽树、栽草、栽花等较重的任务都承包给了乡下人。包工头回家乡,专找一些已上了年纪的老实人到武汉做事。

"每棵树的蔸子上都带一个土球。小树得自己扛,大一点的要两人抬,更大的树用挖土机搬运。有时候绿化公司打电话来,就马上把我们调到长江二桥、沙湖、水果湖等地栽树。"春节里,四叔跟我说起他在武汉做事的情况。四叔本来就瘦,现在是更加瘦了,也更加黑。

"大前年的工资是35块钱一天,包吃喝。一天做八个小时以上,有时候要加夜班。睡的是活动板房。"武汉冬天的冷,是刺骨的湿冷。四叔没有厚棉被、厚衣服,做了一些日子,差点冻病了,实在受不了就提前回了。"钱都被包工头赚去了。他自己倒晓得快活,不停地指使别人赶快搞。生活倒还是不差,有点鱼有点肉。"

去年,四叔跟着另一个包工头做同样的事情,每天工作八到九个小时,一天能挣70块钱,除去14块钱的生活费,还有56块钱,一个月下来,拿到手的有1 600多块。四叔在吃喝之外唯一的消费就是每天抽一包烟,两块钱。没想到武汉也能买到这么便宜的烟。他是去年3月份去武汉的,因为惦记着家里的事情,中间回来住过一段时间,然后又去武汉做,到9月份又回来建屋,建好屋,又立马去了武汉,快过年的时候才回来。总共做了四个多月,除过中间预支了一些钱,到年终结账,还有四千多。

"这个老板人要好些,睡的地方也要好些,不是板房,是租来的房子。热天,就在板子上睡,一人一块板子,自己买电扇。冬天睡通铺。"

把危房拆了重建,这是四叔这些年来办的一件大事。危房改建,上头照顾了6 000元。总共投入了两万元,四叔没有欠别人一分。打工的钱,再加上几十年来从口粮里挤出的一点微薄的积蓄,这一回全用光了。

年终的时候四叔从武汉把小电扇带回了家,于是四叔家里有了唯一的电器。

今年3月初,四叔又去了武汉。四叔去年没种田,今年也不准备种。往年存下的粮食还能够吃几年。像往年一样,他头一天晚上就到我家给包工头打好电话,第二天清早赶到县城车站,坐汽车去武汉,下车后就在车站里等包工头派过来的人接。

武汉很大,人密密麻麻,四叔走在武汉的街道上,感觉就像走在大海里。武汉人人都有手机,四叔也想拥有一部。我说,手机好买,一百块钱就能买一个,我也可以给你找个旧的;但是,月租加话费,一个月要消费二十块钱。四叔原本以为买个手机就能打电话,没想到买手机后竟然还要办卡,每个月还有固定消费,四叔就变得犹豫起来,终于沉默,不再想手机的事了。

四叔还不到六十岁,牙齿却早早地就掉光了。

一位乡村教师的命运

"1977年民办教师人数达到471.2万人,占全国中小学教师总数的56%。至此,民办教师的数量达到了历史的顶峰。"

"到1993年,全国民办教师的总数由1978年的464.5万下降到215.5万,占全国中小学教师总数的比例由1978年的55.2%下降到24.3%。"

据1994—1999年的《教育事业发展的统计公告》:到1999年,我国小学民办教师尚有49.66万,初中民办教师4.11万。

——资料来源于王献玲《中国民办教师的历史回顾及其启示》一文

"你写的周厚勋老师的这种情况,我们县大约还有几百人,全省也有很多。"

——中部某县委领导

上篇

一

民办教师周厚勋,1954年生,1972年高中毕业,开始在家乡L县大雾山村任教,直至2001年被辞退,继而被邻村小学请去代课一年,转而受邀偏远山村办私塾,又十年,终于在2014年春夏为病休教师代课半年后,彻底结束了教书生涯。年至六十的他,没有退休工资,没有养老保险,什么都没有,头发已花白,眼睛不好,心脏不好,为了生计,不得不外出去安徽矿区讨生活。

周厚勋,我的启蒙老师,也是大雾山村几乎所有1970年代初至1990年代中期出生的人的启蒙老师。周老师教了我三年。那时候,大雾山小学没有幼儿班,硬性规定凡是刚发蒙的同学必须读两个一年级才能升级。周老师就教了我两年一年级,以及二年级。在大雾山小学,周老师从来都是带一年级,一个人全负责,有时还要加上二年级或三年级的语文课。

约定去拜望他的那个下午,正值盘田插秧的季节。田里下了6斤谷种,被老鼠和麻雀偷吃不少,他上午挑粪灌秧,下午就在家专门等我,我们足足聊了三四个小时。师娘到镇上卖工夫去了——帮人插秧,一天挣120块钱。四岁的孙子独自在厨房玩,偶尔从门缝里探出头,朝我们笑两下,又一边玩去,玩瓶子,玩三轮自行车,并不打扰我们。自行车是周老师去年打工回家过年时给孙子买的礼物。

没想到第二天早上,周老师来我家看我,提来一袋东西——柿片和一包茶叶。周老师充满歉意地说:"昨天你急着要走,没有留你吃晚饭,你师娘后来怪了我半天。晓得你明天就要去上海,这柿片和茶叶,都是自家产的自己加工的,你带到上海去。"周老师家所在的上周垴,柿子个大,极甜,在我们那里最有名气。也别小看这一斤茶叶,虽是普通塑料袋包装,却极为走俏。因为是高山野茶,没有任何污染,本地商贩以150块一斤的价格从农户家中买进,再以300到400块一斤的价格卖给城里的商贩。而昨天我去看老师时,仅仅提了一件牛奶。我想拒绝,又怕却了老师的情意,他会十分不高兴。

周老师的脾气我自然是清楚的。在大雾山村,甚至包括它周边几个村子,教一年级没有谁比周老师教得好、教的时间长。他教了三四十年的一年级啊!然而他的严厉、耿介,也是出了名,野疯的、没有完成作业的孩子,不爱惜粮食和公共财产的孩子,都可能要打屁股。那时候不像今天,今天要是谁家的孩子挨打,家长就会告到校长那里,告到教育局;那时候的农村家长特别欢迎老师打自己的孩子。因为那种打,纯粹是为了教育,是老师在替家长管孩子,铁不打不成器。家长们每次送孩子到学校,必会讲两句这样的话:"X老师,我的小孩要是不听话,你就打哈!打得越重越好,怎么打我都不怪你!"家长说这些话都是真心实意的,他们信任老师,尤其是周厚勋老师;如果听说哪个老师从不打孩子,反而不放心了。

有一个故事最能体现周老师的性格,必须要说一说,但说起来那已经是八十年代中期的事了。八十年代中期?那时候周老师才刚过三十呢,多么风华正茂的年纪啊!有一年暑假他在县里参加培训学习,天黑了,四岁的女儿看他没有回来,就出去找,结果翻到河里摔断了手臂。家里带信给周老师,周老师火急赶回家,却一分钱也拿不出来。一耽误,便是十天过去了,一摸孩子的手臂,肿得像树节。周老师和师娘顿时寸心大乱,眼泪直流,想是女儿怕就此残疾了。连忙去借钱,借了好几家,才凑够五十元,好心人送给他五斤粮票。这样才把女儿送进医院。在病房,另外住着一个城里的年轻人,他的两个朋友来看他,看到床头放着两个蒸糊的馒头没有吃,就直接从四楼扔了出去。这一切周老师都看在眼里,很生气,说:"你们这些孩子,这样做怎么要得?你们晓不晓得粮食怎么来的,一粒粮食一滴汗啊!"年轻人不屑一顾地说:"关你什么事?又不是你的,我要怎么扔就怎么扔!""你说什么!"周老师胸腔里火星四溅,"你等着!"他一口气从四楼冲下去,捡起馒头,又一口气冲上来,拍了拍馒头上的沙,放到了桌子上。扔馒头的青年人又伸手过来,准备再次扔掉。周老师一声怒喝:"不要动!"说着,从口袋里掏出钱和粮票,拍在桌子上:"我捡你们的馒头,不是没有钱没有票,我有!但是今天,我要把你们扔掉的馒头吃下去,你们看着!"说完,轻轻撕去糊掉的皮,将两个馒头全吃下。两个年轻人,红着脸,低着头,一声不语地离去了。

二

"唉,跟你说句私心话,我这人一生还是没有用,亏确实是亏了,欠也确实是欠了。但怎么说好呢,我还就是爱教书。"

周老师让我看他的高中毕业证,没有塑料外壳,"毕业证"三个字直接印在纸质封面上;已经发黄,一边印着"毛主席语录",另一边,照片早不知道掉哪里去了。毕业证里夹着一张白纸,上面用毛笔字写着:奖给/先进教育工作者/周厚勋同志/一九七九年八月。印章还十分清晰:L县北丰人民公社革命委员会文教部。

1972年，18岁的高中毕业生周厚勋，被安排到大雾山村最偏远的村民小组青草湖塆当民办教师，教14个学生。青草湖距大队部约十里，是直入云霄的山路。那时教育是按照毛主席的指示来办的，把学校办到离农民最近的地方。整个大雾山村除了办在大队部的"大雾山小学"，另外三个最偏远的小组各设有一个教学点。

从周老师家上周塆到青草湖，十几里山路。他一周来回两次，天黑下山，清早上山。哪怕冰冻三尺，石头上结满冰挂，跋上山时总是一身汗。碰到落大雪，也得清早拄着棍子一步一步往山上走，没法走的地方就爬。他在青草湖呆了三年，又调到大雾山顶的教学点，离家六七里，山路依然陡峭。又三年过去了。

当时，县里给民办教师每个月补助3块钱，再加上村里给的钱，一年不足100块。公办教师的工资是民办教师的四五倍。除此之外，没有别的经济来源。那时农村普遍都穷，孩子读书也不用交费，自己买点笔买点作业本就够了，买笔和本子的钱还都是通过勤工俭学换来的。

1978年，大雾山小学缺人，周厚勋老师调回大队部。一年级就设在大队部的礼堂里，53个人。"这是我一生教过的人数最多的班级！以后再没有教过这么大的班了。家长听说是我带一年级，纷纷把孩子送过来，有六七岁的，有九到十来岁的，六岁以下没到年龄的就退了回去。"说起1978年，周老师的脸上闪动着光芒，仿佛青春岁月触手可及。

"那时候我们一周工作六天，剩下一天要到林场或者农工所劳动，因为我们是'村里'的人，是'集体'的人，就要给集体干活，寒暑假也要干活，家里的劳动反而顾不上。"虽然穷，虽然辛苦，但说起那个天高地阔、激情燃烧的时代，周老师的语气中充满了怀想。

在大雾山小学，他一教就是二十多年，然后一脚跨进另一个世纪——这是他期待已久的新世纪，据说到这个时候大家都"小康"了，他想他一定也会有个安定快乐的晚年。

三

在小学阶段，老师们普遍不愿带一年级，众所周知这是最麻烦、最折腾的一个年级。但在大雾山小学，教一年级的任务几乎总落到周厚勋老师的头上。不仅因为他严格，也因为他是村小学汉语拼音教得最好的老师。"我们读书的时候没有学过拼音，但在读高中时，有个老师顺便教了教'拐棍字'，我当时意识到这个东西很重要，就跟着学，觉得很有感觉，但后来又慢慢淡忘了。到80年代初，开始要求教汉语拼音，老师就在寒暑假集训时新学，我学得很钻劲，成了大雾山的老师中把拼音学得最好的一个。"周老师所说的"拐棍字"，我猜会不会就是国际音标。

一直到21世纪初小学被撤并之前，大雾山的适龄儿童从没有受过学前教育，都是直接读一年级，而且父母文化程度普遍都低，后来又多在外打工，孩子的家庭教育缺失，教一年级的难度可想而知。"农村的孩子不严不行，首先要把野性灭下来。有些孩子要哭个把月，真是哭得人心烦，但有什么办法呢，唯一的办法就是耐着性子去哄，去教。学生不会捏笔写字，我就握着他们的手，手把手地教，一个一个地教，一行一行地写；去教另一个时，又让读了一年的老生带这一个。还要大声领着学生读拼音，读课文，一遍又一遍。我常常是一个人负责一个年级，一教就是一整天。那时生活条件差，营养跟不上，饥饿一上来就大汗淋漓。"

村小学的课表，每学期都要送到教育组审查，即使学校有意为周老师换个年级带课，教育组也总是把他调到一年级。上面分来了年轻老师，周老师建议能不能让年轻人从一年级开始锻炼，教育组长不许：一年级最难缠，教育组派下来的公办老师如果教得不好，岂不是面上无光？为带课的事，周老师跟教育组长吵过架。

1980年代，我家乡民办教师的待遇是这样的：国家每个月给的补助从3块涨到7块，又涨到10块钱，又涨到17.5元，再加上村里一年给的100多块，民办教师每年的总收入约为300块钱。

说起工资调整的具体数字和时间,周老师时时陷入了艰难的回忆中,已经做不到精确了,但大体如此,总之日子是艰难的。教了几十年的书,他身体日差,记忆力也日差。唯一不变的,是他一如既往的瘦。

一直带最困难的年级,平时忙学生,放假就忙田地,不然吃的就不够,这直接导致了他没有时间继续学习,没法为转为公办做准备。1987年县教育局组织所有老师考试,考教育学和心理学。周老师本就不是师范出身,对理论接触少,面临考试连参考资料也找不到,结果就没有过关。1987年,上头拿掉了他作为民办教师的资格,并要求不合格的老师报考中师进修学习。然而,身处偏远农村的他,没有及时得到消息;而且孩子都小,缺粮,根本没有钱去学习。那些去参加学习的人,资格就保留了下来。

他,民办教师周厚勋,人生中一个可能带来命运转折的重要机会,就这样错过了。然而从后来看,这仍然是一个命运转折点,只不过是朝着完全相反的方向。

至此,周老师已任教15年。

这里有必要重回1987年。1987年是个什么样的年份呢?就在这一年,中共十三大召开,提出了"一个中心、两个基本点"的基本路线;就在这一年,国家颁布了《关于农村基础教育管理体制改革若干问题的意见》,特别强调"基础教育是地方事业","把发展基础教育的责任交给地方"。"我国基础教育的大头在农村。据1985年统计,县以下(含县)农村小学在校学生约占全国小学生总数的92%,中学在校学生约占全国中学生总数的82%。同时,由于受经济发展水平的制约,目前我国农村基础教育与城市相比还很落后。因此,抓好农村基础教育,对我国整个基础教育的发展具有决定性的作用。"

然而,作为大雾山村最好的启蒙老师,在教师极缺的情况下,却因为教育学和心理学考试不合格,连"民办教师"的资格都没保住。这直接导致他后来一直办不下《民师任用证》。许多年后,我上了师范学院,然后在重点高中当老师,非常清楚所谓的教育学、心理学考试是怎么一回事,也非常清楚它们与实际的教学有多么遥远的距离。——如果换作别人,可能情况就不一样,早把这事摆平了。中国地方的那些事儿,说难极难,说容易又极容易,但是一生耿介正直的周厚勋老师,又如何明白"功夫在诗外"的道理啊!

虽然资格被端掉,但是他的岗位,以及国家每个月给的17.5元的补助,教育组还为他留着。一方面,他作为一位优秀的启蒙老师,声名在外,另一方面,小学校长周德坤老师也是想办法留住他。客观情况是,当时实在是太缺老师了,尤其像大雾山这样的地方,别人都不愿去,调过来的公办老师教两年就跑了。于是,丧失了民办教师身份的周厚勋,得以继续在大雾山小学任教。

到1990年代,国家的补助和村里的补助,一年加起来有七八百块钱。后来工资渐长,而且有一些工资改革的福利,虽然担任着学校的会计,但周老师每次不得不把最多的部分算给别人,自己拿最少的。周老师的心里充满了酸楚,然而他一直是沉默的。

在大雾山,周老师一直教到2001年,这时候入学儿童已是急剧减少,撤并学校的风气在农村大地上迅速蔓延。要办起一个学校是多么艰难,但撤掉一个学校似乎只在瞬间,这时候你不得不困惑:"大跃进"的幽灵,何曾消失过啊!

2001年春,湖北省教育厅等部门颁发了《关于一次性解决民办教师问题的实施意见》。文件规定,解决民办教师问题,要"从各地实际情况出发,统筹考虑,抓紧实施,通过转一批、辞退一批、退养一批的办法,一次性妥善解决";到2005年底,全省已基本解决民办教师问题。尽管找过上级主管部门多次,但一直都办不下《民师任用证》的周厚勋老师,首先被列入淘汰之列。当时县教育局组织全体老师考试,60分以下就可能被淘汰,但查下来,据说不及格的多是公办老师,而公办老师是无法淘汰的。周老师考了81分。

2001年,周厚勋老师被上级主管部门辞退,终于结束了他作为"事实上的民办教师"的身份。其时,他在家乡大雾山村任教已近三十年。

湖北省颁发的《关于一次性解决民办教师问题的实施意见》是这样的:

1. 省政府鄂办发〔2001〕14号关于民转公、退养、辞退的有关具体规定:

民转公:"将合格民办教师中的优秀教师转为公办教师按照公开、公平、公正的原则,采取考试与考核相结合的办法进行"。"考试考核具体办法由各地自行确定"。

退养:"对男年满 55 岁、女年满 50 岁,且教龄满 20 年的合格民办教师实行离岗退养"。对离岗退养的民办教师按月发给退养金。标准按"教龄满 30 年的在册民办教师,每月的退养费按办理退养手续时实际月工资 100%计发,并按退养前的工资渠道发放(下同);教龄满 25 年的按工资的 90%的标准计发;教龄在 25 年以下的按工资的 80%的标准计发"。

辞退:"对未达到转正、退养条件的民办教师,可以采取辞退的办法解决。对辞退的民办教师,应根据教龄等情况发给一次性生活补助,具体标准由各县(市区)确定"。

2. 关于民转公比例、辞退费标准问题

省委、省政府 14 号文件规定了"三个一批"原则,但由于各地情况不尽一致,省里未规定统一的"民转公"比例及辞退费标准,而是强调解决民办教师问题"实行地方责任制","考试考核具体办法由各地自行确定",因此,各地在坚持"三个一批"的原则下,可以自行确定"民转公"比例、数额、辞退费标准。

如果我们回到 2001 年,就能感受这份文件的残酷性。2001 年,那时的中国内地农村是个什么情况呢?就在头一年,湖北监利县的乡党委书记李昌平上书总理,喊出了"农民真苦,农村真穷,农业真危险!"江汉平原的农村尚且如此,可以想象,完全可以想象一下地处大别山区的 L 县又会是怎样?三年后,著名学者王晓明教授在 L 县调研,写下了影响巨大的《L 县见闻》,文章所描述的当时中国农村破产状况,令人心惊——"这篇文章曾引起了一场关于农村文化溃败,在'三农'建设中如何给农民安身立命的大讨论,并影响了此后的社会主义新农村建设。"(石勇语)就在这种情况下,省里将处理民办教师的问题,完全交给地方,对于无职、无权、无地位的民办教师,百孔千疮的地方政府又如何能给予他们应有的尊严和待遇?

按照这份文件,在当时的社会条件下,不善于社会交际、疏于打点的周厚勋老师,多半是争取不到转公的机会的。即便天上掉馅饼,他又如何交得起数以万计的"转正费"？而他的教龄，截止时间到底是1987年还是2001年，也充满了争议——事实上从1987年之后，他的劳动就没有被真正承认，等于是白白干了十四年；即使算到2001年，教龄虽近三十年，年龄又没有到55岁，按这个政策也享受不到"退养的福利"。

2001年，L县大雾山村小学最优秀的启蒙老师周厚勋，因为一直没有拿到《民师任用证》，首先被淘汰，没有任何补偿。全县其他测试过关的民办教师，除了少数人转公，也在随后几年被淘汰，他们拿到了一份十分微薄的退养金，或者少得可怜的一次性辞退费。

如果放眼全国，从1980年代中期到21世纪初，曾经撑起了中国农村教育的民办教师，有多少先后被辞退呢？有没有人统计过我不知道，但这个数字一定庞大。更何况，在民办教师之外，还有根本未取得身份的代课教师，他们从事教育少则一两年，多则十余年，这个数字恐怕更是无从统计。当年的民办教师和代课教师，他们的下落如何？他们的晚年生活幸福吗？然而，"忘却的救主快要降临了吧"，我们已经很久不曾说起曾经的这个庞大群体了……本世纪以来，民办教师上访一直不断，但是，因为都是做过教师的人，是乡村的穷秀才，逢事爱讲道理，他们的声音始终是微弱的。

后来，每每说起老同事周厚勋，大雾山小学校长周德坤就感到深深的惋惜和不平："他教了四十多年的书，到老来什么也没有，国家对他不公啊。几十年中，也有两三次转正的机会，但他因为学历和性格，都错过了。"

"我在安徽打工的时候，特别跑到矿区边上的村子里问有没有民办教师，果然问到了一个，他只教了十几年，后来计划生育超生，就给拿下了，但是现在他每个月也有四百块钱的补助……这些年来，好些人一直在上访，也几次邀我参加，但我没有去，为什么不去呢？我这个人观念可能比较迂腐，觉得上访就是跟政府对着干，我一生都在听共产党的话，老老实实教书，怎么到老了还要去跟政府闹呢，我良心难安……"

2002年，周德坤校长调到更为偏僻的二郎庙村当校长，二郎庙小学有五个年级，加上校长总共三个老师，周德坤校长就极力邀请周厚勋老师前去代课，教一年级和三年级。一年后，二郎庙小学被要求撤并，公办教师全部调走，但村长从实际出发,觉得这个学校还有存在的必要,希望能留下一位老师。村长同周厚勋老师商量:"周老师,只要你答应留下来,我就去找教育局,我们一起把低年级继续办下去!"但此时,面对兵戈四起、逸尘断辔的撤并风潮,周老师有些心灰意冷,对乡村教育的前途也感到茫然,再加上路途遥远,就谢绝了邀请,决心回家务农。

无边落木萧萧下,老之将至,田园已芜胡不归?

下篇

四

大雾山顶与 H 镇交界处有三个村民小组,因山高路远,山路陡峭,附近的学校又被撤并,年轻的父母都在外打工,孩子们处于无学可上的境况。2003年,三小组商量着请周厚勋老师上山开私塾。代表三顾茅庐,周老师一直回绝。最后一回,他不在家,代表找到师娘,再次真诚相托,师娘替他答应了。

在周老师的预计中,在山上最多能教个两三年吧。但事实是,再入尘网中,一去又十年。

刚开始,有学生 15 人,办了一年级和二年级。一年之后,自然有了三年级。

第一学期收费每人 300 元(含书本费)。一学期下来,毛收共 4 500 元。

第二年,涨到每学期 400 元一个学生。

第三年涨到 500 元。

周老师每天早上五六点钟出发,沿山路向上攀登,要一个半小时。每天把孩子一个个送回家,天快黑了才匆匆往家里赶,一路都是下山,下山,几十分钟就到家了。

"我还是按照老法子教,反复读,反复写。这个法子有效。教完了一年级,就让他们做作业,去教二三年级。三年级也是最不好教的年级,仅次于一年级,为什么呢?因为他们的作文刚起步。写不好作文,语文就丢了一大半。我是怎么教作文的呢?我先口述,然后学生复述,他们也可以按照自己的观察和想法做一点补充,口述了几遍,有些学生还是不会,我就把掌握得快的学生叫到还不会表达的学生身边,让他们相互复述,相互补充,我在一旁听,做进一步补充,就这样,一个个过关,最后他们再把口述的内容写到纸上。"

但是三年后,随着国家对义务教育阶段的学生实行免费上学,周老师的学生就开始流失。一些孩子被送到集镇上的正规学校学习,两个老人就在那里租房照看孩子,那时候集镇的房租特别便宜,一年只要几百块钱。

15个学生,后来减少到7个,每人收费700元。

到最后两年,只剩下5个学生,分布在三个年级,每个学生收费800元。

在周老师的私塾中,有一个学生是从县城送过来的。他在县城的幼儿园读了一年,无论如何都不开口不动手,相当于得了自闭症。家长没办法,就把他送实验小学,实验小学不收;又送到外婆家所在P镇小学,上了两天课,老师对他同样没办法,劝家长将其带走,连新发的课本也送与了他;又送到外婆家所在村小学,上了几天课,老师还是通知家长将孩子领走,新发的作业本让他一起带走;又送到H镇的某小学,还是不收;又接连送到其他几个小学,都被拒绝……家长快急疯了,四处打听,听说有人在大雾山顶开私塾,就抱着试试的态度来问周老师收不收这样的孩子。第一个月,周老师每天握着这个孩子的手写字,第二个月,孩子开始自己动手写,周老师就试着引导他开口读书,第三个月孩子终于敢开口了。期末考试用的是从县城买回的试卷,这个孩子的语文得了98分,数学得了95分。一学期下来,孩子的问题解决了,家长立即把他送回正规学校上课。

"我一生教书,但从没有教过一个快活书。"周老师感慨道。

读完了三年级的学生,需要转到公办小学读四年级,但一开始学校不收,家长很着急,问周老师如何是好,周老师说:"你们别怕,就跟校长讲,出题考考这些学生,看看是否合格再作决定。"结果呢,排在前几名的,都是周老师的学生。H镇一个小学老师给他打来电话,说:"周老师,你教出来的学生不仅自己学得好,还能教我们的学生……周老师啊,你这人教书真是可以,但就是一生不走运……"

"我是凭良心和毅力,慢慢往前教。我这样的老师,不要你支持我,但是你也别来找我的麻烦,你就看我教出的学生怎么样,德智体是不是有提高……"但是,他在这里开私塾,不是没有受过阻挠。

H镇教育组就几次来人,要求他停办。

第一次来了两个人,要他拿出办私学的相关手续。"我说,我没有任何手续。但我又说,我可以教。有以下几个理由:一、我教书数十年,凭我在老百姓中间的口碑,可以教;二、我有中师文凭,可以教。"这个中师文凭,是教育组后来看他教书甚久,就推荐他寒暑假参加学习,1997年才拿到的证件。

来人翻了翻学生的写字本和数学作业,又一篇篇看学生作文,看完后,沉默了好一会儿,才说:"你教书确实不错。但你这个人,好可惨!"说完,就走了。

然而,事情并未就此了结,后来又来了两个人。其中的负责人一上山就是一顿训斥。"我也不怕,心想,大不了不要我教,我是在中国的土地上教中国的孩子读书识字,又不是做犯王法的事情。"等他训完,周老师客气地问:"请问你贵姓?"你瞧他怎么回答,他凶狠地说:"我贵姓又怎么样?你想怎么样,啊?!"周老师一听,也火冒三丈,怒斥:"你姓什么难道问不得?我在这里教书,跟你有何相干!在这样的偏僻地方,你们不派教师来,我代你们训人才,你还有什么话可讲?"周老师号召所有学生走出教室,把教育组的人晾在那里。

像周老师这样的好老师,政府应该有专项资金支持才对啊,怎么反而阻止呢?周围村民全想不通。

但是,不光是上级教育部门阻挠,有些在外面打工发了财的家长也开始有点瞧周老师不起:那么辛苦,一年的毛收还不到一万块,到外边随便找点事做,都比这里强多了,快活多了!

但是周厚勋老师就是爱教育,爱教孩子,这是他的宿命,没有办法。"如果我教得不好,学生学习没有进步,家长第一学期交了钱,第二学期肯定就不乐意送孩子到我这里来。我怎么可能在这里坚持这么多年?国家虽然不要我做老师了,但是群众把我请去,我还是教了十年。不管哪种形式,我都是在给国家培育人才。"

2013年春,周厚勋老师结束了为期十年的私塾生涯。

他回到上周塆,正赶上修路。虽然他不是组长,但因受人敬重,就被村民选为负责人。争取项目、集资、调解、赔偿、记账、算账……一系列繁琐的事,都由他来主持。直到今天,村民集资还有两千多块没有收起来,他把自己的钱贴了进去。

"我一生就爱两件事,除了爱教书,就是爱修路。通往我们塆的这条路在铺水泥之前,是一条狭窄的土路。我早上起来,就喜欢左看看右瞧瞧,看到哪里缺了,塌了,就挑土搬石头填补。媳妇问:你一早上哪里去了?我说做事去了,其实是修补路面去了。通小组的路不像国家修的那些大路有人负担,国家管不过来,要是你不做好事我不做好事,来了客骑摩托还会摔倒,那像个什么样子!我呢,爱修路,修路是积德的事情……"

说起自己的启蒙老师,从大雾山村走出去的北大博士、现在香港工作的周锋利也总是觉得遗憾和感伤:"周老师把一生最好的年华都献给了农村教育事业,不当老师了,又为集体修路尽心尽力、古道热肠,他的付出与所得的回报太不成比例,在如今这个一切向钱看的社会,像他这样的人已经不多见了。"

到今天为止,海拔974米的大雾山,八个村民小组,唯上周塆通了水泥路。

五

2014年上半年,长塘坳小学有教师病重,学校就把周厚勋老师请去代课,每月1 400元。

2014年下半年,周老师跟着熟人去安徽打工,在矿区做杂工,主要是环绕矿址钻眼、掏泥巴、注水泥,这是为开矿做前期准备工作,防止地下水涌进来。从秋到冬,整天站在水里劳作,虽不加班,但异常辛苦。4 000块钱一个月。"4 000块,这是我一生中得到的最高工资!四个月挣了16 000块。我对儿子说:我现在老了,但我还是尽我的力量去挣,挣一分是一分,到动不得,确实没办法挣了,那时候你不能怪我。"

于是说起了他的孩子。

周老师有一儿一女,都是初中毕业就外出打工。女儿嫁到了浠水县,与L县交界的乡镇,他从家里去看她,骑摩托要一个多小时;儿子和儿媳都在外打工,孙子留给了他和师娘。这些年,儿子在南方辗转,一直挣不到钱,只在结婚后,到去年才有好转——他和媳妇两个人,一个人的钱用来做生活费,另一个人的收入全部存下,存了三万块。

"我一生都在教育别人的孩子,大学生也出了不少,但却没有把自己的孩子教育出来。还是缺钱,没有钱,胆子也小些,两个孩子越读越没有劲。还记得女儿读初中那会儿,她带米到学校,要零用钱没有,除了车费再也没有一分多余的钱,她怎么都不肯去,我就打,赶她去,一直赶到大队部前面。打过后,我也是眼泪汪汪,心里难过得很。她哭着走到李家楼,在那里躲着,天黑了才跑回来,十几里路。说起来,对孩子我也是好亏欠。我也想孩子多读点书,毫无顾虑地读书,但就是没有钱。我曾跟女儿说:你要是读了个大学,哪怕是三类大学,也不一样,层次就要高好多。但另一方面,我也晓得这些都是空话,当时我确实拿不出来,没有办法。说起来,寒酸得很,伤心得很啊……"

周老师忽然把脸埋到了桌子下。

"儿子也只是读到初中毕业就去打工,上海搞一年,福建搞几年,然后又到浙江……总是没有搞到钱。走的时候,我给车费,每年过年幸好有车费回来。只在结婚后,去年才存下一点钱。现在年轻人都在县城买房,他哪不想买一套?他也想。但我是一点忙都帮不上。我现在的愿望,就是在有生之年把孙子好好辅导一下。这个孩子有点淘气,但非常聪明;只有四岁,几个亲人的手机号码却都背得出来。我去年打工,他天天跟我打电话。"

周老师找来孙子的写字本,上面的字迹工整而干净,完全看不出出自一个四岁的孩子。

"伤心又怎么不伤心呢?我现在走路要钱,送礼要钱,身体又不好,尤其是心脏不好,走在路上,车子按一下喇叭就心惊胆战,但我没有收入,能挣到一分就可以用一分,挣不到,就没有钱用。要说寒酸,确实是寒酸。"

教了一辈子的书,我问周老师有哪些特别的感想,他没有思考,声调一下子提了起来,如同当年在课堂上给我们教拼音的情景:"我还是嫌自己年纪大了,我要是年纪轻,我愿意再去教它个三五十年!我爱教书,我确实爱教书!

"我看到现在农村的教育状况越来越差,孩子写字都不像个字,心里觉得好可惜,也好着急,巴不得把学生叫到我面前手把手地来教!教书就得按照良心去教,不要怕花工夫。一个老师拿着国家的工资,如果不尽职不尽责,如何对得住良心对得住孩子?人家大人为什么把孩子送到你这里来,还不是因为人人都有望子成龙的思想?而且,每个孩子也都具备出人头地的可能性。只要老师把教育当作一个良心活来做,我相信,一定会花开遍地!

"另一个,就是对于我自己,觉得好遗憾。我也不要多大的报酬,但要是在这一生当中我的劳动和教师身份能够得到国家的承认,我最大的愿望也就实现了。到我临终的时候,我会觉得很高兴很满足,没有白活。我托生为人,没为社会做什么贡献,但也没有做过冤枉事。"

——算下来,从1972年开始,到2014年,已42年了。一个人的青春再长,长得过42年么?湖北省L县凤山镇大雾山村上周塆小组村民周厚勋,1954年生,1972年担任民办教师,奉献大山近42年,时刻忠诚于党的教育事业,光明耿介,呕心沥血,依人作嫁,鲂鱼赪尾,却始终得不到一个官方承认的教师身份。

从周老师家出来,走下一步接一步的长阶,到达一个小土包,土包外便是前年修的水泥路。太阳还没有全落下去,暮色已开始在山凹中的上周塆蔓延。周老师抱着孙子,站得笔直,看着我骑摩托离去。我从远处回过头,望见抱着孙子的周老师依然在那里站着,望着,暮色一道一道向他袭过来。我忽然想起二十多年前的许多个傍晚,周老师和其他几位老师一起站在小学的走廊上,目送我们排着队走出校门,呼啸着奔向通往大雾山各个方向的小路。多快呀,仿佛一转眼,我们的老师就已经老了,再也教不动孩子了。与周老师同龄的那些农民兄弟多多少少有些驼背了,但暮色中的他,愈发显得清瘦且直。

附记:

一群乡村老教师,从年近六十到七十多岁,拿着本县1 600名"民办教师"集体写给省巡视组的信,找到我,希望我为他们写点东西。这1 600人,同周厚勋老师一样,都是被辞退而没有得到任何生活补助。

他们的要求其实并不高:承认他们的民办教师身份;过了六十岁能够有一点生活补助。

他们都不懂网络,却对网络抱以十分高的期待,觉得在网上发一些文章,就可能解决他们的问题。殊不知,网络上关于民办教师的文章已是连篇累牍。

我问:过去十多年你们为什么不积极往上找呢?他们回答说:到外面打工去了,这些年打不动了,才回来集中起来。

这群老教师教书几十年,做事一贯认真且文明,即使上访,也要做到有根有据。他们搜集了从中央到全国各个省市的文件,厚厚几摞,对其中最重要的文件咬文嚼字,试图找出新的解读,为自己争取权益。

如何解决"民办教师周厚勋们"的情况,其实中央在2011年就出台了一份文件,对照文件精神,各个省份的落实情况都不同。比如湖北周边某省是这样做的:按实际教龄进行补助,凡有过一年从教经历的教师,现在每月补助10块钱。

这群乡村教师,正是把最大的希望寄托于2011年的这份中央文件。

城市鱼：她们背着婚姻漂流

曾经看过一幅漫画，叫《城市鱼》。它背负自己所拥有的一切，漂流在城市的海洋里。城市鱼的形象，总让我想起那些辗转于各个城市的农民工，特别是那些正当最好年龄的女工。她们背着对生活的希望、对未来的幻想，背着爱情和婚姻，在各个城市寻找，寻找着属于自己的幸福生活。但迎接她们的，往往是数不清的陷阱，无比残酷的现实。奴役、纷争、逃离、堕胎、离婚、堕落，漫长的工作时间、垮掉的身体、疲惫不堪的心灵……她们在生活、爱情和婚姻中所经受的一切苦痛，总是与并不真正接纳她们的城市紧紧纠缠在一起。

李静的讲述

你要调查女工的生活？那你可得好好采访一下我，我虽然硕士还没有毕业，但我现在已然是一名女工了。你不知道，我可从来没有吃过这么大的苦。研二下学期不是没有课了吗？我和男朋友找了一家快餐公司做兼职。我们在里面什么都做，搞策划、收盘子、打扫卫生、发传单……昨天杭州下大暴雨，我们钻入一栋又一栋的写字楼中发传单，从早上一直发到晚上。回到上海，已经是晚上十一点多，正赶上最后一班地铁，疲惫不堪。我当时真是想大哭一场。

我也问过老板，为什么连发传单这样的事情也要我们去做？老板说：你们发传单的效果比别人好。为什么呢？因为其他员工都是农村来的，文化程度比较低，不敢进入那些高档写字楼，只能在上下班时，在地铁站口发，绝大多数人接过传单,扫一眼,就丢进了垃圾桶。这个公司的女工一般是初中毕业,但是穿得很潮,喜欢把头发做得高高的,喜欢穿高跟鞋,用脚尖走路。尤其奇怪的是,跟我交流时,她们动不动冒出一句英语,尽管发音很不标准。她们还经常嫌我"out"了。但是,每当她们一进写字楼,保安就要拦她们,或者她们在前面跑,保安就在后面追。所以到后来,她们不敢进写字楼了。而我和我男朋友,背着书包进入写字楼,保安问都不问,而且里面的工作人员对我们很客气,给我们倒水喝什么的。

如果你要问,我在快餐公司兼职收获了什么,我最大的感受就是走到了那些女工中间,了解了她们的生活和价值取向。

这些从农村出来的女孩子,要么是脑子特别活;要么是长得有点好看;要么是结了婚,跟老公一起出来的。她们往往觉得自己和那些留在乡村的人不一样……我比较喜欢那种女孩:很朴实,她可能对现代化的东西都不太懂,但也不会自卑。比如有个女孩拿着手机问我,怎么我的手机摁一下就黑了,摁一下就黑了,我告诉她没电了,充一下电就好了。她只说嗯,好,我知道了。没有任何的自卑感,可能也不那么礼貌,不知道说谢谢。只会说:啊,我知道了。但是从一些小事情上,你能感觉到,她会对你很好。昨天我要去发传单,外面下暴雨,我只披了一件雨衣,那女孩拉着我,一定要给我找一把伞。她是负责收银的,是农村很麻利的媳妇,眼睛里特别"有活",看到桌子上有碗筷没收,就立刻跑过去收拾。我就跟她说,你是收银的,管账的,不要走开,那些事情我们会做。她只是"嗯"一声,过了一会儿,看到有什么事情没有做,还是会立刻去做。我很喜欢这一种女孩,不喜欢另一种,她可能觉得自己没受过什么教育,别人说她一句,她就会跳起来跟你吵。当然,我喜不喜欢,是带着我的情感去看的。

我们店里有个来自湖南的女孩,长得很漂亮,笑起来非常好看,人也很精明,经常在电话里指挥老公什么事要怎么干怎么干——她老公是个厨师,每个月的收入上万。但就是这样一个精明的女人,跟他老公结婚后,女儿都一岁了,才发现他先前结过婚,又离了,并且有个6岁的儿子。

她长得很不错,我想她的丈夫应该也不会差。结果,他那一次来我们店里,那副样子真让人大跌眼镜。他大腹便便,一边不停地给每个人散烟,一边哈哈哈地笑个不停,十个指甲全是黄的,给人的感觉就是一身油腻。老公坐在那里当客人,她在做东西,我就说你去跟老公聊两句啊,她淡淡地说,有什么好聊的啊。关于她老公欺骗她一事,我也不知道她心里的感受,反正在我们面前,她表现得无所谓,很有可能是她不想说出来吧。

有一次,老板带着我和她去重庆找厨师。头一天晚上,半夜十二点多,她突然打电话过来,问我:小静啊,老板是不是本来让刘大姐去的,结果她临时有事,就换我替她去?我说,没有啊,老板一开始就让你去的。她又说:你想想吧,老板本来是让大姐去的。我说没有吧,还让我男朋友过来作证,说是老板一开始就让我们两个跟着他一起去的。她那边顿时沉默了,突然传过来砸盘子的声音,然后电话就挂断了。正当我和男朋友纳闷之时,一条短信来了:小静,如果待会儿我跟你打电话,问你是不是老板本来是让刘大姐去重庆的,临时换成了我,你就说是。结果,短信来迟了!

第二天早上在机场,手续都完成了,正要登机时,她接到一个电话,一句话没说,招呼都没打一下,就匆匆离去了。当时老板很生气,就打电话问她是怎么回事。原来是她老公威胁她,如果她敢上飞机,就把女儿带走,不让她们再见面。

她长得漂亮,她老公害怕她跟老板有情况。

其实,我也不知道到底是她害怕她老公,还是她老公害怕她。我也不知道她的婚姻能否持久。总之从目前种种迹象来看,是不容乐观的。

你可别说我爱八卦啊,我没有八卦。但是,身处在这些女工中间,你不经意就会听到许多故事,每一个人都有故事,这湖南女孩的故事只是其中之一。

我总的一个感受是:文化程度越低的农村青年,当他们离开乡土到城市打工时,他们的婚姻就越不稳定。

桑田的记述

最近总是收到久月的信息,说的是与老公之外的一个男人的情事。

久月命苦,父亲是个瞎了一只眼、性情耿直的人,我们那里人称"二杆子",

大概在三十岁上才讨到老婆；久月的妈精神不太正常，还有癫痫的毛病，发作起来就人事不省。我曾见久月的妈在晾晒谷子的时候突然发病，掉进门口的水塘里。关于这个女人有很多传说，据说她尝试了 N 种死法，跳水、跳井、上吊、喝药。终于有一次"得成"了，她死于农药中毒——半瓶敌敌畏灌下去，在堆红薯的地窖里静静地离开了。

　　久月小学没毕业就出去打工，在广州的姑姑家帮忙带孩子。那时她十一二岁，还是个黑黑小小的孩子。我收藏着她那时的一张照片，穿着不太合身的裙子，丝袜是长到大腿的，大概是姑姑穿了不要的，隐约还能看到有勾丝的痕迹。可即使是这样，那时的我们还是十分羡慕。三四年后，听说她不在那儿干了，我们都很惊讶，因为听说帮忙带大孩子后，她姑姑答应要给她安排工作，从此吃上"公家饭"。所以她的父辈们都很愤愤不平，为堂妹不能兑现的"承诺"。但是大抵就是如此，不能改变了，后来也不怎么听见他们念叨了。也有另外一种说法，就是久月像她爸和妈一样"轴"，不懂变通，并不能讨姑姑的欢心。

　　总之最后，她去了深圳打工，在制衣场剪线头。这样工作了一年，她来信说有男朋友了。那个时候我还是个高一的学生，对于爱情一知半解。所有的已知大概都来自琼瑶阿姨。她的男朋友长得很像当时非常流行的小虎队里的一员，所以她非常迷恋。那年过年他们一起回来了，过完年那个男的就把她带走了。走时她的奶奶哭得一把鼻涕一把泪，她这苦命的孙儿从此就要开始自己的新生活了，只愿她能够得到幸福。后来才知道她之所以那么仓促地结婚，原来肚子里是有了孩子，再迟恐怕就要出怀了。她嫁去的地方，我到现在还没有搞明白是在地图的哪个位置。据说非常穷苦，男方家只有两间破瓦房，男人没有兄弟，和父母挤在一起。她的父辈们心都凉了，在那个举目无亲的地方，挨饿受冻的苦楚从此只有她一个人承受了。这中间好多年，极少听到她的消息，只知道她在当年年底的时候生了个儿子，之后两年又生了个女儿，算是儿女双全了。她和男人在外面打工，孩子由公公婆婆帮忙带。她的老奶奶总算是有点安慰了，不再常日哭泣。她婚后回过几次娘家，我只碰到过一次，她一个人专门来我家串门，还买了一包红糖。我们坐在一起聊天，已经找不到话题了，她说她穷困潦倒的丈夫、她千疮百孔的家和顽劣的大儿子，我却找不到一句话去安慰她。

但随着入世愈深,我便越能体会久月的处境。高中毕业后,我在南方漂泊了四年,有过一次真正的爱情,但是我爱的他当时也一无所有,没有办法娶我,我们分手了。后来我又跟一个人恋爱过,我以为那是爱情,事后才明白那不过是虚荣。我被他欺骗,被他伤害,我偷偷逃出来后,一个人住在出租屋里,一颗白菜吃了三天。再后来,我在东莞安了家,老公是广东乡下人,有着广东人特有的精明和吝啬。他很顾家,对待他老家的亲人很好,但是从不给我的父母打一个电话。好在儿子出生了,我把全部的希望都寄托在他的身上,而我和老公,可以一个月不说话。有一两年时间,我一直处于抑郁状态,得了失眠症。但在家乡人和朋友看来,我现在有房、有车,好像很幸福。其实,我和久月的不同在于:我在城市里有着归宿,这个归宿可以掩盖我所有的不幸福,而久月,一直在打工,在漂泊,在受苦,她的不幸,经常被人看见、被人谈起。

有一天,我突然接到久月的电话。那时她在一家工厂打工,跟丈夫吵架了,负气出走,终是不知道去哪里,就给我打了电话。我去车站接了她过来,将她安置在儿子的房间。刚开始一两天,她一直数落她的男人,后来就开始念那个男人的好。我也渐渐明白他们的争吵原来还是因为第三者的存在。从厌烦说到思念,从思念说到厌烦,天天听她这么重复,实在是折磨人,有时恍惚觉得坐在面前的是祥林嫂。挨不住煎熬,终究做了和事佬,让她老公来接了她回去。送她走的那天下午,天气很是炎热,他们一前一后,落日的余晖把他们的身形勾勒得格外醒目。男人在前大步走着,她拖着行李跟在身后,转过身匆匆地向我挥手,看不清她的表情。我也开始像她奶奶一样担忧:这样的回去,还会不会再次出走?

事实证明我的担忧不是无中生有。三个月前,她老公打来电话,说她又不见了,问有没有跟我联系。我不禁苦笑,这种方式似曾相识,她的妈妈经常用,她也如此,恐怕总有一天会弄巧成拙。后来她还是跟我联系了。她学会了上网,据说是她弟弟为她申请了QQ号码,又从他那里要到我的号。她QQ我,说是为了一个男人离家,期盼着能修成正果。我不知道该对她说什么,只是对她的天真无语。今天,看到她的留言,说是后悔了,伤心了,那个人骗了她。她说她原本是贪图那个男人能说会道,即使是大了她十岁也没有关系,她为他离家出走,为他堕胎,他却终还是抛弃了她。

好吧,这样的一生,让别人怎么能插上话?人之所以悲剧,终归源于选择。这一生都在用错误的方式进行选择,谁又能让你幡然醒悟?

附记:最近,桑田给我 QQ 留言,告诉我她刚回了一趟老家,碰巧久月也回家了。久月把女儿也带了回来,要同老公离婚。老公放下工作,从数千里外赶了过来,两个人天天缠,天天吵。

我问桑田:你同情久月吗?

桑田说:同情归同情,可是,你不觉得她的悲剧是自己造成的吗?!

一个乡镇公务员的自白

九年前,我认识了隽儿。那时她正在重点高中读书,不是十分刻苦,但在班上总能保持中等偏上的成绩。在大人面前,她话不多,有几分羞涩。她有着敏锐的感受力,热爱写作,文字优美。与她接触,你便会感觉到她是一个热爱生活的女孩。

隽儿出生在一个山区县城,父母都有体面的工作,家庭条件优越。"比起农村孩子,我很幸运,但是比起我的那些大学同学,他们很多是生长在大城市,就要差很远了。"当我再次见到她时,她这样说起了自己的家庭。"我爸是干公安的,高考报志愿时,他把我填报的师范院校改了过来,要我报公安院校。——其实,我从小的理想就是当老师,因为我喜欢跟孩子打交道。我觉得吧,老师,还有医生,是两个特殊职业,是真正关乎民生国本的。结果呢,大学毕业那年,我报考公务员,还真考上了,然后就来到了这个鸟不下蛋的地方,在镇政府当科员。国家总是跟年轻人过不去,要求应届毕业生在基层必须呆满两年。"

"看来,你对自己的现状不是很满意?那当初为什么要选择考公务员?"

"等到大学要毕业时,就业非常难,我们那个学校大部分人都在考公务员。家里人对我督促得很紧,就这样,我考上了。我当时的理想是,考到我男朋友的城市,当公务员;跟他结婚,组建自己的家庭。我男朋友有大学文凭,但其实不是正儿八经的大学生,因为是退伍军人,考公务员比我容易,他考取了他所在城市的政法干警,不能离开当地,结婚的房子也在那里。结果,我考到了这里。而且,我之前并不知道乡镇机关的含义,报考的时候也根本没多想。当时就想着,只要是个公务员,总不会差的。要不然,为什么那么多年轻人把当公务员作为最高理想?甚至我还觉得,乡下有好山好水好风光。来到这里,才知道什么叫农村。整个镇政府养着30多个人,就我年纪最小,成天被他们当奴隶使唤。早上起得最早,烧开水,打扫各个办公室的卫生,然后接听电话,通知会议,复印材料,做会议记录,管理公共财产等。晚上睡得最迟,要去完成领导布置的新闻稿和总结类的文章,全是歌功颂德,实际问题都没解决,TMD哪儿来那么多丰功伟绩啊!全是官样文章——我现在真是讨厌写东西啊!其他人,平均年龄45岁以上,素质低得很,什么事也不做,总在倚老卖老,成天就在那里喝喝茶,上上网,翻翻报纸,或者干脆不来。很多人就是寄生虫。比如这里有一个40多岁的女的,他爸以前是个小干部,她连初中都没有毕业,先是在政府打杂,后来却转成了公务员,每天来政府溜达一圈就走了。大家的工资也不高,但大多数人有车,成天开车上班,还动不动出去旅游,也不知道钱是从哪里来的。你说,在这样的地方,有什么前途?个中滋味只有自己明白。"

"关于你在乡下的见闻和感受,能展开谈一谈吗?"

"农村的问题太多了,不知从何说起。比如说老人吧,太悲惨了,有老人死在家中尸体发臭,还没有人去管。中国的农村永远都这么可怜,永远都比城市穷,而且差距是越来越大。你不要指望镇政府能为老百姓做什么事——老百姓都知道,镇政府和县政府除了利益还是利益。口号越喊越高,就像房价。比如说吧,国家给这个镇拨了十万扶贫款,结果到村里只有七万,镇政府拿走了三万,莫名其妙地拿走了三万,还有,你根本搞不懂他们是怎么样将非法收入转为合法收入的。只要上面有钱拨给农民,就会被盘走一笔。上次镇政府以某村要修补一个水库的名义申请钱,上面拨了好几十万,实际上,那个水库根本没有修补,国家的钱就这样被瓜分了。上面来的各种款项,层层克扣,真正贫困的很少能享受到补助。镇长、书记一年的正常收入可能就在四万多,但事实上,他们的收入大得很。还有,我去年负责了一个雨露计划,就是专门帮助贫困大学生的计划,镇政府这群人懒得很,把所有事都交给我做。镇政府不是有好些人的子女正读大学吗?于是乎,他们都给自己的子女申请了,而许多真正需要照顾的,得不到照顾。"

"面对这一切,你愤怒吗?"我问。

"我愤怒他们什么事都交给我做,自己什么也不干!就知道欺负年轻人,总喊着什么年轻人就应该多吃苦。年轻人吃苦是可以的,但就该这么被你们糟践是吧?你们所做的一切都是在为自己的懒惰和渎职找借口!我敢说,这里的人,出了镇政府,去社会上就什么事也干不了。有些普通科员不是嫌工资低,跑出去打工吗?没出一个月,就回来了。为什么?在政府呆久了,根本适应不了外面的苦日子!"隽儿越说越激动了,"好几次,我都想着辞职不干了,但想到外面的工作也不好找,还是硬着头皮留了下来。也曾想着去考编制当老师,但是,也打消了这个念头,因为只见过纷纷放弃教师职业去考公务员的,没见过公务员辞职去当老师的。我们的工作毕竟比做老师轻松多了。在这里,你想来就来,想不做事就可以不做事,在外面,一天八个小时绝对不能少,还要加班,他们有几个人受得了!我上周就请了一个星期的假,不会扣工资,理由是我病了,事实上,是我失恋了。我的男友,现在应该称呼前男友了,为了工作的升迁,背着我去找了一个比他年纪还大的女人,那个女人的父亲是领导。你看,一个很好的人,很快就变成了这个样子,社会真是个大染缸啊!

"你问我对镇政府的贪污腐败愤怒吗?愤怒有什么用!我能改变什么?他们贪污谋私利,谁不知道啊,但又能怎样呢?这个社会已经很病态了,到处都一样。你愤怒有个毛线用!我们跟社会过不去,社会就会跟我们过不去。我受不了这种环境你晓得吧?我都看透了,我学不来厚黑学,只能洁身自好,在这里卑微地生存,装作什么也没有看见。"

我只得无奈地苦笑,问起她今后的打算。

"我一定要考走,就算为了下一代,也不能留在这个大山坳里。好些人给我介绍男朋友,我都拒绝了。这是个恶心的地方,我一定要考到城市里去,至少是个地级市。"隽儿非常坚定地说,"你不知道,这里人的素质要多低有多低,简直就是野蛮人。昨天早上,我在小饭馆里点了一碗面,结果一个大男人进来,直接端走了我的面,说是他饿了,先吃。我已经是第二次碰到这种情况。还有一次乘车,天很冷,窗边的男人竟然把窗户整个打开,我身边的女人实在受不了,就去把窗户关上了,结果那男人破口大骂,还要打那女人,连我也要打。你想吧,长久地呆在这样的鬼地方,我真的会发疯的。像我这个年龄的那些女孩子,都是经常出入于商场,经常外出旅游,而我呢,每个月的工资不到1500,还要扣除餐费、报刊费,以及上面按定价摊派下来的各种书籍的费用。去参加各种培训学习,单位只给报销培训费,连餐费和路费都得自己掏。每年从11月份开始,单位就停发工资,快到过大年时,一连发几个月的工资,一直发到2月份,不知道的人还以为是大笔年终奖呢!对于我们这些无职无权的人,公务员的工作就是给人一种虚假的幸福感!你看我弟弟,今年刚大学毕业,进了个大公司,年薪就有十几万!"

隽儿参加工作还不到一年,但乡下行政生活的百孔千疮已让她纯洁的心灵蒙上了沙尘,乡下的环境让她的日子充满了挣扎。或许,我们都很困惑,到底是隽儿不能很好地适应这种生活,还是社会生活本就如此?如果我们说,生活原本不是这样的,那么它是什么时候才变成这样的呢?"逃离乡下,定居城市"已经成为隽儿当下唯一的理想。我想,凭借她的聪明,在不久的将来,她一定会实现这个理想的。但是,对于那无数的农村青年,他们没有受过很好的教育,没有富裕的家庭作为后盾,更没有一份体制内的工作让他们得以安定,而家乡又养不活他们,他们又能向何处逃离呢?

谈话结束的时候,隽儿问我:"你当作家,写的这些能引起上面的重视不?"我讪讪地说,恐怕不能。"那你还当作家搞啥子?你只能写,不能改变,有啥子用?别人也就看看,好点儿的会在心里泛起点涟漪,过后该怎样还不是怎样!"

隽儿的一言一语,一举一动,早已增添了几分泼辣劲,以至于我再也不能将她与当年那个清秀而羞涩,且善于发现生活之美的女孩联系起来了。

(注:这篇采访记录完成于2013年6月。近年来,中国内地基层公务员的生存状况有了较大改观,当然也有不同于以往的新问题出现。)

我们成了故乡的过客

华子是我的初中同学。那时候,我们乡分成上下两片,各有一所初中。我们学校属于上片,每个年级两个班,入学时,每个班有学生近七十人,但是一年后,就只剩四十多人。那些流失的学生,大多回家放牛种田去了,年纪格外大的,一回家就结了婚。——那时候,未成年人外出打工还没有形成潮流。等到上头下来检查义务教育的落实情况之时,学校又会派老师去把他们找回来凑人数。学生流失的情况越来越严重,而好些老师也无心上课——记得当时我们有位老师是师专毕业,本来在某高中工作,据说是得罪了领导,被下放到我们学校;他不情愿来,一学期就来一个月,一个月就上完一学期的课。等到我们要读初三,学校撤并到了下片的初中。来自上片那两个班的学生,后来读高中的,好像就只有三个人,其中两个便是华子和我。华子的家境比我的好,但是我比华子刻苦得多,成绩也稍微好一些。2000年,我考上了师范学院,华子只考上专科。

许多年后,我和华子见面的地点,却是在上海。我们首先说起了母校。离开那里也有十七八年了吧,华子从来没有回去看过,而我,也仅仅只去看过一次。去看什么呢? 早在多年前,那里就变成了养猪场。记得那一回,我爬上围墙,想重睹母校的容颜,除了这片土地还在,那口池塘还在,其他都已面目全非。就在养猪人的住所处,一条黑狗冲着我叫唤;紧接着另一条黑狗从门里边窜出,一声不吭地向我冲过来,那只叫唤的狗紧跟其后。我连忙跳下围墙,跨上摩托车,逃走了。

以下是华子的讲述：

一

你看，我住的这个地方是城边村，原住民都搬到城里去住了，坐着收租金。说难听点，这就是上海的贫民窟，住的都是外来务工人员。来自我们L县的，可能有一百多人租住在这里。有的做保姆，有的当建筑工人，有的进工厂，有的在地铁站做保洁；也有很多人有一天没一天的，有事做的时候一天能挣到一百五到两百。农村人只能做这些事情，像我们这种读了点书的，就跑跑销售。我选择在这里住，主要是因为它的价格便宜，750块一个月，面积也还大，带卫生间，外面还可以做饭。这样的房间，在市区要两千。公司本来也提供宿舍，几个人住在一起，条件太差，我不愿去住。出来闯荡，已经十多年了，何苦要为难自己呢？

我是2003年7月9号来的上海。这是个历史性的日子，我永远都会记得。大学谈的那个女朋友，一开始也要跟我一起来，我不要她来。因为我刚上班，住的是集体宿舍，没有钱出去租房子，更没有钱去供两个人过日子。后来她去了广州。一年之后，我们就分手了。有些事情男人太无奈，太没有面子了。分手之前，我坐25个小时的火车去看她，舍不得买卧铺，就坐硬座，心情沮丧，累得像要死一般。

我学的是网络技术与信息工程，当时学业不精，进好公司进不了。而且我的毕业证到现在还没有拿。在武汉上大学时，第一年的学费交齐了，第二年的交了一部分，第三年只交了住宿费，学费没有交。那时候我们的学费是6000块一年，书本费400，住宿费800。我总共还欠学校一万多块吧。我想现在要是回去拿，给它5000，它能不给我？扣在那里有什么用？废纸一张。不过，我暂时不打算要。

话说回来，我当时放弃自己的专业，选择跑业务这条路也不是错误的。2003年毕业时，我同学的工资基本在800到1200块之间。我一到上海，老板供吃管喝，每个月拿到手的就是2000块。我叔，也就是我爸的养父的亲儿子，有个同学，专门干这一行。是他把我带出来的，我就拜他为师。

刚开始时,我专门跟车送货、送发票、拿支票,到处跑。通过这些事情,我慢慢了解了生意是怎么做的——在学校里没有工作经历,永远不会知道工作是怎么一回事。做了半年后,到2004年,我就开始跑业务。整个上半年,我一分钱的业务都没有跑出来,完全是师傅把我养着。到了6月份,生意来了。是一个小单——销售了六台网络机柜,每台的价格是1 400元,我提成到了一千多块钱。我高兴得不得了,因为这是我做的第一笔生意。当时我就很有激情。为什么呢?因为你签一个小单,就相当于同学做一个月,你说我有没有激情?就这样,慢慢地,生意来了,越来越多了——因为你付出了。我也就慢慢进入到跑业务这个圈子里。客户介绍客户,我的生意就这样盘活了。到年终,除去各种花销,我赚了两万多块钱。2004年,我拿两万块钱回家过年。

(我插话:那很可以呀!我2004年7月参加工作,在M县一中教书,到第二年7月,毛收也没有两万块。更何况,我们吃饭都得自己掏钱。小县城里工资水平低,物价比武汉高多了。)

说实话,那一年过年,我在同学中间,还算是有钱的,过得很风光。

2005年年终,一算账,我的纯收入达到了五万,但是没有全部收回来。

2006年,我挣到手的有六万。

2007年,我的纯收入达九万八千。这一年虽然挣得多,但是没有用,因为我新找了个女朋友。毕竟年纪大了,要给家里一个交代,就委曲求全找个女朋友。平时带女朋友出去吃饭,游玩,五一将她带到我家……花了好几万。这一年花钱真是大呀,过有钱人的日子——也是因为我赚了点钱。

不幸的是,同是在这一年,我妈出了车祸。她到山上摘了一点茶叶,晚上坐别人的摩托去茶厂做茶。结果摩托车撞上了堆在路上的一堆杉树。我妈摔到木料上,头上撞了一个窟窿,送到医院抢救。据说当时血都快流光了。我在上海一听到这件事,立刻坐飞机赶到武汉,又从武汉转车回L县。当时她话都说不出来,望着我,只是不停地流眼泪。她躺在病床上,很长时间不能翻身,一翻身就会晕过去。我妈差一点就没有了命。这次住院花了不少钱;堆料在路上的人,只赔了几百块。做完这个手术,她又做胆结石的手术。紧接着,我哥也做了一个手术,我哥的病到现在还有后遗症。所以说,身体是最大的事情。我现在出差,特别注意照顾自己,吃要吃好点,住要住好点,出门就打车。就算你有再好的家境,一旦被这样的事情打断,也没有办法。

第二年,我跟这个女朋友也分了手。

她是湖北天门人。正月初二我去她家拜年,他爸说我们要是在武汉买房,愿意支援五万——那时候武汉的房价是四千多。但我才上了三四年班,平时花销不小,给点家里,谈恋爱花一下,左一算右一算,手头没有几个钱。你说要我到武汉买房,叫我怎么跟家里要钱,家里也没有钱。

不过,话说回来,几万块钱,当时我还是能拿得出来。如果家里能帮点,我再借点,加上女方的支援,还是能够搞个首付。但我爸一听说我想在武汉买房,没有任何商量,一句话就给否定了。像很多农村人一样,他穷怕了,不愿欠债过日子。只要不欠债,什么都好说。

我爸小时候很不平坦,总有一个记忆在脑海中。他很小就被过继给别人,这家人的家境本来也可以,唯独缺个儿子。但是,造物弄人,在他十岁的时候,养母死了,养父重新找了个老婆,生下一个儿子,也就是我叔。新的养母对我爸很不好,养父也不怎么关心他。我爸说他十二岁就开始一个人住,一个人过日子,在队里劳动,拿一半的工分。后来养父也死了。在这里过不下去,亲生父亲那边又不收,回不去了。记得我很小的时候,家里没有地方住,我爸就将一座山挖开一边,建起了房子。这是1985年的事情,我记忆非常深刻。建房的时候,一家人住在芝麻毡盖的棚子里。非常不巧,房子建好后,我爸又生了病,肾结石。肾结石现在看起来没什么了不得,但当时医疗水平差,差点要了我爸的命。那是个大手术,切掉了他的一个肾。从此以后我爸不能干重活,就去做点小生意。一开始卖小人书(连环画),后来做木材生意,卖百货,卖甘蔗,倒买倒卖的。我爸头脑还可以,所以我家的日子也过得去了。(我插话:在我们当时的同学中,你的家庭条件还算是很好的。)我家的那个门面,就一间房子,没有厨房,没有卫生间。

铺面分成两个部分,外面做生意,里面睡觉。一家人在那里住了五六年。那时候做生意还要交税。我爸就凭着自己做个小生意,供我和我哥读书。

想起来,我家还是挺坎坷的。

二

2008年,我老表来上海。我的生活突然出现波折,完全是因为这个老表。

我老表让我去他住的地方玩,就在那里,我学会了打麻将。每个周末,我都要跑过去玩,而且总是输。人一输了钱,又总想赶本,根本没心思上班。那一年,我只是维持着平时的那些客户,没有去发展新客户。要说,打麻将也还没有特别大的输赢。关键是,老表把我带到了赌场。我在赌场输的钱,具体数目也没有个统计,非常保守地估计一下,有个十来万。到2009年年终,我就感觉,像这样下去不行,但是又觉得无法自拔。因为你人在这个地方,就会老想着它。

看着我花销大,心思不在工作上,师傅的老婆对我很有看法,于是就产生了一些矛盾。因为师父一向对我很好很好,滴水之恩,应当涌泉相报,你说是吧?我不能让师傅为难。所以,2010年4月,我选择了离开上海。

回顾我在上海的这一段经历:开始时,我是有雄心壮志的,感觉跑业务有来头,真有来头呢!我一个单子,有时候提成就是一万几千块,相当于同学埋头干半年。那时候,我常喜欢到江苏路延安西路的天桥上看车水马龙,每次都要看很长时间。那么多人、那么多车,红灯一亮,所有车都停下来,绿灯一亮,所有车很快跑走了,紧跟着又是一批。当时就想:这么多好车,啥时候能自己拥有一辆跑跑。满街跑的都是财富,遍地都是黄金啊。

其实我也清楚,像我们这种打工的,很难富起来,除非去做生意,才有可能暴富。要说商场上的很多东西我都懂,去做生意的话,没有资本。后来误入歧途,人也有些消沉了。这些说出来是个丑事,本不应该成为年轻人发展本身的问题。人一旦沾上赌,就变态了,无法自拔。

(我补充:像你这种情况,其实很普遍。我的亲戚中,有一个表哥、两个表弟,他们各自家里穷得捧腥,初中没毕业就出来打工,好不容易工作顺利点,每个月能拿到六七千,结果迷恋上打牌赌博,每到年终,输得连回家的路费都没有,有的干脆好几年不回家。)

2010年4月23日,我离开了上海。我到了深圳,也还是跑业务。那边同学多,其中一个就约我去中山做灯饰生意。因为有个女同学已经在那边做,我们就去加盟。我把仅有的五万块钱都投入到其中了。其实,在那时候,做灯饰生意的起步资金非常少,十几万就够了。

一开始,我也是满怀雄心壮志。工人忙不过来,我们去帮忙,常常是从早上六七点,忙到晚上两三点。我一生中,从来没有吃过这样的苦。但是,我左算右算,发现我们所赚的钱,除去工人的工资,只能维持日常的开支。

其实,中间也赚过一些钱,比如我们帮大公司加工,赚了几十万,但是,我们两个没有分到钱。因为那同学是老板,她一拿到钱,不是想着投入生产,或者分红,而是去买车,没跟我们商量,就把车订了。再赚点钱,又想着去买其他什么的。我到这里唯一的目的就是赚钱。至于其他吃喝玩乐,我什么都经历过,对我已经没有吸引力了。说到底,女同学除了有点销售能力外,根本没有管理能力,没有全盘操作的能力。而且,到后来……你看过《中国合伙人》了吗?里面说了个"三不要",最后一个"不要"是:永远不要和朋友合伙开公司。这一点说得淋漓尽致,我是有切身感受的。那男同学,我跟他关系非常好,但是你有什么建议,他总是不能接受,于是就吵架,争得面红耳赤,但是又怕影响友情,所以每次争吵之时,我都要跟他强调:"今天我跟你吵,不影响任何的朋友关系,只是从各自角度谈自己对问题的看法……"但是,一旦争吵起来,很多事情就不受控制了。到后来,我就感觉到,这日子没法过下去。我要算账走路,但是公司没有钱。本来,有个大股东说好要来投资,结果没有投。后来,公司就一直处于亏本状态。我们三个人的关系,也闹得很僵,我就干脆退了出来。那个男同学,坚持了一段时间,也退了出来。我们两个人投进去的钱,都是血本无归。女同学后来干脆就不接我们的电话。

所有的本钱投进去了,泡都不冒一个,还浪费了近两年的时光,人累得不成形。

当时要是没有离开,留在上海好好做,说实在话,日子应该还不错。我有个高中同学,在上海搞得很可以。他二本学校毕业,以前在深圳做财务,后来到上海来,找不到房子,还是我帮他找的。当时他跳了好几个单位,2007年的时候,能拿到6 000一个月,他女朋友是中山大学毕业的,搞软件,每个月比他拿得多,有8 000多。后来他辞职了,去交大读了两年MBA。出来后,先是在证券交易所做咨询师,后来又跳这儿跳那儿,现在在一家汽车公司,每个月能拿到五万,还可以搞到一笔外快。他们已经在上海买了房,日子过得爽死了。(我插话:当时他要是没捞到第一桶金,没有积累点资本,怎么有能力去读MBA?)是的,当时读MBA要八万。(我:他这种类型的MBA,现在好像要十七八万。)在打工的人群中,他算是一个有成就的人。

有钱,日子才能好过啊!

三

2012年1月1日,又回到了上海,重拾旧业。

我始终是觉得上海的钱好赚。我毕竟对上海熟悉,那里机会也多些。而且上海出的东西,的确过硬些,口碑更好。比如说人家一说到某某地方,就会想到伪劣产品。我现在对上海非常有感情,宁可在上海讨米要饭,也不愿到别处去。说真的,现在,我觉得上海就是故乡。

你不晓得,在外地,偷盗抢劫,司空见惯,根本没有安全感。比如我在中山,两年丢了三辆电动车。直到如今,我还有同学在广州被抢。而你在上海火车站,拿着再高档的手机,有谁来抢劫你?没有人抢。前一段时间,广东那个男同学——也就是做灯饰生意的合伙人结婚,我在广州汽车站转车到中山去,手机就不敢拿出来,怕被人抢。一句话,在那边,人过得不自在、不踏实。

(我问:假如现在你能在L县的县城得到一份稳定的工作,你回去吗?)

我对家乡的感情已经很淡漠了,除了我的娘老子在那里。我是坚决不回去的;就算有一万块钱一个月,我也不回去! 那是个什么地方呀! 任何一个小城市对我一点瘾(吸引力)都没有。

我已经习惯了上海的快节奏生活。以前跑业务的时候,我天天挤公交。开始晕车,后来经过长期训练,有了抗体,不再晕了。记得我往金山跑客户时,一天转公交车十几次。那时候还没有打车的经济条件,只有坐公交车,每天早出晚归。坐公交车,你可以透过窗户看城市风景,心情就会好些。我坐公交车,从不睡觉,并且有方向感,因为刚开始跑业务时,我手里总是拿着地图,对照地图看公交车的走向,也不在乎别人嘲笑我是"乡下人"。经常,我下车后,需要走很远的路。我记得曾经从一条路的这一头走到另一头,一个号一个号地找,晒成红头精,黑汗流,像虾子一样。就这样,我对上海的大街小巷非常熟悉。哪一条路上,有几栋商务楼,我都摸熟了,我感觉自己就是上海的活地图。有些同学来上海找工作,或者是在上海买了车的朋友,找不到方向,就会给我打电话,我不用看地图,就跟他们讲得清清楚楚。

上海的大街小巷,我跑了很多很多,我感觉自己对这个城市特别熟悉,有归宿感。在这里,我没有迷茫,因为我一直都有个多多挣钱的信念在,怎么迷茫得了?不过,要说——迷茫,我以前偶尔也有过,那就是为自己在上海买不起房子而着急。不过,现在,我暂时放弃了这个理想,所以也就没有了迷茫。

说实话,我的确有雄心壮志,就是想在郊区搞到一套房,说不定哪一天,房价不涨了,甚至是降了;再买一辆车,满上海跑。

四

今年是我大学毕业的第十年。我感觉自己最大的成长是已经没有了学生腔,经验增加了很多。

还是家里穷了,对我的发展制约很大。比如前几年,我有那样的收入,让我交月供,我也供得起,但是,我始终凑不齐首付,那个几十万,始终拿不出来,就像后面的台阶你有能力登上去,但是第一步台阶太高了,你就可能永远也上不去。这些年,房价飞涨,每一级的台阶越来越高了,你就更没有希望登上去了。我们是地地道道的农民子弟,家里确实帮不了我们,即使帮，也就几千块钱，一万块钱，但是，这点钱拿到城市，不过是杯水车薪。

我现在着急的是还没有结婚，我家里人急得伤心。我人不中用，但眼光高，结果高不成低不就。我以前总想着要先积淀些什么，但是时间不等人啊。你看我们现在30多岁还没有结婚，说出去真丑，而人家二十多岁，孩子已经很大了。再加上农村人的思想，你又不是不晓得哈，他们动不动就在大人耳边就议论："唉哟，他家的儿子找不到媳妇……"让人听了难受得很。我也想过去网上征婚，但是你什么都没有，谁跟你？人家网上征婚的，都要求有车有房。

人家说我们这种人叫"屌丝"，你说是不是叫屌丝？平民百姓一个，什么都不是。又在这种城市里打拼，感觉真难啊！现在觉得自己就是挂在悬崖上，要掉，掉不下去；要上，上不上来。时间又到了，要是现在能年轻五到八岁，日子也好过点。

（我插话：八年前，时光正好，身边都是同龄女孩子。可是比现在还穷，一点经济积累都没有，自己都养不活自己。等到你有一定积累的时候，又找不到合适的人，当年的女孩子都已经变大妈了。）

生活往往就是这样，你有这没有那，有那没有这。你想两全其美，搞不到。

家里帮不了我们，但是也不要我们回报，他们最大的希望就是孩子能够过得好，看到我们过得好，他们就过得好。我赚到钱的时候，曾把我妈接到上海住了一个月，但是她住不惯，看到这么多车就晕了。坐地铁起步就是三块，几站路就下，她觉得太贵了。那么一段路就要三块，在家乡，差不多可以从家里坐到县城。给她买衣服，都嫌贵，不肯要。

说实话，我要不是误入歧途，还算是混得不错的。在我的同学中，绝大部分人都过得不如意，少数人死撑。除非你当老板，公司有起色，你才真是能赚到点钱。很多人撑到最后，好不容易买了个车，四处招摇，好像很风光，其实那是假的——表面风光，内心惶惶。

回头一想，我觉得，拿个大学文凭对于农村青年已经没有什么用了。你在上海拿五六千一个月，在家乡可能要被传为佳话，但是凭这点工资在上海过日子,真不知道有多么拮据!有些人为了省钱,到郊区租房子,每天上班,一个来回,要三四个小时。比如徐泾东地铁站外,那片大坪上停满了小车和摩托。那都是租房在城边村的人,把车停在那里,然后再坐地铁去上班。

对于农村大学生来说,没有基础,出路总不会好。相反地,那些小学或初中毕业就出去打工的同学,如今过得比我们强多了——当个小老板,或者建筑工地当个包工头,最差的,手头也有一定的积蓄,在家乡的县城买了房。人家现在都已经安定下来了,而你三十多岁,始终还处于漂泊状态。现在网上不是有很多漫画或者段子将这两种人进行对比:小学没毕业的出来当老板,大学毕业的找不到工作……

(我插话:对,这几年,"读书无用论"又重新盛行了。比如有篇文章叫《不读书的张二狗和好读书的我》:张二狗从小不读书,在学校是混世魔王,被大家瞧不起,他混到初中毕业就去打工,现在是大老板,拿了MBA,回家乡很风光,四处捐钱,受人尊敬,而"我"从小是学习楷模,考上了名牌大学,毕业后在城市打拼,租房过日子,生活艰难……)

这样的例子太多了。在大城市里生活,房子是最主要的、最关键的。

有些人撑不下去就回去了,返乡在将来也可能成为趋势。但是,回去能做什么呢?比如在我们L县,基本没什么工作机会,除非自己做点小生意……我不赞成返乡,我赞成留在城市。越是山里出来的,越要去城市,尤其是上海这样的大城市。虽然,在小县城里,你每个月拿两千块钱的工资,日子就能过下去;我在上海,每个月的收入必须上万,才能过得稍微像样点。但是,你还要想到:我挣的钱,并不是只在上海用,还拿回家乡用,我只要稍微节约一点,把钱拿回家,就可以做很多事情;而你在家乡,不吃不喝,把两千块都存下来,也只有两千,除了养家糊口,没有多余的钱来发展,来享受。所以说,钱跟钱,是不一样的。

我始终觉得,托生为人,首先是要让自己过得好。比如在上海,你想过什么样的日子,都可以过。但是你在农村,这也没见过,那也没有见过,就算你有钱,想买点什么东西享受一下,经常是买不到的。你在家乡再有钱,依然是个土狗子,对不对?没有见过大世面,没有一点人生享受。但是在大城市,你什么都能经历,什么都能看到,即使是逛逛街,也比在呆在农村舒服。比如说你吧,研究生毕业,如果选择回去,那就是大错特错!你好不容易跑出来,再跑回去,有什么意义?上海机会多,你要是在上海找工作,不能把希望寄托在一个地方,要广撒网,就像我们做销售的一样。

在这个社会,经验比知识重要得多。

附记:晚上我和华子在城边村里的饭馆吃饭。饭馆是我们L县的老乡开的。华子到那里,自己端碗筷,拿啤酒,像是在家里一般。在我们吃饭时,进来一个女子,用家乡话跟华子和店里的伙计打招呼,看到我们桌上的鲫鱼汤,就从碗柜里取出一只碗、一把勺子,直接盛了一碗汤,如自家人一般随意。晚上,我们在村中散步,看到一群人聚集在屋外乘凉,聊天,不时发出一阵阵笑声。华子说,这里除了湖北人,还有江西人、河南人和安徽人。熟人看到华子,就要跟他打招呼:你同学来了啊?

大家聚在户外的空地上,乘凉,开玩笑,传播新闻,是我小时候最美好的记忆之一,但在农村,它已经消失了十多年,现在每到夜晚,家家户户就紧闭大门,关了电灯;黑暗的客厅里有一道一道的光在闪动,穿过窗户,投射到外面静悄悄的夜里——那是老人和孩子在一声不响地看电视。我没有想到,农村的那些欢愉的夏夜,竟被这些来自四面八方的民工移植到了这遥远的上海。

"我一辈子的苦都在这里受了"

讲述：石柳（化名）　记录：王磊光

20个小时的火车，这是一段漫长的旅途。我睡下铺，石柳就睡在我对面的铺位上。一开始我并不知道她叫石柳，我们也没有交谈。火车出发时已是晚上十一点，大家躺下后，灯灭了，喧哗声也就消失了。我的铺位靠近车厢与车厢的交接处，于是我就偎在床头，借着从那里送过来的朦胧灯光，写一点见闻和思考。石柳抬起身子，关切地问："你在写东西？能看得清么？"我说："做一点笔记，必须赶快记下来，不然就忘记了。""真好啊！"石柳感叹，"我已经好多年不写东西了。"

第二天，我们便有了交谈。石柳告诉我她是一个护士，趁这一次假期，前往北京看望丈夫——从过年到现在，他们已经六个月没有见面了。石柳从医学院护理本科专业毕业后，先是在省城工作了半年，后来辞职回到地级市A城，在一家三甲医院工作。今年是她工作的第七个年头。她热情直率，一言一语，充满感情。也可以感受到，她内心淤积了很多很多的感受，她太需要倾诉了。而我，虽然不长于交流，却正是一个善于倾听的人。

以下是她对我的讲述：

一

你问我在医院的切身感受？我只想说：我一辈子的苦都在这里受了！

像我们这种临床一线科室的护士，基本上是处于医院的最底层。现在不是实行全民医保了么，无论哪个医院，病人都多。那么多人住院，配药打针换吊瓶看上去简单，可是哪一项能疏忽？哪一项不得护士们操劳？真的，不是手上的功夫和心里的统筹能应付过来的。何况病房里远不止这些事，收新病人了，病人办出院啊，哪个病人吐了、头痛了、烦躁了等等，什么情况都得观察到。更不用说上夜班熬夜不能睡觉，随时准备接收急危重症病人的情况。

本来我们干的活都挺琐碎的，而我们的服务对象又那么复杂：那么多病人和病人家属，人的素质参差不齐；那么多不同的疾病状况；那么多不同的家庭状况，好的、坏的、一般的……但是，病人对我们的要求永远是：要我们像天使一样，技术好，服务好，医德好，让他们满意，最好费用还能再便宜点。不管病人怎么样，医院都要求我们打不还手、骂不还口，谁一旦逞脾气行事，就会陷入被动，医院也没有办法保护她了。（我插话：世界上最难的事情就是与人打交道，更何况是病人？）

像在八九十年代，医生、护士都比较少，忙不过来的时候，当医生的又当护士，护士做医生的助手，都成了半个医生。但现在不同了，权限分得很明确，医生只负责看病开药方开刀，其他所有事情都是由护士来处理，跟病人的协调啊，跟医院的协调啊，跟其他部门的协调啊，都得护士来做，然后还要负责基本治疗怎么进行……事情太多太多了。医院对护士提出了很多要求，哪像在过去，护士自主得多，即便病人多，我把病人的治疗搞好就行，医患关系也没有那么糟糕。而现在，为了防止患者告医院，我们做一点什么事情都要签"治疗知情同意书"，这得费多少工夫呀。其实，有这么多工夫，真的可以多为病人做很多事情，比如多跟病人进行沟通啊。但是，现在，我们跟病人沟通——也是在跟沟通，但主要目的不是为了治疗，而是为了规避风险,但凡患者有什么情况,我们对病人家属所讲的,绝对要比实际情况严重得多。也的确没有办法,因为最主要的治疗环节不是我们做的,我们即使知道真实情况,往往也不敢跟病人讲;一旦病人的病情突然变化,与我们说的不符,家属就会把我们告上去,认为我们没有尽到救治的责任。

试问,别的哪个行业里里外外有这么多要求?最让人觉得无语的是,我们常年都在考各种规章制度、三基知识,科室还有业务学习,医院隔三差五就有各种各样的考核及检查,为了芝麻大点的事及种种不达标,就要扣钱扣管理分,层层罚扣,最终处罚结果还是落到当班护士的头上。

我就一直忍、忍、忍,一直凭着"忍"字干工作。然后就结婚成家,一旦结婚成家,就要更多地考虑养家糊口,所以一忍又忍。其实我每次上班,就是在忍。我以前脾气可好了,但是我在医院上班之后,心中很窝火,脾气也越来越大了。

(我插话:难怪,我以前在高中当老师时,很多同事的爱人是护士,他们常说妻子的脾气不好,喜欢在家里发火,看来与工作环境有很大关系。)

对,都是忍出来的,憋出来的!我以前脾气可好了,真的,我上学的时候,总是笑呵呵的,从不跟别人吵架,别人都觉得我是个好亲近的人。但是,你看,我现在上班都上成这样了。这次能够出来旅游,是因为大家都挺累嘛,领导就直接给钱给假,让大家分批出去玩。其实,你看我们玩的时候,好像过得挺舒服,但当我们上班的时候,真的是很苦。所以我想,最多再干一两年,我肯定就不干了,我实在受不了这种生活。我觉得我一直是在忍,一忍再忍,忍了这么多年,一开始是为了爸妈,现在是为了自己的小家。

我老公在北京,我必须想办法跟他呆在一起;他要是调回省城,我就去省城,随便找点什么事情做。其实我更想读个研究生。考研要吃苦,但我什么苦没吃过啊,我的英语基础也不差,我相信只要下决心,我就一定能考上。马上就满三十了,我不想在而立之年后还这么憋屈。其实很多次我都有过考研的打算,但是真的,我身边的同学也好同事也罢,更多的是无奈,想解脱又没什么动力,她们比我更不知所措。我曾经想,即便我不去读书,也会在差不多的时候辞职去做别的事,在医院临床工作真的是一种摧残。

二

　　我当初选护理专业的理由？其实，这个专业不是我选的。我本来想报考外语，或者公共卫生管理，我爸妈强行要求我改成护理专业。等我了解了这个专业的出路状况后，我愤恨了好几年，在心里也消沉了好几年。我爸妈一直觉得医生护士不管什么时候都不愁吃饭，有钱用！而且当时家里没一个读书的，更没有学医的，他们就以为如果有人学医，将来能够沾点光。总之，他们让我学医是站在他们的角度来考虑的，可能是因为他们当年受的苦太多了吧。我家在农村，我妈那时候因为超生，被罚款罚得抬不起头。你知道吧？他们一直觉得自己那么多年过得挺不容易的，可把我送进大学了，可把我的大学给供出来了，可得找个好的工作，让他们增添一份骄傲。

　　（我插话：你当时对自己的人生规划是什么样的？）

　　要说，当年也没什么太多的想法。反正已经知道，以我所受的教育及家庭条件来看，就只能过大多数人所过的那种生活。最大的希望就是能够学有所长，比如像翻译啊，会计啊，毕了业每天按部就班地上班下班，还能有一点闲散时间去静静地享受人生，去读小时候想读但大人没有给买的书，去好好疼惜自己的家人和孩子。可是走上社会，我就成了一个陀螺，工作如此，回到家亦是如此。

　　父母还是当年的父母，可是已不是当年那么淳朴。他们也要享受，花更多的时间在麻将桌上，花更多的钱在人情往来上；话语间，更少不得把我与别人家的孩子攀比，有时候被比得支离破碎，父母还会迁怒于人。即便到了现在，我都不愿和他们聊我的工作。倒是我爸妈时不时来一句"你们上班冬天不冷夏天不晒"什么的，要不就来一句"你们上夜班不就是睡觉吗"这一类类的话，真让人心寒到底啊。

　　我是怨恨父母的，所以在心里和父母关系不是那么融洽。但是对他们来说，我是给他们争了脸。我和我现在的小家庭，也是他们唯一可以拿出去炫耀的。刚毕业的时候,我们新护士的工资非常低,比那些没读过书就出去打工挣钱的人拿的少多了,我妈就经常说我没出息。随着时间的推移,我妈她不敢再随便说我了,但是我也从不把我的真实收入告诉我妈,我妈太能算计了。我只能让他们知道我干得辛苦,拿的少。

三

在今天,医院还是自己挣钱自己花,我们每个科室都是承包式的。我们的基本工资两千多,夜班费一千多,加上奖金——每个月不等,一般是两千多,多的时候有五千多。也就是说,我们一般能拿到六千左右,好的时候能拿八九千。

(我插话:呀,挺高呀!A市是四线城市,又地处山区,房价也就5 000块吧?能拿到比房价高的工资,很可观的。)

是的,A市房价这两年也涨得快,刚突破5 000块。我们的收入应该算是不错的。但是,我们付出的,远远比所得要多得多啊!

N多次我都不想干了。尤其像我这种,还是本科护理,但是,到工作中去,跟我差不多大的,多少人还是中专文凭啊。大家干的活都是一样的,工资标准也是一样的,本科和中专,相当于没有什么区别。你到这个岗位上去了,别人要上夜班,你不上夜班吗?不可能的。所以,你想,你学本科出来,你干活时觉得郁闷不郁闷啊?当然是郁闷的。我们本科毕业,都二十二三了吧,而别人中专毕业,十七八岁就上班了。中专,只读两年,第三年就开始实习,你比别人至少多读四年书吧?而等你出来,别人都上了好几年的班。虽然我的理论知识肯定比别人多,但是,护理,是一种服务,而服务侧重于实践,要在实践中慢慢学习技巧和积累经验。那么,别人就是老资格了,就可以在你面前摆老。所以,你走上工作岗位,反而要听别人的,要受制于人。即便以后你比别人强,但是作为同龄人,她们的资历永远比你老。任何一家医院都是排资论辈的地方。

读护本专业的时候就觉得亏,这个专业真正学不到什么特别的技术和知识。在医学院里,临床专业是五年制,护理专业一般是四年制,其实临床专业学的课程我们护理专业都学了,但是从时间上来看,你就知道老师教的我们学的没有他们深。就像我们在学1+1等于2,而他们在学1+1为什么等于2一样。既然临床重在认识疾病的过程和治疗,护理重在病人的护理,那么护理专业为什么不能把与护理密切相关的营养学、医疗心理学等纳为重点科目呢?说到底,我们在大学里所学的,是临床专业稀释了的知识,在工作中治疗上没有半点话语权。几年下来,学校打下的那点底子,因为工作中不用,考核中不用,就全还给学校了。后来我就常常想:国家有必要大力发展护理专业的高等教育吗?

毕了业,我们基本都是在医院当护士;有些人受不了,就不干了,也转不到好的行业去,毕竟这个专业的知识面太受限了!当年学习差一点的,只能考上专科的同学,现在反而成天坐办公室上网聊天购物,我们读本科的却只能在病房穿梭!试问,我们学习的时候没有学到该学的,走进社会了,得不到职业的尊重感和安全感,在医院里也没有归属感,这不是一种摧残又是什么呢?

除非你读了护理方面的硕士和博士,在同济、协和这些大医院才能显示出区别。但是,读完研究生的,一般不会再干护理工作,而是到大学当老师去了,或者干其他什么的。不过,我有个同学,跟我关系足够好,他在医学院当老师,也成天在抱怨。因为医学院永远在扩招,教师少,学生多,教学任务重,管理难度大,质量也肯定就不如我们当年上学时的那个质量。再一个,学校也想谋利啊,就要接受上面的各种评审,学校就要老师天天做一些这资料啊那资料啊。而且,老师肯定没有我们的收入高,工作起来,护理专业的老师也没有其他系的老师感觉那么舒畅。说到底,这个专业挺能折磨人的。

(我再次插话,问了一个很外行的问题:那你有没有想过搞个体,比如自己开诊所?)

我怎么搞个体?我如果搞个体,还必须请有医师资格证的人,因为我是个护士,没有处方权。如果我开了处方,就算非法行医了。这个在以前可以，很多护校的学生出来，凭一个中专文凭，自己干个体，但是现在不行了。而且，我是学护理专业的，基础学历摆在那，如果我去报考医师资格证，连报名的资格都没有。一句话，你是护理专业的，就不能当医生，你是医生，当护士就不行。这个，越是到大地方大医院，越是管得严格。当年我毕业时，参加省城排名前三位的一家医院的招聘，400多人报名，录取30多人，我笔试和面试都过了，还在那里上了半年班，后来感觉实在熬不过来，就辞职了。当时，这30多个人中，有一个是找关系进去的，合同都已经签了，岗前培训也有一个礼拜了，因为她是专科，还是临床医学专业的专科，按要求根本进不了大医院，所以就想通过护理的口子留在里面——毕竟，护理对学历的要求要低一些，但是，最后还是因为专业不对口，合同作废。她虽然有钱有关系，也没有办法。现在是严格要求、依法执业啊。你读的是什么专业就从事什么专业的工作，再也没有自由选择的机会了。

四

我觉得我们护士的生存状况会越来越糟糕。为什么呢？现在不是搞全民医保么？因为有报销了，老百姓不管是大毛病还是小毛病，都往医院挤，一般都不愿去那些小诊所。大医院的医疗设施和人员都很有限，这就出现了很大的矛盾。小毛病、小感冒啊，就应该去小诊所，但是，老百姓对诊所不信任——而且，也的确，小诊所在技术和管理上普遍存在很大问题。比如说，你感冒发烧了，晚上七点多到小诊所去，确实应该打抗生素，但是他们都不会给你打，因为怕出现过敏，闹出人命。其实，国家应该加大对小诊所医疗条件的投入和管理。

（我插话：也就是说，在国家单方面增加老百姓就医福利的情况下，公立医院所承受的患者就医的压力会越来越大，医疗服务反而会下降？）

医疗技术肯定是改进的，但是，医疗服务肯定是下降的。这一点，你可以想象一下，完全可以想象一下。当然，医疗服务的要求是越来越高，但是,在具体操作过程中,是打了折扣的。说到我们,过去别人总说是白衣天使,可能在过去那个不需要以药养医的年代,医护人员在人们心中的确是美好的,但是时代变了,金钱浑浊了人的眼睛,人们看我们也变了,觉得医院跟别的地方一样,甚至更黑。最早我们都知道病人家属常给主刀大夫送红包,而现在,很多人病了,不是找主管大夫,而是先发动各种关系,找医院找科室的领导请求多关照。这也就罢了,如果住院有人多多关照能少花钱、好得快,也就算了!还有些人的病是没有办法的,他们花了钱,如果没有恢复好,就要处处找茬。我们护士跟病人接触最多,首当其冲的就是我们啊!

如果上面有人来检查,我们都会提前跟病人打好招呼,让他们给我们说好话。没有办法,我们不可能做得那么好,因为我们需要应付的实在太多了。说真的,好多方面就只是在糊弄。关于检查能不能过关,其实最终还是要看医院领导会不会跟上面搞关系。

(我插话:照这样来说,相对于整个社会的需求,医疗资源是很不充分的,但是,另一方面,不是说医学院的学生就业难吗?)

是啊,反正整个都不对劲。国家鼓励大家到西部去,到山里去,但是大家都不甘心,不愿意去,那你有什么办法?你想,谁愿意到山里去啊?而且好多人去考研了,一考研就要耽误好几年,也有好多人毕业后不愿从事与医疗相关的工作,就改行了。短时间内,医患矛盾是不可能解决的。在大医院干活的人,收入肯定会随着病人的增多不断提高,但是,你的付出、你的压力,也会越来越多。正是这个,使我感觉自己活得越来越贱。但是,在医院,你就是个护士,你就是来为患者服务的,没有人会在乎你的感受,你就得像个机器,不停地转啊转。

后记:要说,石柳每一个月的收入,在山区地级市里,已经是很高的了,但她并不觉得幸福。最主要的原因,恐怕就在于她感觉自己成了一台机器,命运不在自己手中,丧失了自我对劳动的控制权,丧失了让身心得以休憩的自由。她的体验,不仅仅属于她个人的,而是与无数的"80后"青年的生活体验是相通的。这是我在跟石柳告别时的感受。

2013 年 6 月

补记：五个月后的某一天，我突然接到石柳给我的 QQ 留言："分享一件对我来说有意义的事，我被选聘为教学秘书，现在在进修学习，有一个月的时间。我也不知道以后会是什么样，但是工作中有这样的机会应该也会给生活带来一些变化，增添一抹亮色。"然后又很长时间没有石柳的消息，直到两个月前的一天，她突然通过微信给我发来信息："我辞职来北京了。我老公在这边干得还行，单位暂时不让他回去。昨天才到的，暂时没有工作。不是我很有勇气，只是没有办法，这边的机会总比家乡多一些。"此后，就偶尔会在微信上看到她对于北京生活的记录，譬如徜徉于城市的景观中，譬如挤地铁的情景，也有她奔波于北京和家乡两地的心情抒写。我问她找到了稳定的工作没有，她只是回答："无论如何，现在没有过去那么累了。"

2014 年 12 月

放蜂人

清明过了一个星期,桐子花就开了。大雾山的桐子花漫山遍野,如梦如幻。在桐子花盛开之前,大卡车就已经将放蜂人送到了这里。

山路边有三家放蜂人。在我的家乡,不叫养蜂,叫放蜂。我们说放牛、放猪,也说放蜂。最底下的那家,女的61岁,男的68岁。我问他们为什么这么大年纪还一直在外面挣钱,女主人告诉我:现在能挣点是一点,像我们这个年纪的人,要是留在家里生产,一年连一万块钱都挣不到。

他们养了九十多箱蜜蜂。

他们在油菜花盛开的时候来到这里。接着桐子花就开了,山上还有其他各种各样的野花。在这里他们已经呆了半个月,再过半个月,他们就要到河南去赶槐花。他们跑得最远的地方是郑州、商丘。碰到年岁好,一年下来可以挣到三四万块钱,年岁不好就只能挣两三万。到冬天,就要在家里呆三个月,给蜜蜂喂糖水。

我向他们买蜂蜜,买了两斤油菜花蜜。女主人说:桐子花蜜还没有出来。

女主人带着围纱的草帽,一刻不停地忙碌着。男主人正在山上捉逃跑的蜜蜂。他把一条凳子放在路边的浅沟里,再把梯子搭在凳子上,爬上更高的山上。一群蜜蜂聚集在一根树枝上,像是树枝上结了一个椭圆形的果实。男主人从腰间取下镰刀,一只手扶着树枝,小心翼翼地将它砍断,树枝断开的那一瞬间,蜜蜂嗡地一下散开,又立即聚拢过来。女主人爬上梯子,接过树枝,等她走下梯子时,蜜蜂几乎全部从树枝上飞开了,但依然围绕着树枝打转,一会儿又聚拢到树枝上。女主人把树枝端到一只蜂箱前,打开箱子,把蜜蜂往箱子里一甩,绝大部分蜜蜂落入蜂箱,少部分落到地上的,就从蜂箱底部的出口钻进箱中。

男主人收回这群蜜蜂,就把梯子拉了上去,放在了一棵大树下。还有一群逃跑的蜜蜂落在了那棵树上。

养蜂人的木头屋子异常简陋,从门口可以望见两条木凳支起一块木板,那就是他们的床。屋里屋外放着几只大塑料桶,用来装蜂蜜。屋子旁边还放着两个太阳能发电板和一个电视接收锅。

一条脖子上系着链子的狗在小屋旁漫步,两只鸡和一只鸭子在一个水盆里喝水。原来,他们不仅养了狗,还养了家禽,这倒是大大出乎我的意料。家禽也是一种陪伴吧?

再去的时候,最底下的那家放蜂人已经搬走了。听上头两家放蜂人说:他们去了河南。上头两家的棚子紧挨着。其中一个放蜂人的家,离这里只有十几里,动不动就骑摩托车回家忙些杂事,让瘦个子邻居替他照看,连蜂蜜也是让他帮忙销售。我想买几斤蜂蜜,可是他们都已经没有存货。最后两斤蜂蜜,一个小时以前已经被人买走了。一只桶里倒还剩下一点,几只蜜蜂浮在上面。

听他们说,取蜜还是往年的老办法,用布过滤。

"搞得好可以赚钱,搞得不好,什么都赚不到。赚不赚钱是次要的,关键是人快活点,不受别人限制。"瘦个子放蜂人放了 80 多箱蜜蜂,放得好的话,一年有两三万的纯收入。"怎么不辛苦?转运的时候非常辛苦。一个人往车上挑。看起来不重,其实重得很。蜂箱里有蜜,有蜂,有'儿'(蜂蛹)。还要拆棚子。棚子都是自己搭自己拆。"

瘦个子放蜂人的棚子有一扇大窗户,正对着一棵桐子树,窗外的桐花开得极美,很多游客就跑到他的棚子里,从窗户口往外取景。

他说,他来大雾山放蜂是为了赶油菜花和桐花,已经连续赶了三年。今年的桐花开得旺,但掉得也快,因为雨水多,所以花没有往年好看。但是今年看花的人最多,常常一天要来一百多辆小车。

瘦个子放蜂人说:"其实桐花蜜不是特别好,有一点苦。油菜花蜜比桐花蜜还要好喝一点。接下来还有栗子花,栗子花不流蜜。再过一个月,就去天堂寨那边赶木子花和紫云英。紫云英最流蜜。"流蜜,就是采得来蜜的意思。

平原地带以前都种着成片的油菜,但是现在9月份水稻收割后,田野就一直荒着,不再种油菜了。没有了油菜花,沿河的公路边就再也看不到放蜂人了。所以放蜂人就向大山深处转移。

放蜂人的小木屋里放着几蛇皮袋子白糖。他说,即使在花开最旺的4月份,每天晚上也要给它们添些糖水。我跟他开玩笑说,你们就是剥削阶级啊。你们把蜜蜂的口粮夺来,然后给它们喂糖。

"到阳历七月二十号之后,给蜜蜂喂糖的量就多起来。冬腊两月,天天要给蜜蜂喂糖,买糖一次要买上千斤。一夜要喂一百斤,三百多块。"

放蜂人点一支香去蜂群里找"新王",害怕蜂蜇人,故用烟熏。

"养王,也要喂白糖。蜜蜂一旦造了有新的'王台',有了新王,就要给它分笼。工蜂只活得了几个月。蜂王能够活两三年,但在我们手上只能活一年。因为蜂王老了,产子量下降,就要随时把它淘汰。所以要特别注意培养新蜂王,准备淘汰老蜂王。一只蜂王一晚上要产子一千多粒。到了正月,特别要小心养蜂王,要它保证产卵量。到了蜜蜂满箱,工蜂就不喂蜂王了。蜂王的营养就要下降,自动老化了。"

据说中国的放蜂人,最远的要走四千多公里。但是,与从前所见相比,乡村的蜜蜂是越来越少了——那时候不仅有大量的在路上的放蜂人,很多农户家中也会养上几箱蜜蜂。我小时候家里就养过蜜蜂,家里总有吃不完的蜜,但是后来就不再养了,前些年盖新房,父亲把几只破蜂箱都扔进了水沟里。

关于蜜蜂与人类的关系,有一句话广为流传:"如果蜜蜂从地球上消失,人类将只能再存活4年。没有蜜蜂,没有授粉,没有植物,没有动物,也就没有人类。"尽管后来证实这句话并非爱因斯坦所说,但它揭示的道理却绝非空穴来风。蜜蜂在全球大范围内减少,这正是人类危机的征象之一。

据说,上面对养蜂人有政策支持。但L县没有。"听说要成立养蜂合作社,上头才给补贴。但是我们这里没有人组织,到目前为止,整个L县放蜂的有近二十家,但都是各干各的,各自走天涯。"

桐花凋谢得差不多了。这两个养蜂人不久就要请来大卡车搬家,去其他地方赶花了。

花谢了,树更绿,十万大山全是绿。无数的蜜蜂死在绿树丛中,你找不到它们的尸体。

漫山遍野的绿中,唯白色的刺花最为耀眼。来观花的记者告诉我:这大朵大朵的白花,就是书上说的"荼蘼"。哦,原来这就是荼蘼。这么好听的名字,我家乡的人却是从来都不知道。

"荼蘼不争春,寂寞开最晚。"荼蘼花是春天开得最晚的花。然而荼蘼花毕竟数量太少,养不活作为奴隶的无数蜜蜂以及它们的主人。所以春天一过,放蜂人还是要走了。

我们也要走了。

赏尽春光,我们又要再一次告别家乡。放蜂人在路上放逐他们的蜂群,我们也在路上放逐我们的理想。

"春歌唱到荼蘼时,少年子弟江湖老。"

单身老汉的爱情故事

一

他经常到邻近几个病房走动,打听别人的情况,给人的印象是健谈且敏捷。他最感兴趣的是我二父,因为我二父与他兄长的情况差不多:都是年过六十的老人,都摔断了股骨,都是五保户,民政与合作医疗加起来都只能报销 13 000 元。他一度甚至把我当成了村干部。他觉得,如果别的村有村干部来照料五保老人,他们村也应该有人来照料他的兄长。当他说出他的误会时,我笑了起来。

老人姓吴,今年 58 岁,但看起来已有 65 岁的样子。我们就称他为吴老汉吧。"我也是个单身汉。一个单身汉照顾另一个单身汉。"他的声音听起来倒很年轻,仿佛是没有经历过发育的嗓子。

吴老汉的兄长今年 62 岁,又聋又哑,腿脚伸不直,不会做饭也不会生产,唯一能做的就是放牛。以前吃特困补助,一年 600 块。现在吃五保。所有的钱都是吴老汉替他领。五保一年总共能得多少钱,大概两千块,具体数字吴老汉也还没有真正搞清楚。吴老汉要为兄长种田,要管他的吃喝,而自己连低保都没有。我问他为什么不找村里反映,吴老汉说:"要是一家人有人吃五保,又有人吃低保,怎么说得过去?不能两头都得。村里从事体力劳动的人,老了动不得的、身体残缺的还有很多,都比着呢。"

医院发了催款单,需要再交 3 000 元才能动手术,吴老汉把兄长的五保金全取出来交了上去,存折上只剩下几十元。"一开始,医生说,能够报销的那部分除外，可能还要花费四千多块钱，让我先交三千做手术。对于五保人员，医院最怕他们跑了。地球是地大物博，啥情况都有，像我哥这种摔伤的还能报销一万多，其他像打架受伤什么的，就报销不了。我领了钱，也怕丢了，就赶快交了上去。我对医生说：你让我交三千块钱，我已经交上去了。但是医生说不够，还要再交，这新交的三千块钱，连同可以报销的部分，前些天都已经花光了。"

"报销之外需要自己出的那部分，用的是哥得的五保的钱，我也没有贴什么。"老人说，"只是一个人一天要花8块钱的生活费。"按照医院食堂的价格，他们大概三餐都是吃一碗粥加两个馒头。当老人说出这个可怜的生活费时，我忽然心生悲凉，对他充满同情。但他的脸上和话语中没有一点悲凉的样子。后来又去找他聊天，同房的两个病人和家属，正同他谈天说地。一个病人的妻子说："你这个老头老不正经，说话有一下没一下的。"另一个病人的语气中对吴老汉明显表现出轻蔑。从谈话中，我这才了解到，在进院之初，老人从家中带来了一大包米饭，吃了三天，饭都馊了还照样吃下去。

从十二楼到十三楼，全是骨科病人，他们一般在上午打完三到四瓶点滴，其余时间就躺床上。二父所住的十二楼，过道上也有六七个床位，其中有两个腿部受了伤的人，每天打完针便回家去了，抑或住到了宾馆。有一次我看见吴老汉躺在空病床上，刚躺下不久就被护士喊了起来。他同护士讲了一会儿理，终于不得不离开别人的床。不过，那天晚上我同他坐在那空床上聊天至十一点，护士也并没有催着我们离开。他那显得有几分年轻的声音，在灯光并不强烈的长廊里回荡，仿佛能减轻一些寂寞，又仿佛增强了这种寂寞。

吴老汉养了一头猪，三头牛。这些年来，养猪一直都是亏本生意。吴老汉像别人家一样，养的是过年猪，到年关时杀了，卖一半猪肉，钱用来买小猪，另一半做腊肉。养牛前几年很赚钱，今年就不行了。"牛价好慢，牛肉也只有三十多块钱一斤"，吴老汉说。"价慢"，就是价格持续低迷的意思。猪和牛这段时间都托付给了老三。

我问："你兄弟怎么不来替你一下？"吴老汉说："我还照顾得来。我只希望我老了的时候，兄弟再来照顾照顾我。人到老了总免不了要得病。经济上不想兄弟支援，我只想今后动不得的时候，他能够帮衬我一下。我兄弟自己也不容易,经济不宽裕,侄女倔得哭,侄儿都二十岁了,还没有找媳妇。"

吴老汉家有三亩田,是过世的父亲、兄长和自己的田,一个人种三个人的田。另外还包种了别人家的三亩多田,每年给人家一百多斤谷,意思一下。"人家打工去了,最怕田里长树,长竹子和芭茅。一旦荒了,以后再种就很难。能包出去的田都是比较好的田,可以用机器打,用割谷机割谷。那些地势不好、水源不好的田,白送给别人,也没有人耕种。机器打田,今年是150块钱一亩。用牛一天盘不出一亩田,秧还不好插,比不上机器打的田。割谷机割谷,也比人工便宜,只要80块钱一亩。三亩田的粮食只够自己吃,像我和我哥这样的人,油盐吃得薄,一年要吃一两千斤谷。还养了十几只鸡,一只鸡一年要吃一袋谷,一袋谷六七十斤,一只鸡一年大概能下一百多个蛋。"

在乡下,除过日常吃喝,傻子往往是听天由命的。把傻子兄长送进医院治疗的兄弟并不多见。

"我为什么一定要给我的兄长做手术呢?因为我心里有愧疚。当年我父亲跟他一样,都是股骨裂开。没有钱做手术,就一直磨,疼痛难忍,经常大叫,就这样磨了七年,终于磨不过来,自己上吊死了。"吴老汉说。

二

"你的性格应该是好乐观吧?"看到他很健谈,我便这样问。

"其实我好悲愁。为什么好悲愁呢?因为跟我年纪差不多的人都有儿孙,我什么也没有。总是感觉到压力大了,老了没有依靠。"

"你大半辈子都这样过来了,到了这个年纪还有好大压力?"

"心里头总是有压力……你得到这一样,就会想要得到另一样,人永远满足不了。十多岁二十多岁的时候,队里每月分到每个人二十多斤谷,总是不够吃,就想着要是让我吃饱,吃了一碗还有饭可以盛,不挨饿就好了。我记忆中最挨饿的时候是在70年代初,1970、1971、1972这三年。1969年的大水,是我这辈子见过的最大的大洪水,全大队三分之二的田都被沙压了,不但没有粮吃,还要开田。没有农药化肥,产量也不高。我那时候十多岁,正长身体,正是晓得挨饿的时候。

"后来，终于不挨饿了，但总过不好年，到了大年三十还有人来讨债，就想着要是能过一个不欠钱的年该多好啊。终于，不欠别人的钱了，总算过上了好年，便想着手头上要是每天有零用钱用就好。现在这些都达到了，但是看到别人都住楼房，我还是住瓦房，心里也不好过……人总是满足不了。所以说我是个很悲愁的人。

"对于我这样的人，要是建房，上面补助6 000到8 000块钱，但是呢，你必须先把房子建起来，搞好粉刷，把灶打好，上面来人检查，看到你确实改建了房子，才会把钱拨给你。但我们单身汉，材料费、工钱一天都欠不了，人家怕我们突然死了。现在的人，早上来帮你做事，到了天黑就要拿钱走路。所以上面的好政策，我也没有能力去享受。楼房干脆就不想了，等到60岁，背个行李，钻到福利院去住算了。福利院就收留我这样三无人员。"

"看你这个人能说会道，有头脑，怎么没找到媳妇呢？"

"地上像我这样的人还有很多，也没有找到媳妇，我就是这样的狗命。"

"要自己努力。"旁人笑着插嘴，"你年轻时一定好懒"。

"我怎么没有努力啊。"吴老汉答道，"命中载着有就有，没有就没有"。

旁人继续插科打诨："看到合适的，要缀着她。"

吴老汉："缀着有什么用？人就像弹簧，你挨着她近，她就离得远。这就是人的命。我爷爷那一层，也有两个单身汉，到我父亲一辈，也有几个单身的。"

旁人说："你找个半路的（丧夫或离异的妇女），总找得到吧？到你动不得，有个人帮你倒水喝也是好的。"

"那算不得什么。老话说：夫妻本是同林鸟，大难来临各自飞。——她家有儿子。她儿子今年38岁……"

没有任何过渡，吴老汉突然一下子就把我们拉入了他的爱情故事。

"我们相隔二十多里。她想要我去他家过日子，帮她种田。她身体差。但是我怕过了60岁，生病动不得的时候，她要我走我就得走。她早上要我走，我下午还没有地方可以去。

"以前我们在一起住了两三年。今年她回家去了，她的儿子要她回去。先前她也是两边跑。她儿媳是个外地人,不爱劳动。婆媳两个人关系搞不好,她儿子就想要她到我家住。儿子把她的衣服扔到了屋外,她没有地方可去,就搬到了我这边。她儿子这次要她回去,是因为家里的孩子两三岁了,需要她去照看。

"我为什么不到她家去呢?因为她儿子和儿媳要是联手赶我走,我就得走。还不如自己在家种点田自己吃。"

"你年轻的时候没有找过吗?"我们问。

"找过几个,但是总成不了。命啊!唉,总是往前混。我在一二十岁时,别人给我介绍了一个,但是闹翻了。二十年后,她男人得肺癌死了。她找到我,想我要到她家跟她过日子。但是她家在大山上,住半山腰,什么东西都是从山下往上挑,我可挑不动。我家的地势要平坦些,在塆里过得还可以,叔爷兄弟对我也还不错,我就一时犹豫,没有过去。再说,我搬过去,我的哥也是个问题。但是没想到过了三年,她也死了,也是得肺癌死的。这就是命!尤其人到年纪大了,好些事说不好,今天说不好明天的话,所以莫想着远大的理想。日子还是慢慢过。比如我塆下的一个兄弟,上午在自己家修窗户,没事,下午帮人盖琉璃瓦,落下来就摔死了。

"十几年前我还有个相好的。我们彼此有好感,就住在了一起,但没有正式结婚。其实是我两边跑,一会儿住她家,一会儿住我家。但是她突然得了乳腺癌,她住院的时候,一直是我照顾,我还为她出了一半的钱。临终时她怕我以后没有依靠,就把她的小姑介绍给了我。"

围拢过来的几个人都沉默了,仿佛觉得冥冥之中真有什么东西压在了人的头顶。

"这个女人的小姑,也就是现在跟我好的这个,也是个好人。但她的命也好苦。她儿子找这个外地媳妇的时候,为了给彩礼,家里跟塆下的兄弟借了几万块钱,但是一直没有能力偿还。那天恰逢那家人收谷,她男人就想着还一下人情,主动去帮忙。哪晓得忙到半下昼,人中了暑,犯了土地,就这样死了。"

在医院照顾二父三天后,我因事急匆匆地就离开了家乡。等到我再回来时,我二父因为交不上钱做手术,已停药好几天,仍躺在病床上,每天继续做牵引。吴老汉却已带着他的兄长,在几天前就出院了。我想吴老汉一定还有好多故事,我还没有来得及听他讲述。吴老汉没有电话,我不知道日后是否还有机会遇见他。吴老汉是个好人,一个有意思且深情的人,后来我不时想念他。

我还记得他讲述故事时的那份平静。那天夜里十一点多,围观的人都散去了,医院渐渐沉寂下来,不时有病人从睡梦中发出痛苦的叫声,美丽的护士在长廊里穿过来又穿过去,像美丽的蝴蝶。吴老汉压低声音对我说:

"我比别人总要慢一拍,慢一拍就要落后好远。现在的人都是朝前看,但是到了我这年纪我这个情况,还是要向后看。越是往前看,就越没有希望,总觉得生活你跳不开。"

圣山垴的守望者

二十多年了,他一直是这样坚韧、乐观。当别人把发财的希望寄托在远方的时候,他却一直在家乡的泥土上摸爬滚打,屡败屡战。最好的青春时光就这样过去了。

当地人都说:他没有钱。

他不仅没有钱,如今还欠着银行十多万。为了维持创业工程的正常运转,每年还必须向银行贷款。比起许多在外打工而发家致富的农民,他在家乡吃的苦要多得多,而回报并不总是与付出对等。

但也许又是对等的。二十多年的时光,给他的最大回报,就是让他成为了一个有胆有识的农民,让他虽生在穷乡僻壤,却有着不同于乡人的"热闹"人生。

我说的这个人,叫晏继生,我称他继生叔。大雾山上有一片山,名"圣山垴",在继生叔家的斜对面,即是他的创业基地。

继生叔自述之一

我1970年出生,1990年结的婚。结婚后,就想着要养家糊口。那时候光种田,常常还吃不饱肚子,便想找点别的事做。

于是在1992年买了车,是一辆"奔牛"(小拖拉机),不到一年时间,折光了。那时候大雾山的路是一条窄机耕路,很差,去县城几十里的路也只是一条土路。没有什么生意,干脆就把车卖了。

1993年跑到广东打工。当时孩子只有两岁,丢给媳妇的姐姐帮忙照顾。我们走的时候,孩子在背后追我们追了好远,叫人心疼。小孩在家里欠(思念)我们,天天哭。在外面打工也没有挣到钱。我们只做了三个月就回来了。打工是为了孩子,在家里挣钱也是为了孩子,不能把孩子单独留在家里搞丢了(没有养好的意思)。

　　1993年回来后,再买车,是一辆"神牛"(大拖拉机),钱是从"储金会"借的,3分的利息。车三天一坏两天一坏,急死人,还利息都还不起。人一下子就被这个车搞被动了。一直开到1995年,折了好几万,什么都没有。没办法,又把这个车卖了。

　　1996年大雾山修路,公路一直通到二郎庙村。路刚修好,我又跑去买了一辆车,是一辆龙马,就是"四轮"——后面有个篷子,既拉东西又带人。这是一辆组装车,当时买车没有经验。二郎庙有人请我拉东西上去,当天晚上我要回来,主人不肯,一定要把我留下来喝酒,歇(留宿)一夜。哪晓得夜里下起了瓢泼大雨。第二天早上起来一看,完了!——新修的路,断的断,垮的垮。没办法,只有把车留在二郎庙村,步行回家。我从山上往下走,走在黄土坳,望见山下一口塘,泥沙正在向塘里灌,忽然,泥沙一下子满了,平了塘口,水从上面倾泻而出。车在二郎庙一放就是一个多月,我也很着急,觉得这样下去不是办法,就邀了十几个人上山。大家填路,前拉后推,总算把车弄了下来。一年上岸(到年终),我算是彻底垮了台,没有一点钱,连生活费都没有。这一年,我在信用社、基金会、储金会三处的贷款有25 000元,还有不低于3分的利息。那时候,25 000块钱是个什么概念?村里出个万元户就要红半边天。人人都说我搞垮了。

　　到1997年,乡信用社主任也晓得我搞失败了,就找到我,明说是要帮我的忙,替我把车卖了,实质上是把车收去做了抵押。这辆车我花了14 000块钱买的,信用社拿走的时候,抵了9 000块钱的债。一年时间一分钱没赚,还倒丢了5 000块。

　　1997年没事做,在家种田和照顾孩子。

　　那几年确实困难啊,几乎到了山穷水尽的地步。连吃的盐都要去赊;

在李家楼欠了柴油钱,人家拦着我的车,不让走。

  我当年因为买车,向储金会借了一万块钱,后来加利息,有一万几千块,还了一大半。到2000年左右,还欠几千块。当时储金会也正要倒台,四处清收债务。储金会自己收不过来,就请人收——请的人只要讨回钱,本金上交,利息归自己。记得那一天,储金会一行四人到我家讨钱。其中两个人是临时聘请的:一个在县针纺厂担任过厂长,结果厂垮掉了;另一个像贼一样,一到我家,就在我屋里到处看,发现有几百斤油菜籽。我说:"我欠国家的钱,不是不承认,也不是不还,也不可能逃脱,只是暂时没有钱。"我跟他们说了好多好话,大说细说,他们坚决不同意,一定要我还钱。看我确实没有钱,就想把油菜籽拿走。我当然不答应,说:"这几百斤油菜籽,是留着度日的,一年的农业启动资金也全靠它,如果被你们拿走了,我一家人的日子就彻底没办法过了。"

  基金会请来讨钱的两个人,后来又私下来过三次,依然想取走我的菜籽。他们一个劲儿强调:"国家的钱必须要还。"我终于大发脾气,说:"国家多么大的企业也有倒闭的时候,我私人搞垮了有什么奇怪?县针纺厂那么大的厂,曾经红一片天,不也被你们办垮了吗?你们今天看得中我家什么东西,想拿什么就拿什么。"他们终于无趣地走了。

  后来我不都把钱还了吗?2003年,我还完了所有的债。对于国家的钱,没有哪一个农民会赖账。

继生叔自述之二

  其实我在这附近没有山林。我的一块山在很远的地方。

  塆里夏春光家山林多,但只有他一个儿子,几个姐妹出嫁后,山上的树被人偷的偷,砍的砍,管理不过来。那时候山林税收重,山多的人家交税就多,而当时木材在当地根本不值钱,主要是砍了做柴烧,农民很难从山林中受益。春光父亲在世的时候,我就跟他讨过山,他也表达过把山林转给我的意思。后来春光的父亲突然去世了。1998年,春光找到我,说:"你总说要山，我把对面那块山给你算了。"春光说的就是在圣山垴上的那块山。

于是，我就找来村干部和组长，在组长等人的见证下，由村长执笔写了一个转让契约。春光把山送给了我，就出去打工去了。我得了山就负责管理，负责交税。当时，这块山每年的税收是300块钱。300钱现在看起来什么都不值，但在当时，也不是个小数目。但我没有交几年，国家就把山林税给免了。——其实当时垮里还有人也要把山转给我，但我媳妇有点害怕，不敢要，说那个荒山有什么用，交税都交不起。

我把山接手过来的时候，完全没有开发经验，不晓得到底要做什么，只是想着一点：我开车失败了，得找点事情来养家。

1998年，我想开山，既没有劳动力又没有钱，于是就找到王家垮的人，承包给他们来挖山。我先是请我家"老三"（三哥）帮忙，把山砍出来，他们再过来挖。他们带着海锅在山上吃山上住，挖了一个多月才挖出个模子来。起早摸黑地挖，他们也吃了很多苦，还挖折了本。开始挖得好，后来越挖觉得越艰难，就采用"挖一盖二"的方式——树蔸子挖不起来的，就用斧头砍断，把树根留着，用土盖住。挖完后，我没有钱给，我老大（大哥）帮忙找信用社贷款，借了1 200块钱给他们，他们不干，说少了。后来我好像又补了几百块。他们也确实没有挣到钱，平均下来，挖一天只有几块钱。

挖了地，当年种芝麻，请人帮忙种，铁耙动不动就挂在了树根上，种芝麻的人气得大骂。我们只好继续挖，当时我的哥、媳妇兄弟也都过来帮忙。挖了十几堆树蔸子，堆在地里，被李家楼村的人几天就搬光了。然后又开带形地——不开带形地的话，土就会被大水冲走。在圣山垴上我们总共挖坏了三十多张大锄。当年种出来的芝麻，有一千多斤，芝麻当时是一块多钱一斤，卖了一千多块钱，不够开山的成本。

其实我还挖了一片山。夏春光的山挨着我哥的山，我哥本已答应把他的山给我，看到我把山开出来，又后悔了，不想给。我只好把我在远处的那一块山跟他换。我哥肯定愿意，他的这片山本就是荒山。我的那块山多好，都是大树。

从1998年到1999年，我在圣山垴上搭草棚，住了两年。住在山上干什么呢？主要是照牛。周边塆子几十头牛，一来就是一阵，地里到处是牛，有时半夜还要起来赶牛。当时我两个孩子还只有几岁，也来帮我们照看。山上虫多，蚊虫趴在手臂上一抓就是一把。

到了1999年，我有心在山上建房子。我把想法告诉媳妇，媳妇也很支持，但还是愁着没有钱。我就贩了两趟木料到浠水卖，挣了几百块钱，买回两吨水泥和百把斤钢筋。别人看到我拉回材料，晓得我要在山上盖房，说："你见广（表示对别人的奇思异想持否定态度），在那山上做屋，你怕是做梦！"

我跟我的几个哥商量盖房子的事，他们没有一个人支持。

我先是在山上挖了一口塘，刚好挖出一些沙子，正可以用来制水泥砖。那时候农村正时兴自己用机器制水泥砖盖楼房。于是我就找人驮水泥，一包一包往山上驮，路不好走，一个人一天只能驮五六包。但是，要制砖，先得通电。我又跑到县电力公司买线，买不起，当时最便宜的铝线也要十多块钱一公斤。我跟电力公司的人说各种好话，他们就建议我买旧线，三五的线，指头一般粗，一股线由六根小线组成。从山底到山上，直线距离有一公里，加上拐弯的地方，肯定就不止一公里。线不够，我就把粗铝线分成了一小根一小根。没有电线杆，只能把电线绑在树上，但又不能直接绑，不然漏电，树上得有瓷瓶。我就想着到哪里能弄些瓷瓶呢。我到李家楼，恰好听说迁址了多年的老邮电外有几根电线杆，杆子上没有线，但瓷瓶还挂在上头。我高兴得不得了，立即找了一把老虎钳子，爬上杆子，把那些瓷瓶全取了下来，装了两个袋子。就这样，接通了电。

电通了，就开始制砖。砖制好了，就打地基。地基占用的是我哥的山地，是我用一块田跟他换过来的。

打地基完全是用锄头挖，挖了整整三个月。白天挖，晚上用牛拉。山上牛多，很多牛就在山上过夜，天黑的时候我拉上几头牛到空地上系着，晚上就用牛拉土，一头牛拉累了，就换一头，每天总要搞到夜里十二点。直到把地基打出来，我的几个哥看到我确实是有决心盖房子，才肯过来帮我。

到真正建房子的时候，我找了三次石匠（泥瓦匠），从门口的找到远处的,包括我的堂外甥,都怕我给不起工钱,借故推脱了。恰好有一天,我从浠水回来,路上碰到一个石匠,我们两个人聊得来。我把他邀到我家吃饭、喝酒,他居然答应了帮我盖房子。也幸亏找他,他的手艺不错。房子盖到一半,差几层砖,我就去买,一块钱一口砖;用车拉到山脚下,我的三个舅爷帮忙挑,一次挑两到三口,一天只能跑六到八回。

冬月,房子成功了。虽是平房,却又不是盖瓦,而是盖了个水泥顶,是楼房的格式,这个房子也可以算是全塆最早的楼房。

腊月初八搬家。搬家的前两天,我又贩了一些水货杉树木料,请车拉到外县卖,同时换些鱼回来,用于搬家和过年。初六出去的,初七回来,哪晓得天黑的时候,在黄州翻了车。想到第二天就要搬家,我赶快把司机送进医院,自己请了一辆车连夜赶回来。回来后就搬了家。这是1999年底。

自从我搬到新屋后,就开始转运。2000年到2003年,我在山上种板栗树,板栗林间套种芝麻、小麦、油菜——但后来树越长越大,没办法再套种了;另外做木料生意。三年时间把所有的债都还完了。当时板栗还没有挂果,收入的来源主要靠做生意。每逢周末,小孩放假回家,就去帮我看山,我赶快去贩一趟木料,换些钱给他们上学,做生活费。就是这样度日子。——其实也不只是做木料生意,什么来钱就做什么。

到了2003年,我在外面欠的各种债,加起来有四万块,全部还清了。

板栗挂果后,一年有一万多块的收入,享受(受益)了几年。

圣山堖上还有一块山是李家楼人的。他的山挨着我的山,也是荒山,受不了益,我就想着这山要是归我就好了,可以进一步扩大种植面积。恰好他的山往那边去,是我们塆曹志刚老师的山。曹老师和妻子在县城工作,儿女当时也都在县城读书,家里的山等于荒弃了。于是我就向曹老师把这块山讨了过来,然后去跟李家楼的人换。

老实说,换山没有给人家一分钱,但是磨嘴皮磨了不少。

2007年,我跟丁家冲的人合作,在我的"板栗基地"下方又挖出一面山,种上了杉树。

继生叔自述之三

2000年,把房子建好了,就开始修通山的路。从山脚到山上,弯弯曲曲的,没有六里,四五里是有的。修了三年。

自己放线,和媳妇背着锄头去挖。只要有空,就到山上挖。当时有几段路要从别人的山上过,我跟人家打招呼,人家二话不说,都同意了。但有一段光是石头,实在是修不出来。

从圣山垴往上,是大片的林场。当时有人种木耳,请我帮忙收购了二十多万斤的木料,木料堆在我开出的山地里,快到下菌种的日子,还没有搬下来。那个人也很着急,问我怎么还不搬。我说:路挖不通,车上不去。于是他提前支了我一笔钱,让我买炸药,放炮开路。

就这样,到2003年,路基本成功了。第一次通车的时候,七八个人在后面推,才把车推上去。后来又进一步挖挖补补,路也越压越严实,也越来越像样子了。

2002年,村里看到我在搞创业,觉得我做事有决心,就推荐我入党。

2005年,我作为村干部候选人,被推荐到了村里。听说这事,当时我还说:"见鬼!我没有读过多少书,小学三年级还没有毕业,在垸里连组长都没有当过,把我选到村里能搞么事?"哪晓得选举的结果是老的一届全部换光,把我给选上了。选上我的时候,我还有点不想去,说:"叫我怎么当干部?我是狗咬刺猬,不晓得哪里下口。"但是大家说:"现在没办法,选上了,不去也得去。"我媳妇也支持我去,叫我去锻炼三年,山上的事丢了就丢了。

从2005年进村,到2011年,我总共干了两届,当了六年书记。

头一年多时间,基本不晓得要做什么。恰好到了2007年,大雾山要铺水泥路。从李家楼到黄土坳,8.4公里,是全县最长、最艰难的村级公路。按照政策,当时每一公里的水泥路,上头拨款十二万,因此国家给我们村拨了90多万。但是大雾山的路,难度极大,加上赔偿,实际上每一公里要投入20多万,前后总共要投入170多万。

这个大缺口又怎么办呢？幸好当时县长十分支持我们村铺水泥路。县长召集发改局、交通局、广电局、林业局、扶贫办等各个单位的领导集中开会，要他们一一表态支持大雾山铺路。在那个会上，哪个单位承诺出几多钱，我把账记得一清二楚。但是到了腊月，水泥路铺成了，各个单位还没有给一分钱。没有别的办法，我只有跑到县上去讨。2008年冬天，下了几十年不遇的大雪，不通车，我步行四十多里到县城，找一个在我们村驻点的领导给开了一间房住下来。住了整整半个月，天天往各个单位跑，要钱，一分钱没有要到。村里的会计也急得不得了，因为天天有人到村里要钱过年。到了腊月二十七，县长再次召集各单位领导开督办会，要求已答应给钱的，在过年之前要落实。腊月二十八，我清早到各个单位要钱，一天就讨到了三十多万，除了有一个单位水了（没有给），其他单位一分不少。

我把钱装在一条蛇皮袋子里。当时天还在落大雪，我想到我们垸有个五保户，没有被子盖，又跑到民政办要了一床棉被。腊月二十八的傍晚，我把棉被和钱袋子绑在一起，放在肩上一前一后地背着，又走了四十多里路回到村里。路上没有一个人猜得到我背了那么多钱。腊月二十九一早，就按比例还了欠账，所有人都拿着钱满意地走了。剩下的部分，又在2009和2010年想各种办法还完了。

2011年村里换届选举，把我选掉了。我没有搞好，群众把我推了下来。但是，在当书记的六年时间里，我还是做了很多事：修了8.4公里的水泥路；安装了六个小组的自来水，另外两个小组因为意见不统一或找不到水源，没有安；开了五公里的土路；搞了电改。

从2005年到2011年，因为忙村里的事，圣山垴上的林木缺乏管理。但有些人却说我到村里为个人搞了很多钱。可以查我的账，看我私人搞了钱没有？去村里第一年的工资是4 000块（村干部的工资按年算），退下来的2011年，得了最高工资，一年6 000块，其中还包含摩托车油钱、差旅费。我在2011年交账时，村里欠债不到13万——这个欠债，主要还是因为后来挖了一条从习家冲到青草湖的通垸土路，4公里。这条路，国家没有拨付一分钱。

要说我到村里搞书记耽误了创业,吃了亏,那也不完全对。当年也许是吃亏了,但现在看来我并不吃亏。因为我到村里,认识了很多人,尤其是政府领导,建立了人脉关系。我搞创业,领导即使没有钱来支援我,但对我起码有精神上的鼓励。

在圣山垴上

5月的某一天,继生叔骑摩托带我上圣山垴。路曲曲折折,但作为山路,还算宽阔,其中一处似石又似土,正是当年完全靠人工怎么也挖不开的那一段。路外,有人在灌木丛里找水竹笋,采好的笋就搁在路边。几个妇女正在荒地里摘苦菜。

继生叔首先带我去看他的杉树林基地,摩托在一条狭窄的山路上穿梭,路两边的灌木高过人头,枝叶一把一把地抽打我们的脸庞。

"这些杉树是我亲手栽种的,现在都已有碗口粗,长成了林。"继生叔指着一大片杉树林说,"这片山是我承包的人家的山,签了三十年的合约。山主出山,我投资。等到树木变卖的时候,我们分成,他得15%,我得85%。本来,山主想到他年纪大了,三十年后受不了益,有意要把山卖给我,但是我出不起那么多钱。合约上原本写的是种白杨。我请挖机开山,买树苗,第一年栽了一万棵,几乎全部死光。我多方了解,认识到这里根本不适合种白杨,于是改种杉树。杉树一次性投资下去,可以不断繁殖。"

杉树基地的开发,也不是没有经过曲折。"开始几年,我在杉树地里插种了芝麻,一年收一千多斤。山主的女婿是老大学生,认为我是以栽树为由来承包土地,实际是用来种农作物,要到法院起诉我。但人家其实不懂其中的道理。我种农作物是没有办法,是为了促进苗木的生长,不然杂灌木长到地里来杉树苗就'荫'死了。我们搞生产的,哪个能指望在这山上种农作物发财?现在树都长起来了,你看我还种不种农作物?"

继生叔的杉树基地有杉树一万多株,他还准备进一步扩大杉树的数量。

我问:"L县前年就实行了封山育林,据说是永久封山,不准砍伐和买卖木材。你私人种的树允许砍伐吗?"

"无论将来准不准砍,赚不赚钱,这都是好事,是在搞绿化。一棵树就算一年长一块,一片林一年也要长一万块。其实哪止一块,起码有五块。"

站在小路边观望山下大片杉树林的时候,大雨忽至,我们立刻跨上摩托往他山上的房子飞驰。大雨和灌木枝几乎让人无法睁开眼睛,继生叔完全是眯着眼驾驶,技术之好,叫人叹服。不到五分钟,就到了他山上的房子,但我们也已完全湿透了。

这里大约是圣山垴上最平坦的一块土地,横着一口塘,立着一座房子。房子不大,只有几十个平方。继生叔一家在山下有房子,已好些年不住山上了。在这里常住的,是他从外乡请来的一个老人,帮忙看山,3 000块钱一年。下大雨时,老人并不在屋里,大概是摸到哪里找些事做去了。

雨停了,我们顺着板栗基地中间的小路往上走。可是现在不能称作板栗基地了,因为从几年前开始,继生叔就一直在砍挖板栗树,改种茶叶。板栗林现在几乎挖光了,成了茶叶基地。前两天刮大风,把剩下不多的板栗树又吹断了好几棵。

"板栗树必须整个儿砍光,没有用。因为这山上的板栗爱长虫,整个L县的板栗又不景气,一两块钱一斤,顾不上人工费。要全部改作茶叶基地。我爱喝茶,圣山垴上原本就有很多野茶,当年挖山的时候,我特别叮嘱把茶叶树尽可能留下来。我又看到带形地的土老爱跑了,为了护土,就去买了茶籽,顺着地边种。哪里晓得,我一心想搞的板栗开发,根本赚不了钱,无心做的事情,现在反而成了我的支柱产业。我去年又下了七百斤茶籽。去年,我的茶叶,加茯苓、药材等,总共卖了十来万,是有史以来收入最高的一年。今年的茶叶,到目前为止已经卖了三万多块钱,还有一百多斤没有卖。"

继生叔不光自己种茶,还收购茶叶。大雾山的茶叶,从几十块到150块一斤,他收过来再卖到外面,最高卖到300块一斤。"我已经注册了商标,叫'龙挂幡绿茶'。本来想以'圣山垴'来注册,但这个名字已被人家用了。"

"龙挂幡"是大雾山上的一道奇观。百度百科有注释:"在大雾山南面平湖乡方家冲的上冲村方向,距山顶100米外的石崖上有一道横向崖隙,崖隙下是百丈悬崖,几乎是垂直插到山脚,岩隙之上的地表有一浅井,每当夏季阵雨来临之前,从崖隙处涌出泉来,从百丈悬崖上呈水泡状流下,直下崖底的河流中,在阳光的照射下,泡沫状水流映出的日光呈紫索状,往下渐成银白色,形成一道数十丈宽,几百米高的宽大瀑布,当地人把此景称之为'龙挂幡'。"

继生叔盼望以后能在县城开个"继生茶庄",专卖龙挂幡绿茶。"大雾山的茶好喝,可以盖众,打得开市场,但是量太少。大家也没有市场意识,头茶 100 多块一斤就卖了,像这样,怎么可能有出路?我号召别人种茶,给他们出建议,甚至说,我提供茶籽给你们种,到时候由我来统一收购,但他们不听。有的人说:我只想搞个人致富,不想搞统一行动。我就算把嘴皮说破了,他们也不支持。"

我们顺着山间小路往山上走,看到继生叔不仅种茶树,还种了一片泡桐树。限于土地面积,泡桐数量不多,只有 200 多棵。"泡桐树长得最快,几年就能长成大树,长到十年就非常大了。"

"你搞创业这么多年,国家对你有扶持吗?"我问。

"很少,几乎没有。只在当年挖地后,补助了几千块钱的种苗钱。"

……

在圣山垴上,继生叔原本没有一块山,后来却通过各种方式将四家人的山——夏春光的山、兄长的山、李家楼人的山、丁家冲人的山——集中到了一起,种上板栗、杉树、茶叶、泡桐、茯苓以及其他药材。在资源紧张、寸土必争的乡村,这中间所费的周折、想的法子、吃的苦头,岂是一般人所能想象啊!

"如果让你来设计大雾山的旅游开发,你会怎么做?"我又问。

"大雾山还是要搞桐花开发。首先要做的事,就是修路。西面山上的这一条公路,要一直通到大雾山顶上。东面山上还要再开一条路,东西贯通。沿着公路搞旅游开发,杂灌木统一砍光,全部改种桐子树。山田顾不到人工费,不种,全部种茶叶。旮旮旯旯都要种上桐子树。土比较厚实的地方,套种茶叶。以桐子花旅游带动茶叶种植和销售,产生局面。我早年就提出来这个思想,但遭到老村干部的反对,说是种茶叶没有前途。大雾山种茶叶就要把'大雾山野茶'的品牌打出去。要看到,现在留在村里的基本都是老人,做不得又挑不动,但是可以摘茶叶,即使摘青叶子直接拿到外面卖,一斤卖10块钱,现钱也马上到手,比种田划得来。

"村里必须首先拿出一部分钱来,成立专门的清山小组,规定期限把杂灌木清光。再让老百姓补种桐子树,同时清除枯枝烂木,给树造型。另外,把大雾山西边最上头的青草湖塆统一搬迁出来,从习家冲往上都围起来,养野生动物,以野猪、野羊为主。大雾山桐花目前已名声在外,关键还是要行动,村里要做事。当村干部不能等着上面给一百块钱做一百块钱的事,给一万块钱做一万块的事,而是先要自己尽力去做。你做了事,再把上头带过来看,让他们看到事情确实做了,还做得不错,就好找他们要钱。"

目前,除了圣山垴的这几间平房,继生叔在村里还盖有一栋两层小楼,在县城又买了一块地基,盖了一栋四层的楼房。"大雾山将来肯定要搞旅游开发,我也准备在公路边买一块地,建停车场,建一栋三层的楼房,下面吃饭,上面住宿;搞'农家乐',菜以土鸡汤、本地鱼、野山菜为主。但我目前没有钱,我打算等到县里的楼房彻底成功后,把它拿到银行做抵押,贷个二三十万,再做转型。"

回顾创业史,继生叔说:"我没有读过多少书,一直在'赶碾'(围着原地打转),我早年要是有现在这个眼光,一开始就种杉树,现在不正享受吗?——但是话说回来,我也必须要走这个曲折,因为我首先得种板栗树,板栗树几年就能见效,那时可以维持我的日常运转,然后才能慢慢扩大投资。"

在贫瘠的大雾山上,继生叔已奋斗了二十多年,偶尔也会流露出疲惫的思想。他想着自己已创下这样一笔产业,也许在外的儿子将来能够子承父业。但是,儿子愿意留在农村吃他那样的苦吗?

"我已把天下打下来了,不需要他再吃几多苦。"继生叔说。

当年的荒山,如今已是一座富矿。可惜我们没有时间进一步攀援,况且大雨又至了。

其实越过继生叔的山地继续往上,是大片大片的树林,有高大的映山红生长于其中。圣山垴上的映山红不但春夏开,冬天也开,一树一树,煞是好看。

无声的乡村

一

元宵节过去才十来天,太阳便出奇地好。山亮起来,树亮起来,田野亮起来,房子亮起来……世界仿佛被太阳打开了,开阔而充满希望。

我骑摩托带侄儿去附近两个新农村示范点转悠。侄儿把"米饭"抱在怀里。"米饭"是一条狗,比熊,他姐姐从武汉带回的。侄儿快把"米饭"养成了野狗,在整个塆子里穿梭,在后山岗上追猫赶鸡,还跟着人到山上去。不过,到底是宠物狗,爬不动山路,追不上兔子,上了山就怕,紧跟在人背后;听到树林里一点风吹草动就浑身发抖,扯着人的裤腿呜咽。

"米饭"是我们整个塆子里唯一的狗。

两个示范点,一个在穿村而过的公路上建有门楼,门楼上写着这个村子的名字;另一个在公路的入口处竖一张大广告牌,路边放一块巨石,石头上也写着这个村子的名字。村部办公楼上都镶着几个大字"党员群众服务中心",但大门都紧锁着。楼前也一律是篮球场,空无一人。

第一个新农村示范点,同时也是个小集镇,要热闹些,但比起春节,已冷清了许多。第二个示范点,村子里的楼房整整齐齐,家家户户大门紧闭,看不到一个年轻人,只有几个老人在村中的水泥路上慢慢地走,听到摩托车响,便抬眼望着我们。

"好奇怪,只要碰到一个人,都要盯着我们望半天。"侄儿说。

"因为你抱着一条狗。"我说。

"因为村子里很少有外人来吧?"十二岁的侄儿给出了他自己的解释。

我们在村边的小广场上拍照,一个老人从菜地里上来,用含混不清的声音问了很多关于狗的问题。我们有些不耐烦,要离开,她还追着问。

整个村子,不见一条狗、一头牛、一只猫,连猪也没有人养了。很好的太阳,照着白楼房,明晃夺目。

(2015年农历一月底)

二

又是一个阳光明媚的午后。

农历二月初的天气,前几天还是十多度,今天却一下子升到28度。山底下,有兰草花的幽香飘送过来。

沿公路向杨家塆进发,一直都是上坡,上坡。太阳正照着我,一直照着。眼睛咸涩难忍,终于不得不停下摩托,一只手握紧刹车,一只手揉眼睛,直到揉出泪来,眼里才舒服些。拐到了山岗上,就换了一个方向,背对阳光;以为村子就在眼前,可两边只有密密的树林,只有鸟儿和虫子一刻不停息地叫。

顺着山岗,还是一路向上,上。

听人说,杨家塆有几棵千龄古枫树,一棵枫树已经死去,但还没有被砍掉。我就是想去看这几棵树。

终于看到了村子。在山顶上一块平坦的地方,密密地挤着一些楼房。一条水泥路穿村而过。这便是杨家塆村。

我站在村口拍照,一个提着小竹篮的老妇人从我身边经过,看了我一眼,动了动嘴,好半天才说出一句话:"这阳光呐,很好是嘛?"

我不好意思地笑了笑,问:"大树在哪儿?"老人耳背,问了几遍,她才向村子的下方指了指:"土地庙那里有一棵。"

可是我没有找到土地庙。

老人一句"这阳光呐,很好是嘛",却让我回味半天。因为在乡下人的口语里,并不怎么用"阳光"这个词。想来,她说的"阳光",就是指"风景"吧?

骑摩托进到村子中央。一路听不到一处人语声,也没有一条狗跳出来对着我叫唤。一个老人弓腰在路边忙碌,却并不起身看我一眼。

村子里太安静了,而我仿佛一个不礼貌的闯入者,忽然有些茫然失措。我没有再向任何人打听那几棵古树的位置,亦没有擅自寻找。

沿原路返回,顺山而下。无需打开油门,四五里山路,摩托车飞快冲到山底。

(2015年农历二月初)

三

我们本来要往山的南面去。在山路的交叉口,忽然决定调转方向去看一个亲戚。她住在山背面一个偏远的山村里。我的祖母过世后,她再也没有回来过,我们也没有专门去看过她。

抵达她所在的村子,发现从前熟悉的地方已大变,路也不是原来的样子。好不容易找到一家商店,主人为我们打开店门,屋里落满灰尘。商品很少,还是春节时留下的陈货,根本没有我们需要的,只好凑合着拿了两样。我早该料到这一点。这里与我家所在的大雾山村一样,商店主人多数时候不在家,不是出去忙田里的事情,就是收桐子去了。

通往胡家塆的泥土路平整而宽,然而长满野草,路中间横着两只被长绳系着的羊,正啃着草,摩托车来了也不理会。胡家塆绿树掩映,入眼的却是断壁残垣。人都搬走了,房屋废弃的废弃,倒塌的倒塌,没有倒塌的,墙体也倾斜了。一面摇摇欲坠的墙,正对着细姑的大门。我们要看望的人,正是细姑。

早些年,细姑就和细姑爷分开过了。表妹出嫁已好几年,表弟在浙江打工,过年时才回来。曾经人丁兴旺的塆子,现在只住着两个人。

"细姑!细姑!"我在熟悉的地方喊,却没有人回答。转到塆子后面的一排房子,找到了细姑爷。细姑爷现在住的房子,是买的别人的旧屋,别人在两里外的公路边建了楼房。细姑爷也不知道我姑摸到哪里去了,立刻跑到后山喊,喊了一圈,仍没有听到回答。

午饭时间已过。

不过,细姑的世界里是没有时间概念的。细姑年轻时得了白内障,无钱治疗,以致失明。前几年生病住院,表弟从外面赶回来送她进医院,顺便检查了眼睛,检查的结果是眼部神经已坏死,做手术也没有用。多年来,在黑暗中摸索生活的细姑,一个人上山拾柴,一个人做饭,一个人洗衣服……我知道她心里苦,为这种看不到头的生活而苦。奶奶去世前,常念叨细姑已八年没有回来。尽管只有一山之隔,细姑坚决不回来。等到她再回来之时,我奶奶的尸骨已入了棺材。然后,另一个八年又过去了……

我们在塆子里走了一圈,看到两张毛主席像——塆子正中间那排房屋的大门上,贴了一副对联,还残留着"富贵""平安"等几个字样。大门正上方,一张毛主席的画像却保存完好。在细姑爷家的大门上的同样位置,我们看到了同样一张毛主席像。塆子的人搬走已有五六年了吧?两张毛主席画像,贴在那里一定很多年了,却从来没有褪色,不管多大的风,也不曾掀开一个小角。

从细姑爷那里得知,我表弟大约8月份回来,买地基建楼房。表弟家的楼房是必须建了,否则难以娶到老婆。他自然不会把房子盖在这塆子里。塆子里的人有的搬到了县城,有的搬到了镇上,有的就把房子建在了一两里外的公路边。不过,对于表弟的婚姻大事,我也并不特别担心。表弟少时备尝艰辛,初中未毕业就到社会上历练,能说会道,处处与人为善,且学会了一门手艺,还与人合资开了一个小厂。

没有等到细姑,我们只好打道回府了。我回过头望了望竹树掩映的塆子,塆子静得让人心痛,仿佛阳光落下来也有声音。但我似乎真的听到了声音,是轰隆声,一声接一声,由低沉转为宏大,所有的砖瓦房都崩塌了,尘埃四起,塆子成了废墟,我的细姑、细姑爷却不慌不忙地从废墟里走出来……

(2015年农历五月初)

四

水泥路到村部就没有了。剩下的是高高低低的山路,通往各个塆子。

两年没有走过张家塆的路,山路已被雨水洗得坑坑洼洼,野草在路上蔓延,树枝伸到了路中央。摩托磕磕绊绊,把我的心紧张得七上八下。一路上碰不到一个人,连牛铃声都没有,像是走入了一条通往森林的小路。越走越迷惑。我以为自己走错了,一度折回。回到村部小商店打听,才确信并没有走错。再次前进,行驶到一段陡坡上,四周的风景才熟悉起来。坡外便是张家塆人的祖坟地,姑爷就葬在那里。坡边的灌木丛高过人头,已经看不到姑爷的坟头了。

翻过这道坡,就到了张家塆。屋前屋后找遍了,都找不到二姑。自姑爷去世后,七十多岁的二姑没有再种田,亦不再养猪牛。大表哥家的门也紧锁着。大表哥经常是县城和家里两头跑——表侄在县城买了房,平日里和妻子在江苏打工,把孩子留给表哥和表嫂照看。

塆子里见不到一个人,只有两户人家开着门。电视的声音传过来。全塆唯一的声音。

整个张家塆,十四五户人家,几乎全建了楼房,如今只有四户人家在这里常住,其他楼房都空着,楼房的主人全搬走了——不是在县城另买了房,就是在七八里外的小集镇上新建了私房。二表哥家里的楼房已经建了十多年,又在小集镇上买了别人的宅基地另建了一栋楼。住在小镇上没有田地,连块菜园都没有。冬天打工回家,二表哥就经常骑着摩托到张家塆,砍些柴禾带回新家。

放电视的那家,只有一个妇人和小孩在家。妇人告诉我,我二姑到庙上去了,紫鱼庵这几天做法事,恐怕要到傍晚才回来。在乡下,庵和庙经常是不分的,虽然名为庵,住的却是和尚。

妇人正剥着栗子,栗子比山下的要小出不少,离成熟期还有很远,为了赶一个好价钱,也不得不提前从树上打下来。

(2015年农历七月十四)

五

说村庄无声的,其实也并不特别准确。

一方面,的确,越来越多的村庄,人口在减少,甚至消失了,然而,与之相对的是,越来越多的人向公路边集中,就兴起了一个个的小集镇。

比如,从我家到县城,四十里公路一线,就有四五个小集镇。这些小集镇,大多在过去就是人口比较集中的地方,但规模远远没有现在这么大。其实从1990年代中后期到2010年左右,小集镇一直呈不断衰落的趋势,只在最近几年,它们又兴旺起来了。越来越多的人在小集镇上购买土地——既有当地农民出售的宅基地、菜园,也有已荒弃多年的集体用地,如过时的合作社,撤并的中学,撤销的乡政府、农机站、邮电所等——建起了一栋栋的小楼。(农村买卖土地的情况,首先大概是从基层政府出售集体用地开始的。早在国家出台允许农村买卖宅基地的政策之前好些年,农民之间的土地买卖也一直在私下进行着。相关证件办不下来,他们不管,也不着急。)

小集镇的形成,除了很多农民到公路边的宽阔地带买地建房子的原因之外,还因为小集镇往往还存留一所小学,方圆十来里的学校都撤并到了这里。很多住在大山里的人,从四十多岁到六七十岁的,为了晚辈读书,不得不来镇上租房。不少无田可种的租房客,就过起了以打麻将为生的日子。与之相呼应的是,集镇上的各种店铺——小超市、杂货店、药店、兽医铺、摩托车修理铺、小饭馆、麻将馆等,都开起来了。周围的村民需要买什么,跨上摩托车十来分钟就到了小集镇上。而小集镇周边那些村部的商店,有的虽然是开了几十年的老店,现在却不得不关门了。

不再像过去二十年,农民打工的钱直接流向了村子里,这几年,打工的收入,很大一部分到县城和集镇这两级就被截留了。集镇之外的乡村的衰落,也许是不可阻挡的吧?

距离我家最近的小集镇叫李家楼,李家楼每天卖得最好的菜之一是白豆腐。

尽管有三家豆腐店,但去晚了,豆腐就卖光了。我们的父辈,真的是老了,很多东西已经啃不动,每天吃上白豆腐就是他们的幸福生活。

乡村动物记

一

按照我家乡的风俗,家家户户过年要杀一头猪,除了剁几块精肉送给亲戚,剩下的全部做腊肉。一块块肉悬挂于火塘上方的横梁,大滴大滴的黄油落下来,打在地上、火上。不到一个月,火塘上方便是黑里透红的一排,腊肉就这样做成了。

但近些年来,塆里养猪的人家越来越少。留在农村的,一户顶多养一头。很多人家已有好些年不养猪了。我读中学、大学的时候,家里每年至少养两头,一头卖掉,一头留下做腊肉;还养过好几年的猪婆(母猪)。我工作后,家里也不多养了,只养一头,杀了过年。而且,也并不全是留给自家吃,而是卖掉一半,价格比市场上便宜一块钱,通常只卖给打工回家过年的亲戚——这卖出的钱,可以用来买一头奶猪(仔猪),供来年饲养。尽管每一户养猪的人家都是这样做的,依然有很多人买不到土猪肉。

无论是过年还是平常日子,土猪肉都很走俏。镇上的肉摊偶尔有土猪肉卖出,立刻就被"抢"光。有养猪场老板,开着三轮车到山里买猪过年。大家就笑话他,他也陪上笑:"洋猪肉吃惯了,想换点土的。"坐在亲戚家的酒桌上,他才吐出实情:"舅爷啊,外甥跟你说实话,这话你莫端到外面说。我们养的那些猪,喂的是催肥饲料和垃圾食材,你说我还敢不敢吃?有时候我也觉得是昧了良心,但是,每个养猪场都是这样做的,有什么办法?成本太高了,三个月不出栏,就要折本。而且猪爱发病,一发病就是几十头几十头地死。即使一头不死,也赚不了钱,你莫看猪肉价格居高不下,现在什么都贵,养猪的成本太大了。我为什么还要养？我养猪赚钱不在猪身上,我赚的是国家的钱,国家每年要给我几十万的补贴。"养猪场死了猪,没有地方处理,就偷偷扔到河里、水库里,但是不敢经常扔,因为下游要饮水,上头会追查。于是请人开小三轮车,把猪扔到四周的山野里、荒地里。一到夏天,山里臭气熏天。

农家散养的猪自然没有补贴,前些年还要收防疫费、屠宰税等,糠麸又贵,大家一算账,划不来,除了养一头过年猪,不再多养了。而且,现在农村缺少母猪源,奶猪一般都是从外头运进来的,价格高于肉价,个头还都很大,最小的也有四十来斤,要五六百块。而且外头来的奶猪,经常带病,一不小心就死掉,五六百块眨眼就没了,心痛啊！春天的时候,我父亲和桂林哥从送到垸口的汽车上各买了一头奶猪。第三天,奶猪还不吃食。雪夜里,桂林哥骑摩托带着我父亲赶到镇上找老板。老板也愁得很,因为这批猪几乎全是病猪,好些人在找他。而老板也不过是个中间商,猪都是从外地进来的。他不可能把猪都收回去,那样所有猪只有死路一条。于是他向大家承诺："你们找兽医好好治疗,药费算我的,死了我负责。"后来桂林哥家的猪到底还是病死了,我家的猪花了三四百块的药费,好歹活了下来。到年终,老板给桂林哥赔了猪价百分之八十的钱,给我家承担了百分之五十的药费。大家没有为难老板,觉得能够得到一点赔偿已经很不错了,从前哪有这样的好事啊。

关于肉价高,老百姓吃不起猪肉的问题,光各级领导主持的会议,就开过好多回。乡镇干部出身的大父,对这种没有下到乡村作深度调研的做法有自己的看法。大父认为,中国有如此广阔的农村,如果不通过政策调动广大农民养猪的积极性,不解决养猪过程中的种种阻碍,光靠养猪场,解决不了猪肉贵的问题；把大量的猪集中起来圈养,必然要用催肥饲料,不可避免地会出现大面积死猪,质量和数量都不可能得到保证。

除了养猪的人家日益减少,养牛的更少了。以前家家户户有两到三头牛,牛是农村人的命啊！然而现在,一个几十户人家的垸子,找不出几头牛。大家都在用机器耕田,不再用牛耕了。不少私人买了耕田的机器,除过自家用,也为别人打。我家一亩六分田,请人打,付钱240块。用机器打田需要打两次,第一次提前若干天打,第二次是在插秧前一两天打。

养牛人对牛也不那么关心了。夏秋季节将它们散放在河边,早上赶出去,晚上唤回来,中间并不照看。牛把河边的草啃光了,就啃草根,啃山边的树叶。水库涨水的季节,大片的草地淹没在水下,水边草量很少。到深秋,水退下去,草地又出来了。

我高中毕业的那年暑假,还要到山上放牛。但从我一踏进大学校门后,十多年来再没有碰过牛绳了。葛兰西说,农民阶级创造不出属于自己的"有机的"知识界,说的大概就是我这种情况。记得小时候,我们每天都要拉着家里的牛,爬好几里的山路,一直到山凹里、山顶上,找到大片鲜美的野草地。而现在,大家很少将牛往山里赶了,山上长满树木和杂草,很多地方已经无路可走了。野猪和野羊多了起来;毛桃、山楂、山葡萄、糖罐等野果,已经没人去采摘了。我们从前非常熟悉的东西,现在的农村孩子不认得它们。而牛呢,早已习惯了在河边、在田边啃草,山上有再好的草,也不去。牛像人一样,心中也有一个向往的城市,河边和田边的草地就是它们的城市。

没有牛,也让大家生出了叹息,因为牛价大大起来了。人们评估牛的指标也已经改变了。从前牛贩子买牛,是要根据这头牛的"性能"来商定最后的价格。比如口齿有多少(鉴定年龄);性格是否温顺;母牛的话,还能生几胎小牛;而公牛,自然要看力气大不大,犁田快不快……然而现在,只有一个标准,那就是牛身上能取出多少肉。买牛商人来到乡下,按照60块钱一公斤肉的标准,凭经验和眼力来估价买牛。再把牛赶到县城杀了,按照66块一公斤的价格出售,内脏和牛皮都是顺带赚取的。如果送到武汉,价格就更高了。细哥家的一头大骟牛,卖了9 000块,塆里人羡慕得很。细哥说:"别看这像是好大一笔钱,其实算算账,划不来,这头牛都养了十年,养一年才一千块。"

该说一说乡村的狗了。可是,很多塆子已经找不出一条狗。童年时的情景不会再回来了。那时候,我们一群孩子,一到放学就往家里跑,书包拍打着屁股;一口气就跑回屋后的山岗上,总会有好几条狗摇着尾巴,在那里迎接我们。它们找到各自的小主人,就往他们的肩膀上扑,哈哧哈哧地喘气……而如今呢,只剩下老人们感叹:"唉,你说呀,这社会怎么成了这样?老的死了,找不到年轻人抬棺送上山;垮里来了贼,没有一条狗叫!"

更没有人养猫。垮里人不养猫已经好多年了。现在都是楼房,屋内的老鼠比以前少了很多很多。跟大学校园里的猫一个样,垮里的猫都是野猫。大家还总在骂,骂猫的繁殖力怎么那么强。可怜那些猫,没有任何一家人愿意给它们提供食物。它们什么时候来到这个世上,什么时候死去,大家都不知道。

鸡倒还是有一些,但比起从前,依然少了很多。土鸡蛋很走俏,极不好买。有人家的女儿生了孩子,做娘的照例提着小竹篮,走过好几个垮子,才勉强购得几十个蛋。那些肥硕硕的土鸡散放在垮子周边的树林里,不时地叫唤几声,仿佛是在提醒大家不要忘了乡土的本色。

乡村路上多车,尤其是摩托车。从县城往乡下,数十公里,摩托车跑得无影无踪,有些摩托车的刹车坏掉了,主人也舍不得花钱换新的。偶尔会有牛、狗、羊、猫、喜鹊、麻雀在路上悠闲地散步。它们并不怕车,它们早就习惯了。在乡村公路上开车或骑摩托一定要小心。你隔着老远按喇叭,动物们并不理睬。当你疾驰到它们面前,它们才如梦惊醒,一头向路中央窜去。这时候不是你撞伤了它们,就是它们伤了你——把你连人带车撞翻在地。

2012 年冬

补记 1:

自杀者

一头牛靠着树不声不响

牛把树吓坏了

枝叶落了一地

起因是挂牛铃的绳子

套住了树丫

牛蹬着前后腿,撞树身

要摆脱扣住它脖子的手
绳子越拉越紧
就这样,勒死了
村里人说:
牛急躁,又愚蠢

说不定是这头牛有什么想不开
或者渴望托生到城市去做人
才把自己勒死的呢
要知道
这是村子里最后一头牛

(注:夏天,邻村的一头牛在山上吊死了。主人把牛剁成一块块,挑到街上贱卖。)

2013年8月4日

补记2:

最近回家,发现我们垮子只剩最后一头牛了。

竟然有一只漂亮的流浪狗,还是狮子狗。是从两里外的垮子流浪过来的。主人不管它,它一气之下就跑到了我们垮子。又回头将自己的几个孩子叼了过来。但是到我们垮子,也没有人管它,没有人给它食物。我看见它的时候,很想给它拍一张照,恰好手机没有电。过了几天,我就没有再看见它,不知道它是不是又开始了新的旅途。

山里的狗与人一样,都是贱命。上天叫来,就来,上天叫走,就走。

2013年12月

二

水退下去很远,露出泥沙平整的河床,以及河床边的田野——这平均水面五百亩的水库,四十多年前,曾是周边几个垮子的良田。

河边的田野铺满枯草,虽然天气寒冷,牛却每天在这里啃着,晚上主人再给它加夜草。牛价越来越高了,养一头牛,一年下来可赚两三千块,可垮子的牛并没有增加——仅有三头:两头大牛,一头小牛。尽管有大片草地,牛却怎么也长不肥。母亲把这归因于没有人给牛洗口,洗口要用到麻叶或白菜帮子。"以前过不了多久,兽医就要来给牛洗口,还用针扎牛舌头,扎出血来。现在的兽医做这些事么?没有上百块钱,他肯来给牛洗口?"

无人照看,它们也并不跑远,不钻人家的菜地。不管是太阳出来,还是下雨落雪子,它们就在这空旷的小平原上啃着枯草。只有风在吹,风是从天堂寨吹过来的,风把它们的毛吹长了,把骨头吹了出来。天黑之前,它们自己回家,站在牛栏外,等待主人为它们开门。

一个冬天下来,河边的草被它们啃光了。不要以为村子里最孤单的是老人,这些牛比老人还要孤独呢。它们相互间很少交流,甚至连叫声也极少——同伴这么少,叫给谁听呢?

一天早上,我家那头母牛扯断绳子,嘶叫着,一口气跑出很远很远。母牛起窠了。起窠就是发情的意思。

它跑了整整一个上午,都没有找到一个"男朋友"。

2015年2月

补记:

下过几场雨,突然出了很大的太阳。泥土有些温度,水也暖起来。水库像一只乌龟醒过来,向河的上游爬去,每天都要爬高一尺。水越爬越高,整条河的下游都淹没在水中。这时候,去水库那边的草地上放牛,要绕很远。先是从河的上游过去,再穿过田边的小路。从田头下到水库边的草地上,要经过岩石上的小路。岩石壁有两三层楼那么高,石壁外便是涨了水的河流。

早上父亲赶牛,从岩石上过时,小牛就赶过来捉母牛的奶头,母牛不让,向前移动了两步,一下子就把小牛挤到岩石边。小牛顺着岩石往下滑,两只前蹄在石头上抓了几下,就滚了下去,啪地一声落在石壁中央一块凸出的石头上,又从石头上跌落下来,落在下方另一块凸石上,最后才滚落到水面上。

小牛一定吓坏了,朝着与母亲相反的方向奋力划过去。父亲跑到水边喝斥它,母牛也跟着叫了两声,它才折了回来。从水里爬起来,就立即捉住母牛的奶头,使劲地吮吸,身体一直抖。母亲的乳房,才是让它觉得最有安全感的地方。

整整一天,它就卧在枯草地上晒太阳。傍晚回家,它又活蹦乱跳起来。它的屁股和腿上,几处鲜红的伤口一开一合。

牛有眼泪。我知道,凡是动物都有泪。但在牛受伤的时候、受折磨的时候,我从未看到过它流泪。

黄昏一点一点地落在母牛背上,小牛含住母牛的乳头,蹬着两条后腿,一撞一撞地吸吮。母牛站在黄昏里,平静而安详。

2015年3月25日

三

麻雀又冷又饿啊!

只要一打开门窗,它们就偷偷地跳进来,甚至从厨房的烟囱和天窗里钻进来。它们找到粮食储藏间,偷吃谷子,谷壳堆了一地。妈妈在房间里四处搜寻,用力拍打墙壁和蛇皮袋,都找不到它们。妈妈不怕它们偷吃粮食,怕它们出不去,渴死了。

上午我在房间看书,突然听到二楼大厅的窗户"啪——啪——"地响。出来一看,一只麻雀正往玻璃上撞,想从那里出去。我跑去开窗,麻雀吓得往楼梯上飞,啪地一下撞在楼梯窗的玻璃上。我追赶它,它又掉头飞进二楼的储藏室。我赶进储藏室,它又飞了出来。不知是飞到其他楼层还是从窗户飞出去了。上上下下找了个遍,没有发现它的影子。

麻雀到底比蝉聪明多了。夏天的晚上,屋里亮着灯,蝉就会从窗户、从门口笔直地往屋里飞。蝉一进屋子,就失去方向感和平衡感,像醉了酒,鸣着长笛从东墙撞到西墙,又从西墙撞到北墙,撞到南墙,几个轮回,啪地一声摔在地上,一阵惨叫,满地挣扎一会儿,就没有了声响,呜呼了。

下午再一次听到撞击玻璃的声音。又一只麻雀狠狠地撞在二楼大厅的窗玻璃上,每撞击一次,就落在窗沿上。我去开窗,差不多顺手抓住它。它已没有力气起飞了。但突然,它还是惊恐地飞了起来,飞向楼道的窗户,撞在玻璃上,滚落到地上。我跑过去,它又径直向三楼飞去。三楼是杂物间,都没有装门。它窜到西边的房子里,啪地一响,似乎要把窗户撞碎。我跟进去,却不见它的影子,找了一会儿,才在箩筐边找到它。它望着我,黑眼珠里有着孩子般的哀求。我伸手捉它,它又飞起来,飞到东边的屋子里,再一次撞在玻璃上。我轻轻地伸手,替它拉开窗户,它却又并不飞走,只是扣住窗沿移动,拍打着,试探着,终于确认没有窗玻璃,才一跃飞出去,落在林子里。

它在空中飞翔的姿态有些摇摆。

关窗户的时候,猛一低头,发现脚边的小桶里有一团灰色。又是一只麻雀。

桶里放着一只抹水泥的小铲子,麻雀就停歇在上面,一动也不动。踢了一下桶,它依然不动。我想它已经死了。低头去拿小铲,它却猛然弹起,径直从窗户里飞了出去,吓了我一跳。这是一只狡猾的麻雀。

它笔直地飞出去,落在同一片林子里。我站在窗边望了一会,听见树林里鸣声欢快。它们或许是一对儿呢!我想。

我忽然又有些忧伤了。四处都是冬天,四处都是楼房,四处都是冰冷的树木,鸟儿们该怎样度过这漫长、寒冷而又没有食物的冬天呢?从前,垸子里还没有一栋楼房的时候,平房的屋檐下尽是麻雀窝。大人们将稻草绕着泡桐树往上码,码成金字塔,那里面躲的也全是鸟儿。每当太阳升起,太阳照在稻草上金光四射,鸟雀们从稻草里钻出,又钻进去。每一棵草树上都有数百只鸟对着金灿灿的阳光叽叽喳喳,那真是热闹啊。可是现在,都不养牛了,稻谷脱出来之时,稻草当场就丢弃了。

2013 年 1 月

补记:

　　河边有很多木子树,长在沙地里。水涨起来的日子,它们就淹没在水中,每年要被淹上几个月,却并不死去,反而越长越高大,有的像天一样高。

　　到深秋,木子树就是摄影家的天堂。它一身的红叶,比枫叶美出很多。木子树有个更好听的学名,叫"乌桕树"。

　　其实,木子树并不叫人喜爱,它身上爬满一种叫"洋辣"的毛毛虫。小学四年级那年,我上树打木子,把一棵树打光了,卖了八毛钱,可是落得满身红疹,一个晚上睡不得觉。许多年过去了,木子还只有几毛钱一斤,终于大家都不再打木子了,田边地头的那些高大的木子树都被砍光,作了柴火,只有河边沙地上的树还在。冬天,木子树落光叶子,枝条上挂满白珍珠一样的子儿,满满一树啊。这时候,当你站在树底下,抬头,就仿佛站在离夜空最近的地方,满空星星啊!

　　到冬天,木子树便是鸟的天堂。

　　太阳出来的时候,木子树上热闹非凡,喜鹊、麻雀以及其他各种大大小小的鸟儿都聚集到树上,叫唤,跳跃,采摘木子,像开百鸟会。

　　整个冬天,木子是树木们留给鸟儿唯一的果实。

　　"木子树啊你真好,你是鸟儿们的大救星!"有一天中午,我从树下经过,听到喜鹊正在这样抒情。

2015 年 2 月

四

　　妈妈说:可恨!喜鹊是越来越狡猾了,它们总是偷偷跑进养猪房,偷吃锅里的猪食;听到母鸡叫,就钻进鸡埘啄蛋吃。去年,喜鹊啄坏了我家三四十只鸡蛋，土鸡蛋个大，压称，要值五六十块。真是太坏了！从前可没有这样的事……从前啊，山都被砍光了，喜鹊没什么吃也不来偷吃鸡蛋……

怪事岂止这一桩。听说隔壁县有人到大山里撒笋，结果被野猪吃了，咬得只剩下半个身子。怎么不可能？面对大家的质疑，楚池爷说：你没看到，这山都成了原始森林！前几天，乌岩林场有人看到一只兽，身上有一块一块的花斑，才认出那是一只豹子，大惊，立即跑进屋里，拴起门……

是啊，现在到处都是树，一沟沟一坡坡，密密匝匝都是绿色，走了几辈子的路，隐没在林间。风过，山林呼啸，绿涛汹涌，仿佛伸手就能掬起一把。野兽也日渐一日地多起来，消失了六七十年的豹子也出现了……

还是回到喜鹊吧。想必喜鹊也比从前不知多出了几倍。昨天下午，窗外喜鹊鸣叫不断，声音短促、清脆、激烈。开窗一看，一群站在高处的喜鹊，正围着一只猫凶狠地叫。一、二、三……一共七只喜鹊。猫瞪着眼，望着喜鹊，有些不明白，有些紧张。关在圈里的猪，也透过铁栅门，一声不吭地望着它们。

猫往后退了两步，喜鹊跳跃着跟进几步；猫前进几步，喜鹊就跳跃着调整位置和方向，继续围攻着这只可怜的猫。猫突然沿着小路，向山上狂奔，七只喜鹊"呼——"地飞起来，追上去，落在猫前方的小树上，继续凶狠地叫。一只喜鹊不罢休，几乎贴着猫背向前追赶，猫吓得停下来，猛然扭转头，喜鹊连忙飞回树上；猫低着头，又向前跑起来，另一只喜鹊赶上去，贴着猫飞行……

七只喜鹊像是在捉弄猫，把猫吓坏了……猫沿着山路狂奔，喜鹊一路追赶，后来也不知道它们跑到了哪里。

也许，是喜鹊的确在恨猫呢，它们要向猫报仇：从前你不知吃了我们多少同伴，现在你终于怕我们了……

2015年5月14日

附记：

果生爷一稻田荒弃多年，一日心动，将稻田改作水塘，塘埂上种菜。为防止鸡吃菜，就在四周围上破渔网。一日，一只猫头鹰落网，猫头鹰性情暴烈，跟网丝扭作一团。村人不忍，将它从网中摘下，又用剪刀剪去缠绕在它翅膀里的尼龙丝。在人手中,猫头鹰目露凶光,折腾,竟把自己的恩人抓伤。等到网丝除尽,将它置于树丛上,却并不离去。又将它放在矮墙上,仍不飞走。村人以为它被缠伤了。它忽然在矮墙上倒退了几步,几乎要掉下去。村人赶紧拿起一块木板,从后面驱赶它,它却跳到木板上,紧紧扣住边沿。村民翻动着木板,它也跟着跳动起来,再次落在木板上。

猫头鹰注视着众人,突然"嗖"地一声飞起来,向着远处的树丛里去了。

五

大年初二的早上,落了一场雪,到傍晚,雪停了。一头猪顺着河床直冲下来。翔子的爹在田里摘菜,正抬头,认出那是一头野猪,便向正在河边石头上歇脚的振东夫妇喊:振东,野猪上来了!振东夫妇连忙站起来望,果然,一头野猪低着头,从河下往上冲。于是大喊:野猪上来了!

野猪一颠一颠地奔突,显然受了伤。

塆子里几个年轻人,听到喊声,立刻拾起锄头、棍棒跑了过来。

振东胆小,喊媳妇往岸边跑,振东媳妇却抡起锄头,向野猪扑过去。锄头打在野猪身上,野猪却从她胯下钻过去,将她撬翻了。翔子爹也赶上来,一粪耙打在野猪身上,粪耙就断了。

年轻人围住野猪,几棍子将野猪打翻在地,它弹了弹腿,没有了气息。

有人说:幸亏大家都还没有出去打工,不然野猪就伤生了。

是一头一百来斤的猪,一身长毛。一会儿,两条狗从河下跑了上来,围着野猪打转,低低地吼。跟在狗后面的,是隔壁塆子的赵封和两个男人,他们扛着锄头,也从河下上来了。那狗就是赵封的狗。

大家一看,野猪不但腿受了伤,下巴也被火铳打掉了。振东说吓死我了,生怕它咬了我媳妇。振东媳妇却毫不在意,谈笑风生。

大家都说,振东媳妇没有被野猪咬,真是万幸,要晓得受伤的野猪比老虎还凶狠。大家说起江家山的某某,在路上走,一头野猪从林子里冲出来,把他的大腿撕掉一片,露出了骨头,住了两个月的院,用了几万块。那头野猪正是几个月前被人打伤的野猪。它在报复人类。

赵封说:猪是我们发现的。我听到狗在后山叫,就叫两个来拜年的亲戚一起去山上赶,把它赶出来了。

赵封没有铳。显然,野猪是先前别人打丢的。

赵封把野猪放在锄头柄上,同亲戚把它抬走了。走时说:我把猪盘出来,剁一边送过来大家分。

振东媳妇说:我要野猪肚子。

大家眼睁睁地看着他们抬起猪就走,一言不语;走远了,才愤愤。

夜里,振东给参与打猪的人打电话,让他们来分肉。大家兴冲冲地跑过去,却只看到地上丢了几个小袋。每个袋子都有一点肉,回家一称,不多不少,一斤二两。

振东夫妇气呼呼地说:我喊赵封到屋里来坐,烘烘火,他倒好,把肉丢在后山冈上,调转摩托就跑。大家气得骂了一夜。

振东媳妇说:我要野猪肚子,他没给,只给了一条腿,还是中枪的那条腿,一大块肉没用,全是铳子。

注:

野猪肚,俗称百药箱,能治胃病,一个就要卖好几百块。

《百度百科》这样解释:"野猪肚即野猪胃,据《本草纲目》记载,性微温、味甘,有中止胃炎、健胃补虚的功效。毛硬皮厚的野猪食性杂,竹笋草药鸟蛋蘑菇、野兔山鼠毒蛇蜈蚣,只要能吃的东西都要下肚。虽然现在科学家对野猪是否具有毒素免疫力还没有一致的定论,但从野猪没有因为吃有毒食物而立即死亡的情形看,野猪的胃可以说百毒不侵。"

2013 年 1 月

六

油菜花盛开的日子,邻居夫妻二人,一个站在地上,一个跑到楼房顶,朝天空的蜂群撒沙,且喊:"蜂王落落,落矮些! 蜂王落落,落矮些……"

邻居家养的蜜蜂跑了一群。我站在窗口,听着他们的喊声,一下子就进入遥远的记忆中。那是打工潮还没有兴起的年代,农村人还都留在农村。塆子里倘有人养的蜜蜂跑了,全塆男女老少都会跑出来追赶蜂群。蜂群在天上摆着各种各样的阵式,大家从地上抓起沙子,向天空撒去,大喊:"蜂王落落,落矮些!蜂王落落,落矮些……"蜂群从塆子上空飞到后山岗上,大家就赶到后山岗上;蜂群又从后山岗上空飞到机耕路上,大家就赶到机耕路上。最后,蜂群落在一棵树上,聚成一团。主人爬上树去,用帽子扣,可是蜂群突然又飞起来……大家又一齐向天上撒沙,直到它们落在另一棵树上。这回主人没有贸然上树,而是回家化了一碗蜂蜜水,将其喷在帽心上,再把帽子绑在竹竿上,往树上的蜂团轻轻一扣,过几分钟,再将帽子打开,蜜蜂全爬进了帽心。直到这时,所有人才松了一口气,像完成了一件大事,拍了拍身上的泥土,谈笑着回家去吃饭。

主人收回了蜜蜂,还要仔细寻找蜂王在不在其中。倘蜂王不在,蜂群很快就会散失。直到找到蜂王,教过孩子们如何辨认之后,才放心地把蜂群放进一只空蜂箱里。没有多余蜂箱的,就用箩筐代替。

大人对我们孩子讲:新蜂王长大了,如果没有及时给蜜蜂分群,新王就会与老王打起来,打输的一方,便带着自己的队伍逃跑。大人还讲:蜂王什么也不做,有一批蜜蜂叫工蜂,专门为它采蜜,直到劳累而死……原来,蜜蜂的世界,跟我们在电视里看到的王朝故事,跟课堂上老师讲的旧社会的故事,是一模一样的啊。还是孩子的我们,听大人描述蜜蜂的世界,都唏嘘不已,心有戚戚。

可是农村人养蜂,永远都不知道新蜂王什么时候长大,什么时候该给它们分群。于是蜜蜂只好自己给自己划分领地,蜂群里的残酷战争不断发生……然后,全塆的男女老少就聚拢过来……

现在想来,在那物质贫乏的年代里,追赶逃跑的蜂群也是村民的节日吧?

"蜂王落落,落矮些!蜂王落落,落矮些……"邻居家的老夫妻还在朝天空撒沙,喊叫。可是塆子里没有任何人出来参与到他们的活动当中。他们眼看着蜂群在塆子的天空上变换着阵式,飞到后山岗上,又从后山岗上朝远处的林子里飞去……

2015 年 4 月 4 日

七

　　站在远处望山,家乡的冬天荒凉得叫人悲伤啊!但在树林里穿行,身边是密实的灌木、松树和枫树,便有了一种充实感。

　　爬了几里山路,爬到毛狗垄的时候,看到父亲已经干了塘,将六条草鱼和一条青鱼捉了起来,装在蛇皮袋子里。本来说好早上要同父亲一起来干塘捉鱼,但我却睡懒觉去了。父亲也没有喊我。

　　这是前年春天放的鱼苗,到现在最大的也不足三斤。本来还应该有三条草鱼,却不见了。父亲说:不会是人偷的,塆里的年轻人整年不在家;可能是被山上的野物叼走了。

　　父亲用"渔捞"捞鲫鱼。池塘里尽是野鲫鱼,长不大的那种,两寸来长,不到一两重。我们这里的山塘,从前都养着这种鲫鱼。它们生活在这里,也许比我们的祖先在这里居住的历史还要古老。但现在,大家都养杂交鲫鱼,这种传统鲫鱼,是越来越少了,在偏远的山塘或许还找得到。父亲捞起了好几百条。剩下还有很多,懒得捞了,让它们留在池塘的泥水里,继续繁殖。

　　下山的时候,有声音从山下传来,乍一听,是那种婉转而悲凉的哭唱声,再听,却是有人在放DVD,放的是家乡的东腔戏。原来,家乡的戏曲在底子上是悲凉的。

　　下山要穿过我家的山林和旱地。到处是板栗树和桐子树。凭着这两样经济林,一年能卖三四千块钱。

　　父亲说起地里的收入:去年,我家种了几块地的黄豆,收获黄豆250斤。如果全部卖掉,2.5元一斤,可以卖五百元。而种这500斤豆,要付出多少汗水呢?时间:麦子收割后开始种豆,稻子收获后,开始收豆——前后要四个月。除了播种、收获需要付出大量劳力,首先得挖地,豆子长出来后,要施肥、除草,还要随时去检查,防止野物和牛羊钻进地里。要是被野猪发现了,一个晚上,可将几块地的黄豆全都拱起来(它们破坏的粮食是吃下去的好多倍)。——近二十年来,家乡的青壮年劳力都在外面打工,大家不再单纯向大山要口粮了。从前被砍伐一空的山林,重新长满了乔木;烧荒开出的田地,长起了灌木和野草。自然环境越来越好了,山林里的野猪、野兔、野羊,也比从前多出许多。种在地里的麦子、花生等,一晚上就能被野猪翻个遍;长在树上的柿子等,还没等到成熟,就被松鼠叼个精光。

如果纯以经济收入来计算,没有人愿意种豆种麦子,没有人愿意种田了。许许多多像我父母这样一辈子生活在农村的人,之所以还在劳作,一方面是因为他们除了靠山吃山,再也没有别的办法,另一方面,他们对土地还有较深的感情,他们生活的意义也大半在人与泥土的联系之中。

他们不愿意荒弃一块土地。生了一辈子的产,看到越来越多的田地荒芜,心里如何不难过?

在这样一个以经济为中心的时代,如果仅仅只是以金钱来衡量人的价值,衡量土地的价值,如果我们的体力劳动永远是那么卑贱,如果我们的生活找不到超越于金钱的新价值来支撑,那么年轻一代的农民,还会有谁愿意种田呢?

树林里倒着几段刮光了皮的木料。那是父亲砍的树。农村人到了六十岁,就开始为自己准备棺材。哪怕是再穷的人,想到死后的事,也都要有一个完好,不能像动物那样随便抛尸荒野。于是就选用最好的料为自己打造身后的房子。前天晚上,父亲说:"我也不晓得我有多大的寿,但我已经把我和你妈的两口材的料,备好了。"

2014 年 1 月

活着活着就走了

我常常想起我的祖母。我常常想：一个人死了，到底去了哪里？

《圣经》里说："你本是尘土，仍要归于尘土。"人吃土一生，土吃人一回。但这"一回"便是永恒。

于是我常常想起我祖母的死。

我的笔记本中至今还留着一则文字，记录了祖母最后的时光：

丁亥开春，夜近十时，祖母喘息不止，声如风箱。强扶起，先后背倚大父、父亲身，四叔亦在旁候矣。然其心智清新，中气亦足，我皆以为明日即愈。

夜近十一时半，祖母忽曰："我起也，为我着鞋！"扶祖母下榻，着鞋；顷之，即滑向地下，抽搐不止。复抱祖母回床，其声气立绝，目已定，瞳仁尽散矣。

祖母长已矣！长已矣！

忆旧历年底，祖母曾曰："我初一走也，初二传信。"此言竟成真矣。莫非祖母之灵通冥府，达天庭耶？

除夕夜，祖母言于四叔曰："我守岁八十余载，唯今夜不能守。"忆及此言，实让人泪落不止，心痛不已矣！

祖母逝之前日，仍强起沐浴；及将逝，犹恐赤足行于黄泉，固起着鞋。一切皆在祖母算计中耶？

祖母逝时，儿孙齐聚。外人皆曰：此其修之果也。唯祖母毕生未曾入照，无遗容示千秋子孙，我辈之憾事。

出殡之日，天朗气清，风和日丽，王氏族中年轻人扶棺；远近亲戚、族人皆聚，送葬者倍前人。

祖母之坟，前望山川，背依龙脉；左青龙，右白虎；日出即可满照，月落尚留光华：此人间之宝地，风水之美穴也。

坟茔修整完备之际，天将暮，炊烟四起，大地寂寥。阵雨忽至，点点滴滴如钻心田，此乃丁亥年之新雨。

丁亥年正月初七

我的家乡在大别山腹地，至今实行土葬。有老人去世，抬棺的八大脚便由族中人担任。我祖母即是被族中年轻人抬上山的。祖母生前有吩咐，不想去河那边，河那边太冷清了。可是河这边的祖坟山上早没有了空地。"赶地仙"从四叔的山林中选出一块地，塆里的年轻人合力挖出坟茔，开出了一条土路，用几棵松树搭建了一座跨越石壁的木桥，然后合力将我祖母送上山。

后来我常想，一个人的一生，不真正参加几场葬礼，恐怕是无法完满的。我心里认定的葬礼，即是乡村的那种传统丧葬。在我经历过的世事中，没有比乡村的丧葬更为严肃和神圣。乡村的许多禁忌，都与丧葬文化分不开，比如哪里的土不能动，哪里的树不能砍，哪里的水不能让牲畜饮用，哪里不能盖房子……很多敬畏，正是丧葬文化培育出来的。

亡人埋进了土里，或迟或早，都要给祖先立碑，碑文上不仅要写下死者的名字，后人的名字也要写上，甚至，未出生的子孙的名字也会提前写上去。这是生者对死者的交代，也意味着"人生代代无穷已"。

随着年岁日长，参加过的丧礼也就越来越多了。在我的感受中，丧葬最沉重的部分，便是出殡的时候。男人们喊叫着，用手掌将棺材从家中"托"到屋外的空地上，这时候屋子里便会传出哭声。"扶灵柩到室外，绑好龙杠，抬棺柩的领头人用酒祭龙杠，高声喝彩，说吉利话，如：'一杯酒，祭龙头，子孙万代封王侯；二杯酒，祭龙腰，子孙爵位步步高；三杯酒，祭龙尾，子孙做官清如水。'抬棺

上路前,棺材上搭盖红色被毯,孝子及晚辈亲属都要行跪拜大礼。"(L县毛群益老师的记述)

然后便是鞭炮响起,"八大脚"抬起棺材,亲属同声哭起来,那一刻真让人痛彻心扉:死者的灵魂正往高天上飞去,越飞越高;活着的人,心却不断地沉下去,沉下去,仿佛要沉到泥土里去找寻往日的时光。

有位大别山作家在小说中引述过一首抬棺歌。我把它抄在了本子里,常翻阅。如下:

> 头人唱:人死升天。八大脚和:上杠!
>
> 头人唱:莫想前生。八大脚和:围杠!
>
> 头人唱:三灾六难。八大脚和:抬杠!
>
> 头人唱:后人无灾。八大脚和:起哟!
>
> 八大脚齐唱:八脚八脚稳着,紧草鞋哟!
>
> 八脚八脚稳着,有酒喝哟!
>
> 八脚八脚轻着,路不平哟!
>
> 八脚八脚停着,祭祖坟哟!

这丧歌有着震撼人心的力量,写尽了死者死后的永恒,也写尽了生者(后死者)的此生。

或许大别山人的祖先就是这么做的吧,然而今天现实中的抬棺却没有这般文艺和苍凉。基本不唱歌了,只是由头人喊两句话:"起——"八大脚就一起抬起了棺材;头人喊:"走——"八大脚就一起往前迈步。然后众人悲悲戚戚又热热闹闹地将死者送上山。

在今天许多还实行土葬的农村地区,老人最担心的问题之一就是死后无人抬棺。家族里的年轻人都打工去了,不能回来送葬,找不到抬棺人。好在市场经济时代没有解决不了的问题,好些地方已改为用钱雇人抬棺了,与之相应的是,原来族人间的联系也极大削弱了。

不少地方还在坚持着族人抬棺的传统。一位朋友告诉我:他父亲去世的时候,族里近三十家的年轻人全在外打工,找不齐"八大脚"。小组组长就将各家各户召集起来开会,定下一个规矩:今后族里凡有人去世,各家各户不管是打工的还是搬到城里的,无论多忙,都要回来一个人。好几年过去了,这个规矩还在持续着。不过,它能否更长久地延续下去,朋友对此并不乐观。

或许,等到抬老人上山完全变为雇佣的那一天,也就是家族社会彻底消亡的时候吧?

在春节前后离开这个世间,于是成了一些卧病在床的老人的期待。因为这时候亲人和族人都在家,有人抬棺,有人帮忙,有人送葬,既可减轻儿女的负担,也可备享哀荣了。

我祖母86岁去世时,时值大年初一,周边人说:是个好日子,你奶奶福分大啊。

可是福分再大,下一生也无法再与此生的人相聚了。于是我常常想起祖母的死。

曾经根据家乡道士唱丧歌的调子,我写过一首歌:

> 活着活着就走了哎,
> 走着走着就过了阳关道哎。
> 天黑时出来游游荡哎,
> 鸡叫前荡游游哎。
>
> 荡哎,游哎——
> 游荡到奈何桥哎。
> 奈何桥哎。(合)
> 喝一碗迷魂汤哎,
> 前世因缘散了哎。
> 散了哎。(合)
> 投一户好人家哎,
> 好人家哎(合)

写完这首歌,我才发觉家乡道士的歌唱,其实就是L县传统戏曲"哦嗬腔"的调子。"哦嗬腔"在民间差不多要失传了,它的调子却在道士手里得到了传承。形式都一样:一人唱,多人和。一人唱得平缓,慢慢升到高处,众人尖而细的调子跟上来,突然一下子升得极高,又猛然落下来——听众在静默中,仿佛突然经历了一生。

无力自卫的乡村

没有了年轻人，连狗都找不到的乡村，自然要丧失自我保护的能力，于是家家户户只好装上严实的防盗网，整日紧闭大门，但这些依然阻止不了为非的、作歹的人趁虚而入。其他，诸如发生了灾变，亦没有人来救助。

这里记下几则故事。

一

野火冲是个小塆，仅有五户人家。塆中年轻人都外出打工去了，常年在家只有一个老妇人。

一日，来了一个蓬头垢面的男子。男子见一母鸡领一群小鸡在草地上啄食，就将母鸡捉了，一扭脖子，母鸡便死了。然后撬开老妇人家的大门，到厨房里烧水拔毛。

老妇人在田里忙碌，突然望见房子上冒烟，以为着了火，匆匆往家里赶，却撞见此人正在煮鸡。虽有些害怕，仍壮着胆子赶他走。不料，此人操起菜刀，阔步向老妇人走来。老妇人见此，大骇，夺路而逃，男子追赶了数十步，又折回，打开锅盖取出鸡，美美地吃起来。

此时正值农忙，老妇人喊来周边塆子正在田地里劳作的七八个男人，却见此男子已将一只鸡吃完。他对大家挥着刀，喊一些大家都听不懂的话。大家束手无策，唯有报警。警察来了，也没有办法。

有人找来大竹竿,从窗户口向男子捅去,男子就用菜刀剁竹竿,身上还是有多处被戳中,大约很疼,就丢掉了菜刀,一把抓住竹竿的另一端,同众人拔起河来。警察见此,一把扑上去,将男子按倒在地。

后查明此男子是个精神病。派出所将他带走的第二天,就把他给放了。

二

有村子山林着火,村委会架上大喇叭喊人救火,承诺给钱,竟无人上前。倒是人人都出来观火,都在叹息。

不要单单责怪看客的冷漠。

一来,基层自治组织在平日里并没有与群众建立精神联系,到关键时刻怎可能动员大家参与救灾?

二来,留在家的多是老人、妇女和孩子,面对汪洋大火,有心也无力。

三

隔壁村子的赵叔叔与妻子发生纠纷,要"打脱离"。"打脱离"是我们家乡方言中的说法,却比"离婚"来得形象。

话说妻子娘家找来几个地痞混混,进门抡起椅子就砸,见人就打。赵叔叔被砸伤头部和腰部,还被地痞踩在了脚下。彼时塆里在家的男人只有一个年过六十的老人,前去拉架,亦被打倒在地。在附近做事的两个年轻人,接到电话,立刻骑着摩托往家里赶,等他们提着锄头赶来,混混早已经跑了。混混打完人,立马跳进小车里逃走了,不是往县城的方向逃——往县城的方向必然会遭遇警察,他们沿着山路逃往了另一个乡镇。

两伤者被救护车送到了医院,赵叔叔住院住了半月之久。派出所来人做了调查,却一直没有将几个混混绳之以法。也许是清官难断家务事,反正事情最后是不了了之。

老村干部坐在石头上,"闲坐说玄宗":"从前哪有这样的事啊!这些流氓,只要他们敢进来,就出不去!"

四

我在 M 县教过的学生小项,经常将他回家的见闻告知我,供我作调研之用。以下的事情便是他的一部分记述:

我家住在 M 县宋埠镇大路河村五组,距离 106 国道仅 500 米,距离镇区三公里,交通比较方便。我们塆子有居民二百多人。这次回家我进行了统计,平时(非春节期间)常住人口只有四十多人,主要都是老人、妇女和小孩,二十岁到六十岁的男性只有不到 10 人。这些留守的男劳力一般白天都不在塆里,到其他村庄或镇上打短工去了。也就是说,一个原先有两百多人的大塆子,在平日的白天,仅有三十多个老人、妇女和小孩在家里。一旦有暴力分子或者偷盗抢劫者进入,他们根本没有抵抗能力。

回家第三天,就听说我的三奶奶在大白天被抢劫了。事情是这样的,她上午外出干活,正午回家煮饭,发现家里的大门开了,进去一看,一个青年男子正在她的房间里搜东西。她又惊又恐,问那男子干什么,男子一看是个老人,就回答他在找卫生纸,准备上厕所。三奶奶知道塆子都是老弱,便不敢呼救,让那男子从容地跑了。事后检查发现,零钱不见了,幸好也只有四十多块钱。当然,三奶奶也没有报案。

小项深沉地感慨道:"著名的海恩法则指出,每一起严重事故的背后,必然有 29 次轻微事故和 300 起未遂先兆以及 1 000 起事故隐患。如果不从当前农村治保诸多小事件中吸取教训,今后必会有更加严重的事情发生,我们的留守群体会遭受更大的损失。"

饮水史

从我们塆子有人居住，到现在已有一百几十年的历史了。我们的祖居住地叫六房塆。传说我们的先祖弟兄有六人，他是老四。成年后分家，父亲把老四分到了王家塆——自然，那时候王家塆还不叫王家塆，也许连名字还没有一个。王家塆四周都是荒林，老四不愿来，父亲就安排其他几个兄弟，趁他睡着，半夜将他同床一起捆了，然后挖开一面墙，连同床一同抬到了王家塆。过去的一百多年，王家塆从没有立自己的祠堂，一直都是与祖居地六房塆共用祠堂，可是六房塆的祠堂也废弃好几十年了。

族谱记载得很简单，只记下了先祖的姓名和生卒年月，却没有记下他的故事与他的创业史，无论如何，这是一件叫人遗憾的事情。关于先祖的遗物，我能够确信的，就是塆头的那口古井。已经许多代了，我们整个塆子共用这口水井，井就在我家屋旁的小溪上。

井是被溪流冲出来的一个圆坑，不深，供整个塆子使用，水却怎么也用不完。井底有白沙，四围有洞穴，偶尔会有螃蟹爬进爬出。那些螃蟹多半是我们孩子从河里捉来的，丢在了井里，——大人们说，螃蟹有清洁水源的作用。在我家乡，从前人们是不吃螃蟹的，人们对螃蟹都充满好感，哪怕是在最饥饿的年代，也不吃蟹肉。我们在路上遇到螃蟹迷路了，也会把它捉起来，放到有水的地方。

忽然有一天，塆里用上了自来水。那是1990年代初的事情了。

全塆人集资买回水管，在一口池塘的角落用石头和水泥砌了一口井。池塘，没有活水来，平日都是浑浊的，一块长石深入水中，人们就在石上洗衣服，刷马桶，洗手洗脚。那时候大家并不觉得把水井砌在这样的池塘中会有什么问题。大家在意的是，祖祖辈辈挑了几千年的水，而现在，县里的人、镇上的人打开龙头就可以用水，我们也要过这样的日子。自从有了自来水，塆里人都觉得生活向城里人靠近了一步。直到某一天，塆里有不少人生病，大家才怀疑起那口井。打开井盖一看，几只死老鼠漂在一潭死水上。终于，大家都不再用那里的水了。那口花费了大量资金的水井，从此就废弃了。

而塆头祖先留下的那口古井，也早被泥沙掩埋，落满树叶和猪牛的粪便。大家又把古井清理出来。有些人家还到河边挖井蓄水。

这样的日子没过多久，塆里人又开始安装自来水了。这时大约是1994年前后，中国的市场经济正如火如荼地发展起来。不过，这回不再是集体安装。几家血缘最近的，或几家关系最好的，有的甚至以自己一家为单位，在塆子周围，想方设法找到水源打井。塆子背后的公路边有两处永不干涸的水源，人称龙井，也都被砌了井。夏天路人从这里经过，再也找不到清凉甜润的水喝了。

每个家庭都想有一口属于自家的自来水井。但后来，因为缺水，或管道破损，这些水井又先后废弃了。

反正，人们从此又过起了挑水的日子。从河里挑，从塆头的那口古井里挑。那口古井又存活了好几年。

到本世纪初，集体打井再一次开始了。塆里人沿山路攀登，在半山腰找到一口无污染的山塘，在那里砌了井，可是到夏天，池塘干涸，水井再次废弃。塆里人又沿河而上，在两里外的河上打了一口井，没用多久就被水冲垮了。

后来县长到村子里驻点，带来资金二十万，分配到全村八个小组解决饮水问题。我们塆子得到了几万块，再集资一部分，到四五里外河流的上游砌了一口坚实的水井，还在半山腰的水田里建了蓄水池一口。水从对面山蜿蜒到塆后的山上，经过蓄水池，最后跑进了各家各户。水大，且急，王家塆的用水问题终于得到了彻底解决。

不过，并不是水井打好了，管道铺好了，就万事大吉，平时还是需要人管理的。主要是查看水井是否有损坏，管道是否有破损，在枯水期还要适当控制用水时段。于是塆子里选出了管水人。但管水人不好做，人们总有说不了的闲话，年终的时候还要亲自前往各家各户收取管理费，按人头收，从前每人三元，最近两年涨了一块。尽管一年只交三四块钱，还是少不了争吵，有人说他自己整年都在外打工，只在过年那几天才回家喝了家里的几口水，还要收钱，没有道理！其实，谁在乎这点钱呢？于是，管水的事没有人去做了。

但乡下众人的事情就是这样，一开始总没有人乐意去做，最后在大家的劝说和勉强之下，总还会有人担当。

今年春节回家的时候，就在我家的抽屉里看到这样一份复印件。

用水制度

为了保证人口饮水顺利畅通，经用水户全体讨论通过，特订如下制度。

一、每年挑选两人管水。

二、管水工资按用水人每人收 4 元。

三、自来水不得浪费，如有浪费，所有人都有权干预批评。

四、自来水是饮用水，不得灌田灌塘。一经发现，两人管水工资由灌水人出钱。

五、以上条款大家遵守，共同监督。

签名：······　······

（说明：以上《用水制度》，除改正错别字外，其他未作任何修改。省略部分是各个户主的签名。）

从前农村人做事，除过调换山林土地，多半是口头协议，而现在，连管水这样看起来不大的事情，也开始注意形成书面协议。这到底是进步还是退步呢？

乡村生活，往往是鸡零狗碎的。鸡零狗碎的事情，上头管不着，也没法管，唯农民自己治理自己，才最有效。

渔事

说起紫檀冲水库,我们总是想起它昔日的辉煌。满满一库鱼,鱼在阳光里跳跃,在雨前沉闷的空气里跳跃;野鱼成群结队地从深水里爬上河道,连鲫鱼也爬上来,躲在河岸的泥穴里,石头下。冬天,水退下去,泥滩上有虫爬的足迹,有人顺着足迹往前找,在终点处一锄头挖下去,便挖出一只大龟四脚朝天……那时水库管理处有员工十几个,人人都有自行车,神气得不得了;上船打鱼的日子,他们大声吆喝,周边塆子不管大人还是小孩,都要跑到水边观看……

可是,那样的黄金岁月永远过去了。那些老员工,亡故的亡故,退休的退休,外出打工的打工去了。终于有一天,水库管理处除了水库还掌握自己手中,周边的池塘、农场都被旁人占去了,连厨房也倒塌了……

现在,水库承包给了库区塆子的四个人。其中,宝林哥是最老的员工,已有27年工龄;我细哥接二哥的班,也有十几年了。

凌晨三点,细哥他们就骑摩托从家里出发,到水库下网。这是初夏,空气还很冷,天上只有星星,群山静默,树林里偶尔升起一团火,是灵火;不时有鬼鸟在叫,叫得人汗毛倒竖。有时候,一只野羊或豺狗从摩托前窜过,跳得老高,一头扎进灌木丛里。从家到水库,路上有一道弯,树木丛生,有太阳的日子都是阴森森的,据说从前闹鬼。不过,细哥他们不怕,他们早已习惯了这种夜生活。

要是天气再热些,天亮得早,他们一点多钟就要出发了。

必须趁着天光未露之前就把渔网下到水里。越黑越好捕鱼。下的多半是灯光网。那网,就像挂在两棵树之间的一张吊床,网两端用绳子固定在岸上。

下网的时候就用滑轮将它放入水中。一只五百瓦的大灯,挂在渔网之上。鱼喜欢光,就聚拢过来了。水上虫子多,在灯的周围撞来撞去,烫死了就掉进水里,成了鱼饵。一段时间过去了,估计鱼已入网,就用滑轮将渔网升起来。起网时,一网鱼在灯光中跳跃,似雪花飞舞,异常好看——宝林哥用"鱼作雪花跳"来形容这种情景。他们把船划到网边,将鱼从网中一条一条地取出来。三斤以下的,又随手扔进水库里。

把鱼拉上岸,再过秤分给捕鱼者。四个人把鱼装进挂在摩托车两边的竹篮里,然后向着不同的方向进发,送鱼上门。每卖掉一斤鱼,可以得到两毛钱的提成。鱼有时候很快就能卖完,回到家不到八点钟,孩子还没有起床;有时候卖到十一二点还要剩下一两条,只好拿回来自己吃。

今年开春两三个月来,水库一直没有开闸放水,水面几乎平了溢洪道,水太深就用不上灯光网。细哥他们又跑到县城买了一千多块钱的粘网,粘网有着蚕丝一样细巧轻盈的丝线,鱼碰上去,就立刻被套住了。下粘网与下灯光网不同,是边划船边下网边摘鱼。

跟着细哥去卖鱼的那天早上,我五点钟起床,骑摩托赶到坝上,他们已经把鱼捞了起来,分好了。宝林哥他们三个已分赴不同的村子卖鱼去了。挂在细哥摩托边的两只鱼篮里装着二十条鱼。最小的三斤八两,最大的不足六斤。

天空晴朗,没有一点风,水库像天空一样平静。水静止的地方便是山,水是淡蓝色,山是翠绿的。山连着山,山越跑越远,一直跑到了天上去。天是瓦蓝的,天慢慢褪去蓝色,越来越亮了。空气微凉,几只喜鹊在坝上跳跃。路边农田早有人在忙碌,摩托车停在路边。不久就要插秧了。

先是到李家楼。李家楼是一个小集镇,近年来,不少人在外面打工挣了钱,就到这里买地盖房。很多人已经起床了,多半是老人,看不到几个年轻的。

有人看到细哥篮子里的鱼,就说:"那么深的水,你们能把鱼搞起来,也真佩服你们。"细哥也不谦虚:"那也确实不容易,一般人没那个本事。"

紫檀冲水库的鱼纯是人放天养,没有投入半点饲料。白鲢五块一斤,这个时候要比市场上饲料养的鱼贵出五毛到一块,要是在冬天,就要贵出一块五到两块。因为鱼味好,本地人都爱吃,外地进来的鱼在这里反而不受欢迎。但胖头鱼(鳙)此时却比县城要便宜一块,卖八块,胖头鱼打汤鲜美甜润,人人爱得不得了。八块在农村已是很高的价格了,再贵大家就接受不了。

在李家楼街上卖出几条鱼,我们就到小饭馆里吃粥和馒头。一大桶粥、几大格馒头正冒热气。馒头味道极好,我一口气吃了两个,喝了一碗粥。老实说,这是我第二次在李家楼街上吃早饭,第一次吃已经是二十年前的事情了。——那一次也是同细哥在一起,吃的是油条。馒头店老板说,他也是三点多就起床做馒头,天刚亮就有人来买,每天不到八点就卖完了。在我们乡下,水库捕鱼人和馒头店的老板,怕是起得最早的人。

吃过饭之后,细哥从巷子里钻进李家楼街道后面的塆子卖鱼。一圈下来,共卖了十条,几条胖头鱼全卖了。

又去长塘坳村,卖出了几条。

看鱼的永远比买鱼的多。时不时有老人往鱼篮里瞅,想买,却又犹豫,最终还是没有买。老人普遍喜欢吃鱼,味道好,便于咀嚼,但是老人的消费能力有限。

细哥对一个商店老板说:"明天立夏,不买几个鱼?"在农村风俗里,立夏是个重要的日子。到了立夏,"蝼蝈鸣,蚯蚓出,王瓜生,苦菜秀",小麦灌浆,油菜成熟,农民们正在盘田,准备插秧了。也意味着,农民就要进入农忙的季节。所以这一天要祭祀祖先,吃鱼吃肉。

老板回答:"过什么立夏?只要有钱,天天立夏!"

又转了一圈,篮子里还剩三条鱼。摩托车又奔跑在公路上。乡村的空气犹如花香,沁人心脾,让人忍不住要抒情。

公路外是连绵不绝的稻田。少数田的秧已经插了,秧苗歪歪扭扭,要是在过去,种田的老人看到秧田插成这个样子,不管是不是自家的,一定忍不住破口大骂。可是,现在顾不上这么多了,人们对土地、对庄稼的感情已远不及从前,能够把种子撒下去、把秧苗插下去就已经不错了。在平原地带种田的人,也往往把插秧的任务承包给山里的老人来完成,两百块钱一亩。在田头一条狭窄而陡峭的小路上,我们看到四五个老人正前拉后推,合力把一台打田的机器从田里弄到公路上来。

又往回骑行,穿过李家楼,去了大人冲村。半路上卖掉了一条鱼,另一条送到了细哥的岳母家,还剩最后一条。路边商店老板说:"大王塆的××爱吃鱼,你给他送过去。"细哥说:"那人我晓得,最爱吃胖头。"老板说:"没有胖头,你给他送鲢子,他也会将就着,他别的不爱就爱吃鱼。"细哥觉得有理,便跨上摩托给那人送过去。没到那家人门口,却碰到了另一个人,他一把抓住鱼,说:"来得正好!家里叫了'工夫'(帮工的人),正愁着没菜呢!"

我在商店外等细哥回来,商店老板知道我是大人冲村的外孙后,就立刻说起我外公。我外公在世的时候跟他父亲很"合式"(关系要好)。店老板说:"我家兄妹多,小时候家穷,有一天你外公送五块钱给我父亲,让他给家里买肉吃。那时候的五块钱,放在现在是多少啊!五百块怕还不止!"又说:"你外公人极其聪明,会挣钱,又侠义。但他一生始终想不明白一件事:怎么到头来是共产党得了天下?"当年我外公给国民党当兵,国民党的武器都是亮锃锃的。外公想家,两次当逃兵,头一回被抓了回去,在乡党的求情之下,才免去了杀头之祸;第二回终于逃脱了,半路上却被解放军抓住,解放军也在招兵,问他愿不愿意加入,他看到共产党的枪支多是些破铜烂铁,有的牛了锈,有的枪杆坏了,有的枪托坏了,心想:"这还不晓得要败在哪一天!看看人家国民党的武器!"他坚决要回家,解放军没有为难他,就放他回来了……

离开的时候,我听到商店老板喊父亲,他父亲的回答声依然洪亮。我突然有点想念我的外公了。外公在世时最爱吃鱼。那时候紫檀冲水库的鱼多,只要外公来我家,父亲便背着渔网去水库打鱼,每次都没有放空。有一次打回两条大鲢鱼,澡盆都放不下。外公生前最疼我,可是那时我还小,没有能力去买一条鱼给他吃。

我的外公,不在人世已有二十五六年了。而今天的农村,早已是吃喝不愁了。他没有赶上这样的好日子。

鱼全部卖完,已经是上午十点。细哥说:"等到农民正式插秧的时候,或者学生放了暑假,鱼就销得快。我们天天早上卖,每个人要卖一百几十斤。"

好在这个时节天不冷,清早去卖鱼还是很舒服的。要是在冬天,清早跑到各个塆子,人们普遍还没有起床,细哥他们就把爱吃鱼的老主顾喊起来买鱼,没有现钱给的,也把鱼塞给他,让他先欠着。

"不好卖鱼的时节,要跑三四十里才能把鱼卖完。"宝林哥说。

我问宝林哥苦不苦。宝林哥说:"怎么不苦?平均每天只睡了五个多小时,感觉熬不过来。上午卖完鱼,还要看库,下午还要去检查一次,夜里也要去转一圈。总有人钓鱼,尤其是附近垮子有几个小年轻,专门以偷鱼为生,根本不服管。还要护库,砍水库边的树。昨天大坝上方有一处塌陷,又找车运了几车土。其他时间就种种田,护理板栗林……"

概括起来,宝林哥他们每天主要做的事是"下网——收网——摘鱼——卖鱼——生产/看库"。

宝林哥继续讲:

"其实,在家里也确实没有办法,光生产搞不到钱;养鱼呢,也赚不了钱,不过是说能搞点'润用钱'(生活费)。去年还亏了11万多,当然去年放的鱼还有两万多斤没有拿起来。算下来,还是要亏一点。生意不好做,主要劳动力都出去打工了,鱼难销。老人孩子爱吃鱼,但是只能吃那么多,还有很多老人想吃鱼,舍不得买,有的是的确买不起。再说,现在的人胃口也难调,我们拉的鱼大,他说吃不了,拉小了他又说太瘦,光是刺!

为什么我们养鱼不赚钱呢?因为我们这里的鱼纯粹是人放天养!水不是从天上落下来的,就是从大山里流出来的,没有任何污染。我们也根本没有投肥,一方面上头不准投,另一方面也没有财力去买肥。不像外面进来的鱼,不仅喂饲料,还喂化肥,一亩水面可赚几万块,我们在这水库养鱼,一亩水面只能赚几百块。所以说,我们这里的鱼才是真正的绿色产品,绝对无污染。鱼好吃,当地老百姓都晓得,都爱吃。我们也没有想着到县城去开发市场,为什么呢?毕竟数量有限!"

细哥、宝林哥他们之所以死守着这个水库,一直没有外出打工,有以下几个原因:一是通过水库,多少能挣点钱,维持日常生计,同时也不耽误生产和种经济林。二是他们在水上干了很多年,觉得搞鱼的确有乐趣,过不了在外打工的那种受人管制的日子;三是自产自销,骑摩托车,天天与人打交道,也还是很有意思的。

水库养鱼卖鱼,虽辛苦,但自由自在,一切自己安排,自己想办法。正是这份自由,让细哥他们留在了乡村。

说到对未来的期待,他们也说不清。最大的期待就是盼着政府在这里能搞开发,一旦有开发,他们可以帮忙做些开游船或者保护水面环境的事情,沿水库往上,就可攀大雾山,再往上,便进入吴楚第一关——天堂寨。"曾经也有外地老板想在这里投资搞水上娱乐,但因为水太深,要求高,一般的老板没有那么大的实力。"宝林哥说。

水库里的鱼不多,甚至是越来越少,但细哥他们还是想着法子从水库里找到生存的依靠。这样的日子还能维持多久呢?谁也没有一个底。

但我常有一种奇怪的感觉。我常想象着家乡的水库底下有一条几百斤重的鱼王,黑而宽的脊背,肥厚的白色肚皮。等到夜深人静,鱼王就会偷偷从水里探出头来,望一望四野。然后在水上闲游一会儿,摇摇身子,又缓缓沉下水去,钻到温暖的淤泥里。有时候它会长长地叹一口气,它的叹息声便化作一大片气泡,从水底摇摇晃晃地升到水面,要盛开好几个小时。

大雾山上桐花祭

在 L 县境内,大雾山是一座名山,风景奇秀,县志记载:"该山天将霾阴欲雨,大雾浑然而起,故名大雾山。"大雾山山大且高,三个狮子形的山组合成一座大山,海拔近千米,传说雨后登山顶远眺,能望到南京城,这当然是夸张的说法。小时候流传的顺口溜,现在还记得:"一进大雾山,雾气又狼烟。山中一架子,可望数重山。"有这样一副对联:"大雾蒙蒙和尚鸡鸣撞鼓,乌云薄薄将军跨马扬旗。"这副对联即以"大雾山"为开篇,串联了 L 县 11 座大山。相传作者就是被张之洞列为湖北才子首位的周锡恩。鲁迅祖父周福清贿考案即发生在周锡恩担任浙江副主考之时,据考是周锡恩揭发了这件事。十一年前第一次读到这段史料,突然发现一个默默无名的山城竟与一代文豪的命运有着隐秘的联系,让我对于家乡顿生凛然之感。

然而对于大雾山,许多年里我其实一直充满怨恨,因为它太穷了,我的祖祖辈辈在这里过得太苦涩太憋屈了!当地有民谣:"大雾山啊大雾山,雾气层层不见天,山高水弱人人嫌,有女莫嫁大雾山。"但有一天,我惊讶地发现这个穷乡僻壤竟在网络上出了名,被网友称为"桐花开得最美的地方"。来这里看桐花的人一年比一年多,今年 4 月,每天进大雾山赏花的小车上百辆。

家乡的桐花,清明过后数天即开,桐树叶子还没有完全长出来,桐花就吵吵嚷嚷地开放了。桐花开得密,开得热闹,落得也快,没有凋谢就开始从树上飘落。一朵花只有四五天的生命。往往是树上一片繁花,地上也是一片雪白。台湾作家蒋勋曾这样描绘桐花:"桐花很特别,它开了以后就会大片大片地飘落,比日本的樱花飘得还快。如果站在一棵桐花树底下,几分钟不动,身上就会全是桐花,地上也全是桐花。"

倘绿树丛中只立一树桐花,桐花白亮如雪;倘开满沟沟岭岭,远眺,阳光下的桐花反而呈暗黄色。大约是桐花太白,太多了,没有绿叶修饰,没有红花衬托,桐花只好自己映衬自己,反而把自己映衬得黯淡了。

说桐花是纯白色,也不全对。小喇叭似的朵儿,外面一片雪白,里面从底部往上漫延,却是红色,是血那种鲜红。倘若久久凝视一朵桐花,不知不觉便会生出无限惊讶,无限叹息。桐花仿佛家乡的嗓子,对着春天喊,喊出血来。

家乡的桐花分批开,山底下的气候要暖和,花开得早;山底下的桐花已稀落之时,山腰的花才开;山腰的桐花谢得差不多的时候,山顶的花才开。开得最盛的,要数半山腰那一带。山顶虽然桐花最少,却有大面积杜鹃,等到"五一"节,桐花已基本凋谢完毕,杜鹃便红了。其实除过红杜鹃,从前山顶上还随处可见黄杜鹃,但现在已难得一见了——黄杜鹃几乎被人挖光了。山顶有L县的电视转播塔,守塔人是严鹏老表和他的妻子,在孤山上一守就是二十年。据说他今年在山上发现了一棵黄杜鹃,特地用石头做了记号,回头带着旅游局的人去看,已经不见了。

大雾山的桐花为何这般盛?因为很多年来,家乡人的经济来源除了板栗,就只有桐子了,那些桐子树最初就是村民栽种的。二十五六年前,桐子还只有五毛钱一斤的时候,板栗一斤卖到了两块。于是地势平缓些的山地上的桐子树,往往被砍了改种板栗。但那些太陡太大的山,是没有办法种板栗的,桐子树依然长得旺盛。然后便十年过去了,桐子的价格涨到了一块多,板栗还是两块钱一斤,于是板栗桐子都留给了家里的老人,年轻一点的,能够外出打工的都打工去了。留守在家的妇女,在桐子打过之后,还三三两两约在一起上山捡拾别人遗漏的桐子,这个活儿叫"勤桐子"。"勤桐子"是个辛苦活,但一天能挣几十块钱。又十多年过去了,板栗还是那个价,桐子也还是那个价,而当年的老人死的死了,还活着的也爬不上山了,那些当年外出打工的男人和女人们,很多已经回来了,正在成为新的老人。大家也不再像从前那样,把树上的桐子打得干干净净,而是等桐子完全掉下来,再提着篮子去捡。勤桐子的活儿,更是少有人去做了。数不清的桐子落在地里、山沟里、叶子里，烂掉了，但有些在泥土中挣扎着活了下来，等到来年吐出芽儿，过上三四年便能开出花。

就是这样，大雾山的桐子树越来越多，越来越密了。仿佛一夜之间，大雾山成了远近知晓的"桐花开得最美的地方"。

桐子到10月份才成熟，农民把它们从山上捡回来，堆放在一起，放一个冬天，等到第二年3月份，桐子壳烂得差不多了，农民才开始动手剥桐子，一直到5月份才卖完。去年桐子歉收，价格却并没有起来，还是一块二毛一斤。附近收购点老板说："我们收桐子，价格最高的时候只有某一年收到了两块八一斤，其他时候都是一块左右。桐油这个东西，好的确是好，只要沾上了，就洗不掉，而且防腐，在古代是少不得的东西，比如做油纸伞，箍澡盆，漆桌子等，轮船上也要用到它。但是现在，桐油的很多功能，被其他材料替代了……"

以经济收入而论，种桐子树是没有前途的。桐子树也做不了木料，即使砍做柴烧，亦不惹火。桐子树终于沦落为无用之木！

然而，大雾山的桐花竟出了名。出了名的大雾山就盼着上头搞桐花旅游开发。当地人都相信，开发是迟早的事。县政府为了发展大别山旅游，去年又实行了新一轮封山，据说是无限期封山。常言道：靠山吃山，靠水吃水。现在连树都不准砍了，水里养鱼又不准投肥，唯一的出路只在旅游开发。大雾山脚下有紫檀冲水库。一旦进行旅游规划，必定以这个水库为起点，以大雾山为中心，辐射周围四个乡镇。从紫檀冲水库上游的紫檀河往上，约两里，便是迷魂潭——迷魂潭从上往下一潭接一潭，形成瀑布群；再往上不到两里，便到了大雾山山腰，沿山腰往上三四里，便到了一道山岗上，往左，即可攀援大雾山顶，观绝壁，探古城墙，登山远眺；往右，便可穿行于二郎庙的深山古寨，达潘家塆看梯田万亩；往中，就翻到了大雾山的北面，沿北面往下、往前进发，一个小时的车程，即可抵达大别山主峰天堂寨。

要开发，首先就要规划，规划费就得18万。镇政府指望县旅游局来投这一笔钱，旅游局说：大雾山是你管辖的地盘，应该你来投钱。镇政府说：要我出钱，没有道理可讲，因为旅游收入不归我管，是被你旅游局拿走了。一来二去，好几年便过去了，大雾山的开发规划还是望不到尽头。

2015年国家搞旅游扶贫,省里要求县里上报十个具有旅游开发潜力的贫困村名单,每个村子支援100万。L县上报了十个村,其中就有大雾山。听说这件事,其他村立刻赶到县里跑项目,你跑我赶,县里就把大雾山排在了名单的第十位。大雾山不仅是贫困县的贫困村,而且风光极好,原本最有潜力获批全省的"旅游扶贫试点村",结果,省里只批了前面的九个。大雾山的老百姓气得骂娘。

在网上查阅了很多资料,整个中国,除了台湾,没有一个地方把桐花作为旅游开发的对象。桐花比樱花开得更加热烈,飘落得也更加壮烈,所以台湾才有了"桐花祭"。为何叫"桐花祭"?蒋勋在他的文章里是这样写的:"桐花是雌雄同体的,一棵树上有雌花也有雄花,它们在树上传花粉。开花是为了授粉。雌花受粉以后,会结成一个油桐果。要结成油桐果就需要很多的养分,可树上的养分是不够的。所以伟大的雄花就会飘落,离开树,把所有的养分都留给雌花……这是生命非常动人的地方,为了完成繁衍,为了下一代的成长,它是可以让自己如此飘零。"

我也早想着为家乡的桐花写一篇《桐花祭》,可是有蒋勋的文章摆在眼前,我还能写出什么呢?我只写出了这样一个句子:"漫山遍野的桐花没有衰败,就纷纷往下飘落,落花成野,芳心涌血,仿佛山神正在组织一场重大的祭祀。"

山乡杂记一

你的小学还在吗

我所就读的大雾山小学有两处旧址。

第一处旧址还在,上下两排房子,却已废弃二十多年了。我读小学四年级的时候,村里拆除了原来的村大队部和礼堂,建成了新的小学,东、北、西三面各有一排平房,南面是一道围墙,构成了"口"字形。十来年后,北面的房子拆了,改建成了三层楼,最上一层供村干部办公,下面两层是村小学。当时为了建楼房,拆了围墙,挖光了围墙之内的水杉树——这些树还是我们当年亲手栽种下去的呢。听说树丢弃在地上还没有人要。西面平房的地基,卖给私人建了楼房。东面的平房至今还在,白砖黑瓦完好无损,商店老板用它做了收藏室。

小学的楼房没有使用几年,小学就被撤了,于是整栋楼都成了村委会的办公大楼。

大雾山小学原校长周德坤老师对我讲:

"与大雾山村接壤的六个村,不仅大雾山小学,严家畈、二郎庙、大人冲、乌岩等村的小学也全被撤并,四周的孩子都集中到李家楼读小学。

"大雾山村所属的百凤乡,原有18个村,以前村村有小学,现在好像只剩下五所小学和一个教学点。

"农村孩子现在读书成本真是太大了。大雾山及附近村子的孩子,到李家楼读书,一种情况是家长早晚用摩托车接送孩子,另一种情况是大人专门在李家楼租房子陪读,多半是爷爷奶奶过去照看,家里的田地就不能种了。在李家楼住着,一切都要用钱买,房租虽然不高,但生活费却不低。"

名著卖得好了

我在M县一中工作的时候,与学校对面的海洋书店的金老板交往很多。经常去他那里买书,每次都要给我不少折扣。找不到的书,他就在武汉进货时为我找。

因为交往多了,对学生的阅读兴趣也就有着更深入的了解。

几年之后从上海回来,再进他的店,发现生意似乎比以往更火了。这是个很奇怪的现象。要知道,在上海这样的大城市,许多实体书店,即便那些开在大学附近的书店,也纷纷倒闭了。

他对我讲:"畅销文学,比如东野圭吾以及一些励志作品一直都卖得很好。目前卖得最好的是《龙族》,发货的第一天就卖了一百多本,玄幻类的,不怎么爱学习的学生,最爱买这种书。但是郭敬明、韩寒等人的书,从去年开始到今年,下滑得非常厉害。杂志方面,《萌芽》《青年文摘》《读者》,销量一直很稳定。"

"跟以往相比,这几年最大的变化是什么呢?"

"最大的变化就是买名著的人多了。以前,一种名著一年卖不了几本,但是这两年各种名著都销售得非常好。卖得最好的是《百年孤独》,一年要卖一百多本。这大概与高中实行新课标,重视名著阅读有关系。"

种茯苓

前年家里卖了一批枞树,剩下树蔸子和树杪子,父亲把它们刮出来,晒干后接上茯苓菌。这是父亲第一次种茯苓,不敢多种,只买了四百多块的菌种。第一批茯苓才长到饭碗那么大,收茯苓的人就找上门来,说,已经长好了,快起了吧。"起"——就是把茯苓挖起来的意思。于是父亲就把茯苓起了。一百多斤,卖了两百多块钱。

等到没有起干净的茯苓长出来,长到汤盆那么大,父亲才知道上了当,少卖了几百块钱。

树杪的茯苓长得好,但是树蔸子上的茯苓没有长出来。

父亲说,第一次种,没有经验,树蔸子没有晒干,白蚁又多。要等到明年才能起,也不知道有没有。父亲盼着第二年树蔸子上长出大个大个的茯苓。

人们说:一不小心,有的茯苓偷偷长到了箩筐那么大。

过半年

农历六月六,过半年。家里置办了丰盛的酒菜供奉祖先。有的人家还放了鞭炮,大部分没有放。以前过半年可是家家要放鞭炮呢!

就在头一天,二郎庙村一个湾里杀了两头猪,很快就卖完了,还是有人没有买到肉。水库里头夜下网,早上取了很多鱼,也一会儿就卖光了。

农村只要有人在外打工的,日子一般都过得不错。那些没有孩子,又争取不到国家照顾的人,在这个时代,日子越发难过了。

最后的乡村剃头师

丁家冲的二伯,做了四十多年的乡村剃头师,今年69岁了。乡村剃头师只给男人和男孩子剃头。

早先,二伯和他的父亲都是剃头师,各负责几个村子。步行上门,每个月三次。后来他父亲老了,跑不动山路了,就把手艺传给了孙子,孙子朋哥接了祖父的班,专跑祖父负责的那几个村子。就在七八年前,朋哥也不理发了,先是出去打工,后来又回家发展各种产业,收入自然比当剃头师强多了。

朋哥负责的那几个村子,全给了二伯。二伯上了年纪,也跑不动路了,路远的村子也就不再去了——那几个村子的老人,一辈子都是剃头师上门剃头发剃胡须,到老了,却要自己租摩托去镇上理发。

二伯总共还负责着四个容易跑路的村子。

二伯说:"现在农村剃头的人比以前少多了。我负责的几个村子,以前有 400 多人要我帮着剃头,现在,加上我侄儿负责的几个村,总共也只有 100 来人。当然,有几个村子我已经不去了。年轻点的都到外面打工去了,学生就在学校附近理发。我主要是在给老人剃头,但有些年纪大一点的人,能骑摩托,也到镇上剃。不过呢,人虽然少了,但是现在工价高,收入跟前几年比,差不多。"

二伯又说:"我从 60 年代末开始给人剃头,那时一个人一年的剃头费是一块二毛钱。一年几百块钱的收入要交一半到集体,算工分。现在是每人每年收 120 块钱,一年有一万多块的收入。每个月上门剃头三次,每次需要跑两天才能把四个村子跑完。其余时间,还是种田。"

二伯最后说:"我明年就整整 70 岁了,一身病,不打算再剃了。"

老县长

河那边的主峰细叔来我家闲坐,说起了三四十年前的老县长陈少荣的事情。

老县长是干革命出身的。那时候细叔才只有二三十岁,当村干部。有一天他接到通知,说是县长来了,要他到青草湖去带路。陈县长走的不是机耕路,而是从县城出发,沿着山岗一路攀登上来,一路调查林场的情况。

主峰细叔从村部一口气跑了十来里陡峭的山路,跑到青草湖,陈县长已经到了。沿着四五十里的山路,陈县长已经调研了两三天。主峰细叔带着陈县长穿峡谷,进入大雾山林场。天黑的时候,就住在了村民家中。村民穷,没有好招待,主峰细叔跑了好几个塆子,终于在一户日子较为殷实的人家买到一块腊肉,用来招待县长。第二天,陈县长从大雾山走到二郎庙,再从二郎庙下罗家咀,到机耕路上坐上了接他回县城的车。

第二年,陈县长又沿着另一个方向步行——从县城到河铺,又从河铺翻山越岭到大雾山村。听完主峰细叔等几个村干部汇报的情况,陈县长很不满意,拍着桌子大骂。骂过后,便说:"你们把具体困难写一份材料,交给我,县里想办法帮你们解决。"

一年之后,在陈县长的主持下,大雾山村通了电。

失踪的人

邻居家的外孙,18岁在浙江椒江打工,突然失踪,至今已七年。

家里人都很想念他,且相信他还活着,可能是卷入了传销组织。却又不知如何去寻找,只得到处请算命先生测算。

他外婆至今还清楚地记得他的样子:身材魁梧,脸大额窄,有力气。

他外婆说:"他一定还记得我家的电话。"但前两年有线电话通到村里时,他们换了电话,把无线的"村村通"电话停了。外公外婆常常在夜半拿起早已不用的村村通,试试还能不能打通。还找过电信局,说愿意交一笔钱,把这个老电话重新启用。

他的父母在外打工,每换一个地方就要换几次号码。这些年间,已换过好几个地方了。他父亲一直责怪母亲弄丢了自己的儿子,他母亲只有处处躲他。

他外婆找到我,希望我能够在网络上帮他们找一找这个孩子。他们听说附近村子的一个女孩也是失踪七年,有一天他哥哥通过QQ在网上找到了她。哥哥问她为什么七年不回?她说自己在外面安了家,有了孩子,害怕父母责怪不敢回来。兄长说:我们都不怪你,你回来吧!她立刻去买好车票,第二天就到家了。

他外婆希望我在网上帮她寻找这个外孙,可是一点具体信息都没有,连一张照片也没有。

步行成了一件丑事

当城里兴起了"走班族""跑步热",在乡村,步行却已成为一件让人羞愧的事情。大家出门,多半骑摩托,少数人买了小车。班车只到小集镇上,从小集镇到各个村子,有的三五里,有的十几里,已经没有几个人步行了。

在大家眼里,只有最穷的人才用脚走路。

于是就要租摩托车。比如从我家到名为"李家楼"的小集镇,不到四里路,摩托车收费要六到八块钱。塆里有叔爷,儿子在外面打工发了财,他在家连田也不种了,吃的是买来的粳米和精粉,来往李家楼,都是请摩托,于是大家都觉得他过得快活,很羡慕他。

那天正逢下雨,我赶着去县城,就叫了出租摩托送我到李家楼。师傅说,他出租摩托已经十年了,一天能挣几十块到一百块,过年的时候生意好,就挣得多。昨天挣了85块。一般来说,每挣100块钱,需要花费汽油费35块。

然后,又要从李家楼坐汽车去县城。恰逢中午,车上除过司机和售票员,只有两名乘客。车费6元,两人总共收费12元,大约连油钱都抵不上。司机说:因为车多人少,他们就把所有班车并在一起,分成两个班,一班跑一班休息。车休息人不休息,轮休车辆的司机得到正在跑班的车上当售票员。

通组水泥路

要不是铺了水泥路,这段山路真是让人心惊胆战。

我骑摩托顺着天梯一样的山路到达这个塆子的时候,正碰上三辆武汉牌照的小车在倒车。因为再往前,路就没有了。幸好公路旁有两户人家,两户共用一个院子,没有院门,小车直接开进院子调头。

倒车的时候,车里的几个人下车来,在路边等。一个女人看着远处的群山,说:"好漂亮啊!"另一个女人则叫起来:"有猪!快来看猪!"

两户人家,一户大门敞开,一户紧闭。大门紧闭的这一户,想必全家人都打工去了。院子里有陌生的声音,也不见另一户有人从屋里出来。车子开走后,一个五十多岁的男人,手里捏一把菜,才从外面回来。看来,整个大院子,就他一个人在家。

"我刚才摘菜的时候,就已经望见这几辆车走错了路。经常有车在这里走错,在我的院子里倒车。我跟县运管所建议过好几次,要在黄土坳立一块指示牌,就是没有人把我的意见当回事。"

他说的"黄土坳",就是凤山镇的大雾山、二郎庙,以及河铺镇的严家畈三村的交界处。

我说:"你们这里不错啊,还通了水泥路。"我说这话的时候,心里想的是我们王家塆,在上个月才挖出来一条黄泥路,至于铺水泥路,得几十万,似乎是遥遥无期的事情了。一到下雨天,黄泥路根本无法行走,摩托车陷进去,不能进也不能退,还比不上原先的山路。

那人说:"已经通了四五年了。"

我问:"是你们自己出钱修的吗?"

他说:"是国家给的钱。"

我又问:"二郎庙村有几个小组,都通了公路吗?"

他答:"有六个小组。已经通了三个,还有三个小组没有通,但今年都会通。因为县长在我们村驻点,今年要实现塆塆通。"

他这么说的时候,我心里想的是:与二郎庙村毗邻的大雾山村,八个小组,到目前为止,只有一个小组通了公路。村里人总在询问什么时候修水泥路,村里便答:上头还没有指标下来。不过,听说明年一个副县长可能要来村里驻点。

乡村电信

电话欠费了。夏天里头,电信局的人下到村里,说:原来的"村村通"电话马上不能用了,要交200元更换新机,200元算作话费。才用了几个月,电话就停了机。父亲很生气,大骂电信局是个骗子。父亲说:话机上本来存有一笔钱,加上这两百,有近三百元的话费。按照往年的经验,打多少计多少,一年也就两百多元。

家里的电话打出少,多半是我打回来。

更换新机时,电信局的人根本没有跟老百姓讲过具体消费业务也会更换。新换的电话能接收短信,每天会奇怪地响几声——事实上,那短信从来就没有看过。农民最爱看新闻联播,有几个人会在电话机上看短信呢?

事实上,没有更换新机的,原来的电话也还是照常使用了很久。但后来,似乎的确不能继续使用了。

这已经不是第一次上电信局的当。

上一次,好几年前的事了,也是电信局的人下乡办理交钱送话费的新业务。大家纷纷去办理。结果是:在新业务实行的同时,却将原来预存的话费一笔勾销了。那时候,我一次性给家里的电话冲了500元的话费,才用了两个月。后来去乡镇和县城的电信局交涉了数次,每次他们都以电脑计费,县里没办法查,只能到市里才能查为由,不予办理。口说无凭,反过头来被他们训斥过几次。"这是电脑计费,你们农村人不懂电脑"成了他们欺骗老百姓的最好理由!直到第六次去找,我父亲在电信局发了脾气,说是要去法院告他们,惊动了相关领导。领导当面训斥一个主任:怎么不能查?你把消费了多少减下来,不就是余额吗?领导亲自在电脑上查,用计算器算,果然,还有数百元的余额被冻结了。父亲争取了权益,特别高兴。我却气不过,向上面投诉了县电信局。晚上,县电信局就打电话给我赔礼道歉。

再后来,我们家安装网线,乡镇的电信部门又硬性推销给我家一部与固定电话绑定的"老人机"。100块钱一部。铃声、按键音大得吓人;最可恨的是短信音,不仅大而激烈,还响得长,提示音似乎也没有办法更换。那些强制购买的短信服务,父亲没有看过一条。键盘正中央那个最大的正方形按钮,是"上网键",一不小心挨着就上网——有几个老农民懂得上网呢?

所以对于那个老人机,除了接电话,父亲不敢轻易去摸它。

山乡杂记二

田地彻底荒芜了吗?

对于老人农业是否有前途,我一直是充满着疑惑的。但是不得不承认,在当下,老人农业还是有效率的。

山沟里的田地多半是永久荒弃了,但平原地带的田地,农民们还在耕种,秋收过后便会出现季节性抛荒,不像往年,不让土地放松一下,冬天的田野里一定种满了油菜、小麦、萝卜之类的作物。许许多多已经在城市安家的人,一年之中只有过年才回一次家,看到冬天的田野荒芜,便以为农村彻底沦陷了。

其实到3月往后,农村的年轻一些的人都走光了的时候,四野也正慢慢恢复生机。尤其是4月底到5月中旬,农民忙着盘田、下谷种和插秧。这是乡村最热闹的时候。

平原上的田,绝大部分是主人亲自耕种,有的一家人全打工去了,就把田地租出去给别人种,租金当然是极其便宜,几乎是白送。在平原地带租田的人,有的是从山里来的,他们在镇上租房照顾孙子读书,顺便租点田,种些粮食吃。

在我的家乡,平原地带插秧,不太使用插秧机,因为大家觉得插秧机没有人工插得好,就干脆请人来插。今年是200块钱一亩。——当然,田的实际亩数通常要高于主人口上说的那个数字。只要不是太离谱,插秧人也并不计较。一个人一天当然插不了一亩,我父亲去给别人插秧,一般每天得钱120块。都是我父亲这样的老人在卖功夫,但就是这样,还很不容易请到人,很多老人已经插不动秧了。

在稻谷收割后,平原上的田就休养生息了,不像过去在边边角角还要种上"副粮"、蔬菜和经济作物。

媒体上年年报道我国粮食增产,这让人们很困惑:农村那么多田地抛荒了,45岁以下的人基本都在城市打工,粮食怎么会增产呢? 国家的统计应该是真实的。然而,我们还应该进一步追问:是什么粮食在增产? 比如在我的家乡,随着种子的改良和技术的进步,作为主产和水稻,产量的确是在增加。小麦在以前也是我家乡的主粮,现在却少有人种,肯定是极大减产了。对于那些"副粮"——比如绿豆、红豆、红薯、南瓜、油菜、芝麻等无法统计数量的农作物,种植的人更加少了。要知道,在过去发生饥荒的时候,副粮起到的救灾作用,有时甚至大过主粮。

稻谷提前熟了

8月中下旬,平原上的田野往往是一片青黄,偏偏今年,有些人的稻谷早早就黄了。比一般的稻谷早熟二十多天。不得不去收割。——这些年,农民丧失了种子的保留权和选择权,只得从商店购买谷种。各个商店进货渠道不同,谷种也往往不同,有的成熟期过早或过迟,有的只长禾不结谷,抗虫能力也各异。

提前成熟的稻谷,有的正处在田野的中央,别人的稻谷没有割,割谷机又如何进得去? 种谷的人气得大骂卖谷种的商店。

宝林哥种的稻谷也提前熟了。宝林哥自家的田在山上,不种已经好些年了,早长满了灌木和竹子,就跑到平原地带把亲戚家的田拿过来种——亲戚打工去了。这田,三面被别人家的田包围,幸好有一面靠河,河堤不宽。没办法,只好把河堤挖开,让割谷机通过河道进入田野割稻谷。

妹夫的生计

妹夫和妹妹在外面打了几年工,这两年就没有出去,因为他们有了两个孩子。大孩子上幼儿园,小孩子还不到一岁。

妹夫花了七万多块钱,从舅舅手里买来一辆二手工程车,想着在本县境内或者附近找些事做。可是事情不多。偶尔有一点事,比如修高速路,也是做一天歇两天。

这两年来,中央对各级官员看得紧,官员再没有过去那样的胆子了。到了地方,不合理的建设不敢搞,合理的建设也不敢搞。不少早早计划好的工程不敢开工;有些大工程,土地已经平整好了,拆迁也搞了,结果就停在了那里。一些小型工程,没有关系很难进去。有的工程不敢进,因为承包人有着黑道背景。

况且,妹夫不善言谈,不会拉关系。在下面做事,没有关系自然很难找到事。

因为无事可做,妹夫的工程车一直在折本。想卖,又根本卖不出一个合理的价钱。——不少人都等着甩掉手头的工程车呢。有一回,妹夫借用小学的操场放车,放的时间长了些,地上的水泥都塌陷了。

在农村,大人可以想方设法节约自己的开支,但是孩子的开支节约不了,所以孩子的花销比大人高。没有经济收入,孩子的奶粉钱有时候都成问题。为此妹妹和妹夫没有少吵架。

——妹夫家原有五人:妹夫的父亲、母亲、叔父(哑巴)、哥哥、妹夫。五人都分有田地。哥哥结婚后,生一子。妹妹嫁给妹夫后,生有一儿一女。等于说,妹夫家现已增加了五口人。二十年来,国家实行"增人不增地,减人不减地"的政策,妹夫家新增的五人都没有田地。

如果将来同父母和兄嫂分开过,妹夫家只有妹夫一个人有田,不足一亩,又如何养得活一家人?

寻找人生的"事业"

夏春光跟细哥是同学,现在也年过四十了。

他今年没有在外打工,而是回了家乡,一门心思搞创业。在大雾山半山腰公路旁的空地上,他新建了几间房子。——这条路是外来游客来大雾山看桐花的必经之道。要是大雾山将来搞旅游开发,他的房子所在地,就是开农家乐、卖山茶及其他土特产的最佳码头。房子外的山是他家的山林，山下是别人的荒田。他把别人的田租了过来，连同自家的山一起，用铁网围了。准备养鸡。养真正的土鸡，纯粹在山上放养。

经过两三个月准备，鸡养起来了，暂时养得不多，不到一千只。

我小时候常见夏春光跟细哥在一起玩，后来就很多年没有再见过他了，只知道他一直在外打工。今年他回乡创业，才晓得过去那些年他在外面干过很多事情，还当过水手，出海打鱼，刚开始在船上吐了三天三夜，后来才慢慢适应过来。又在武汉呆了好些年。中间还回家开过一段时间的四轮车，又到武汉开车……

说起回乡创业的初衷，夏春光说："过去二十多年，我做过很多事，但是没有一种事情可以称得上'事业'，现在年过四十，不能再等了，就想着弄点名堂出来。人生总要留点东西下来，你说是不是？"

传统的智慧

清明节，冒雨去祭祀外公和外婆，中午在大舅家吃饭。大舅说起我去年送给他的那本书，真是雪中送炭。他按照书中"醋浸黄豆"的方子，每天坚持吃，治好了多年的便秘，嘴也不疼了。从我记事起，大舅常常嘴疼，烤火上火，吃辣椒上火，喝一点啤酒或饮料也上火……吃了很多药，都没有效果。因为害怕上火，很多东西他都不敢吃，栎炭火不敢烤，即使在三九寒天，睡觉也不关窗。可是这些都没有根本效果。大舅说："你看我以前，用调羹盛汤，送到碗里的时候，汤只剩下一半。现在，吃了醋浸的黄豆，手颤好了很多。"

我舅妈身体也不好，经常生病，尤其容易得感冒。往年一感冒，就要租车去卫生所打点滴，甚至住院。今年春节前后感冒过两次，大舅按照书中的方子，两次治好了舅妈的感冒，既省去了打点滴之苦，也节约了钱。

大舅说的这本书，是前几年我在火车上买到的一本集中收录民间传统药方的书籍。那次寒假回家，我选择坐慢车，想了解一下春运时慢车的客流情况。夜里，有人推销书籍。我对火车上推销的商品，向来拒斥，但这回，我拿起那本放在我面前的书，翻了翻，立刻就被吸引住了。因为我随意翻到的几个方子，都是小时候听大人们讲过、且使用过的方子。——这些方子,现在大家早不用,也不信了。

我想起我自己的一次经历。2011年,我在上海读研,寒假一放早早就回来了——大约是我二十年来在家里呆的时间最长的一个寒假。过年回家,父母把我当客人待。家里却并没有多少营养丰富的食材,唯不久前杀了一头白猪,且又种了一块田的白萝卜。母亲就用白萝卜炖猪肉——说是"炖",也不完全准确,是先将萝卜与猪肉放在一起炒,然后用水煮,味道极鲜美。似乎一整个寒假都没有缺少萝卜炖肉,我也百吃不厌。没想到第二年,整整一年很少上火,一年都没有得过口腔溃疡。而在以往的年份,每隔一段时间,我的口腔就要上火,紧跟着就要溃疡,痛苦不堪,除了吃黄连上清片一类的药,别无他法。可是这些药都治标不治本。一次偶然的经历,便治好了我多年的口腔溃疡。从2012年到现在,虽然有过几次上火,但口腔基本不再溃疡了。事后才想明白,我的口腔溃疡是因为长期缺乏维生素所致,而土猪肉和萝卜都是富含维生素的。萝卜炖肉的效用,在传统中医里找得见依据。民间也常说"冬吃萝卜夏吃姜,不劳医生开药方",这大约也是老祖宗通过经验所得吧。

我想起了我的奶奶,她一生从未读书,却积累了很多民间药方,而且熟知每一种常用食材的养生作用。黄花成熟的季节,奶奶说要吃黄花,黄花"开音",也就是让你的嗓子更加嘹亮;平时吃肉,奶奶就要留几大块骨头,过年时,孩子们吃坏肚子,就把骨头烧成炭,化"糊米水"喝,肚子立刻就好了;还要我们用开水冲生鸡蛋,奶奶说:冲十个鸡蛋相当于吃一支人参……在我心中,奶奶相当于半个赤脚医生。

我奶奶是个有智慧的人。她的很多智慧就是来自祖辈世世代代的口头传承,来自乡村医生的传播,以及她本人对日常生活的关注——积累生存经验和智慧,本来就是在传承文化。我奶奶不识字,却是一个极其有文化的人。后来我也习惯于收藏中医书籍,并非出于养生的目的,而是书中的智慧总让我感到惊讶。中医,以及许多未进入书本的民间药方,就包含着中国人数不清的智慧。

可是,现在大家对中医有着普遍的不信任。很多民间药方也失传了。

我把这本书复印了十来本,送给了一些已进入老年的亲戚和老师。

冬 雷

那天夜里一直下雨,刚过十二点,一声炸雷,大雪就纷纷扬扬地下来了。

后来又断断续续响过几声轻雷。

边打雷边下雪,这是少见的事情。

父亲说:1969年年里(即1968年的冬天)也是打雷下雪,紧跟着那年夏天就发了数十年不遇的大洪水,所以老话说"打雷下雪,山崩地裂"。

坐在楼顶晒冬阳

一点也不冷,因为没有起风。坐在我家楼房顶上,四周山水尽收眼中,整个塆子尽在眼底。水库的水已经退下很远了。河里到处是石头。河边成排的乌桕树伸展着光秃秃的枝丫。屋后的祖坟岗上,有人在理柴。祖坟岗上长满灌木,有心的人早就将这些灌木砍下来,搁在原地上晒干了,作柴烧。有人在屋旁筑了一座土窑,烧些炭卖钱。

塆里的几个妇人,端着饭碗走到一块,评说昨天三家人的酒席。昨天是年里最好的日子,本村结婚和嫁女的有三户。有人到塆里讨钱,是半年前欠下的大竹篮的钱,100块钱一对。人家想少给点,她说:这卖得不贵啊,做了一天才做起来,现在人家做小工,也要九十块钱一天。

四周的山,忽而一块青绿,忽而一块苍灰。青绿色的是松树、柏树,或者竹子;苍灰色的是落叶的树,多半是桐子树,或者板栗树,那是我们塆里人赖以生存的经济林。对面山背后是更高的山,海拔近千米,除过那裸露的石壁,其他地方看起来也是光秃秃的,仿佛不毛之地。只有到了春天,你才知道,在那海拔最高的地方,也长满灌木。

给祖宗印钱

小时候我就经常印纸钱,因为印版模糊了,力又不够大,印出来的纸钱总不够清晰。

现在都不印纸钱了，大家直接到商店去买，一小匝两块钱。商店卖的纸钱，前些年也是人工印的，有些老人以此来挣些小钱。不过，这几年都变成了机器印刷。机器印刷的纸钱，纸张与纸张压得紧，不容易烧透。

但在我家，每到过年，父亲还是会亲自印很多纸钱。

在一块印版上抹上"银朱"，然后按在纸上，便是一张大钞。刻板的主体是几道同心圆，圆与圆之间刻着"往生神咒"，旁边注明了金额：壹佰元。还有"幽冥银行"四个字。这块印版，是父亲三年前花二十元钱在镇上买的，听说现在涨到了五十块钱一块。不过，父亲一直夸印版印得清晰，其实细细一看，就发现与从前的印版比起来，这印版似乎简明得多。在我的记忆中，从前的印版图案繁复。想必是幽冥银行改了革吧！

记得十多年前，给祖宗印的钱，还多是一元一元的，现在却一般以一百元为起点。垮里有的人印的都是"万贯"，也就是一万块一张。他们印一张够我们忙活一个上午。他们的祖先在那边该是大资本家吧？

我不知道幽冥世界有没有通货膨胀。

水库的黄昏

一

今年的大水来得格外早,格外大。往年总要到农历四五月份才来,今年二月初就落雨,落了十多天,水库的水一道道涨起来。天晴朗了几天后,到清明,又是连续三天下大雨,山洪暴发,仿佛一眨眼,水就涨到了村头,一棵棵乌桕和杨树立在水中;水上飘满浪渣,就是树枝、草叶、瓶子一类的东西。水库边的田地被淹没了,人们辛辛苦苦种下的油菜、麦子全喂了鱼。河那边的两个垮子,连通往外面的公路也都被大水淹了,孩子上学,不得不由大人护送,绕很远的山路。

好些天之前,水还没有涨成现在这样的时候,有人找到水库负责人,要求放水,不然油菜田全淹了。负责人说:"你找我没有用。电站不归我管。你要找就找你的那个亲戚,他管电站。"水库和电站很早之前就分了家,分属不同的承包人。这个人跑去找自家亲戚,还把亲戚骂了一顿,可是亲戚仍然不同意放水。因为他正在重新安装机组,要到五月初才能安装起来。

水库的四个承包人也怕水满,一旦溢洪道过水,鱼就跑了。他们刚刚凑钱放下了十多万的鱼苗。溢洪道立着几根挂渔网的柱子,可是现在水库管理处连这种拦鱼的网都没有了。电站不同意放水,他们就找到上级单位水管站,水管站也不同意,因为他们想多存水多发电多些收入。

不得已,水库承包人几次打电话给镇委书记,反映水库的涨水情况。在书记的敦促下,水管站派人来检查水位,然后才同意放水,可是,他们只把水闸打开大约五分之一,放出一小股水。算是给书记交了差。过了几天,雨停了,水管站马上派人把闸门关闭了。但从几条河和山沟里冲出的水,还是让水库直涨水。水涨过了村头,淹没了河流的上游。又过几天,大雨又来了,水管站又立刻派人打开闸门放水。然后天又晴了,闸门又立刻被关上。

终于,水几乎涨平了溢洪道。

当地人对镇领导埋怨很深。有经验的老人说:到底是镇领导胆子大啊!水库一旦垮了,怕是要淹到近四十里外的县城。到时候,被抓起来的又是谁呢?

家乡的水库修建于20世纪70年代初,当时缺乏水泥和钢筋,主要是用黄泥和石头筑起来的。水库虽不大,平均水面500亩,但涨水到现在,水面近千亩。读初二的侄儿说:这是他记事以来,见过的最大水面。与众多水库不同的是,这座水库很深,主深度47米,蓄水660万立方;大坝极高,承受的水压自然就大。坝外的台阶,有人数过,从下到上,有180多步。前几年修补大坝,给水库劈裂灌浆时,主坝发生过塌陷。

老人们说起了过去的乡镇干部是如何防洪的。那时候策略是这样的:只要到达一定水位,不管发电不发电,天晴的时候就必须放水;下雨的时候,反而就要蓄水——如果在山洪暴发时才记起放水,大水就全集中到平原上的大河里,就要冲毁河道,淹没良田。

二

站在坝上,看得见水库的半个水面。水库曲曲折折望不到尽头。尽头,便是我们的塆子,以及一条河,河发源于海拔944米的大雾山顶。

在未修水库之前,这里是一片山冲,有良田数百亩,叫紫檀冲。传说当年某书生从这里经过,发现冲边的山林里长着一棵紫檀神木,神木的每片叶子上都有一个观音菩萨像。他怕神木找不到,就摘下头巾,系在树上。他去附近的塆子里借来锄头,回来时却发现漫山遍野都是系着头巾的树。许多年后,我在一篇小说中写下这样的话:树消失在树中。

海子说:"给每一座山每一条河取一个温暖的名字。"古人给山川命名,往往与某个传说故事相关。到底是先有故事还是先有名字,后人已不大说得清了。到了现代,给对象命名,不再需要名字背后的那个故事系统了。

做了四十多年乡镇干部的大父给我讲起紫檀冲水库的历史:

"第一次开工建设是1968年。当时的参建人员来自城关区。城关区主要由四个公社组成:百凤、长塘坳、三里桥和石源河。区是县的派出机构,那时L县有城关、白庙河、大河岸、天堂、三里畈、河浦等十几个区。大坝底层基本建成时,可惜1969年发大水,一夜之间就把它全部冲毁了。那时候水泥很少,主要用石头和黄泥,靠人工打夯。

"第二次修建这个水库是在1970年下半年,直到1974年才完全建成。水库是一座小乙型水库,当时毁掉了三个垸子300多亩良田,再加上坡地、山林、河道等,恐怕有四五百亩;水涨起来的时候,水面近千亩。我们王家垸迁走了一半的人,剩下不愿搬走的,都是比较狠的角色。狠又怎么样?那些迁走的人,很多迁到平原地带,如今都比我们王家垸过得好。没有搬走的人,作为库区遭受损失最大的一批,直到现在,每户按人头算,每人每年只得到二十多块的补偿金。是水库管理处返还给我们的。除此外,没有任何的补偿。

"然后便是开渠道,1975年完工。计划开两条渠,结果东渠未开,西渠一直通到三十多里外的泄石岭。但一到干旱季节,上游群众就把渠道堵住,把水截留了。上头派人持枪守渠,也守不住。结果渠道只用了上半部分,也就是只通到长塘坳村。后来,由于堵塞严重,这条水渠彻底废弃了。再后来,水就干脆放进了平原上的大河里。干旱的时候,各家各户就从河里抽水。"

这条渠,有一段穿山而过,读小学的时候,瘦猴哥带我们几个小兄弟去爬过山洞。山洞外便是一所中学,瘦猴哥说:每到天黑,中学里好多人就在这洞里谈恋爱。瘦猴哥并没有上过中学,但他却描述得绘声绘色,我们也因而慢慢晓得了一些男女之事。玩够了,就坐到大坝上打扑克,直到暮色落下来,才向着垸子一路狂奔。就在这个水库里,瘦猴哥学会了高超的泳技,潜水可以潜上百米;他还是捉鱼的高手,水库里没有他弄不起来的鱼。瘦猴哥如果还活着,也四十岁了吧?他很早就外出打工,到平原上替人割稻谷,并从外面带回过一个黑瘦的女朋友。后来,他迷恋上打牌赌钱,常常几个昼夜不回家,几个兄长为了让他走正路,合伙教训了他一顿。王家垮人素来以勤劳著称,见不得人不务正业,玩物丧志。垮里人叫打牌不叫打牌,叫"输钱"——凡赌必输,这话也真是一语中的。尤其是修了水库后,好田好地全淹没在水库底下,垮里只剩下山坳里的梯田,人们将成片的树林连根拔起,变作旱地。垮里人起早摸黑地劳作啊,一年到头,粮食总不够吃。被打的那一天,瘦猴哥冲出家门,对扯着他衣服的母亲说:"我再也不会踏入这个门槛了!"大家都没有把他的话当真,但他真的就没有再入家门了,几天后,有人发现他死在了垮子附近的树林里。农药瓶丢在一百多米外的路边,他喝了药,然后朝着家的方向爬,一头栽到路外的灌木丛中。

大父讲:"水库的经营模式最开始是集体所有。那时水库建设不久,水肥,鱼长得快,加上水库周围还建有鱼池、梨园、桃园、茶园、加工厂,还养殖了牛和羊,效益非常好。到后来,效益与日下滑,改为入股形式,除了养鱼,其他一切都荒弃了。"

水库管理处周围的鱼塘、林地等,最初是从水库周围两个村民小组征集过来的,如今这些集体用地又被各个小组的村民私自占了过去。

朝向大坝外面走去,约一里,便是曾经的合作社,合作社垮掉后,土地也早以极低廉的价格,被开发商买走了。土地在开发商手里搁置了好几年,如今被划块出售,卖给一些从山里搬出来的人建私房。卖出一块地基就能够收回最初购买整个合作社的成本。土地上那两排整齐的老房子,如今已被拆得七零八落。再往南走,不到一里路,便是昔日的中学,几十亩土地还没有被卖给私人,只是变成了养猪场。往东走,不到一里,便是电站,承包给私人也已经很多年了。电站所在地,最初是乡管理处办公的地方,后来变成了电站用房。几十年的老房子,今年重建了新房。——还是那个老地基老格式,只是新换了砖瓦,东头是安放机组的房子,西头是一个大礼堂,礼堂一侧有一个高台,适合用来唱戏,另一侧坐得下数百人。不过,农村早不时兴唱戏了,听说电站承包人打算用大礼堂来做生意,比如收购板栗、桐子等。再往前走一里,即是后来的乡管理处,如今更是面目全非——楼房早拆了,土地划块卖给私人建了几栋楼房。乡镇府旁是卫生所,只有它还保留着当年的模样,让每一个人找得见几十年的历史记忆。

三

水库大坝的中央是启闭室,也就是开闸放水的地方。启闭室的铁门外堆着一地牛粪。透过铁门,看到室内同样是满地粪便和稻草。原来是有村民把启闭室作了牛栏。再往里看,才看到开闸门的机器。

我来到这里的时候,太阳正好,阵阵牛铃声从大坝的斜坡上传过来。

细哥说:"以前夏天夜里看水库,捕鱼,他们就在启闭室里放了一张床,困了,就几个人挤在一张床上,倒头就睡。很凉快,也没有蚊虫。"

启闭室旁竖着一块铁牌,一面是《渔业生产暨水产安全宣传》;另一面则是一则《公告》,其内容如下:

经县人民政府决定,紫檀冲水库为县城区居民饮用水备用水源,自公告之日起,禁止从事下列活动:

一、禁止在水库内从事投肥(药)等污染水体的养鱼活动,水库养鱼只能采用生态养殖的方式,不得因养鱼等经营活动污染水源。

二、水库上游居民严禁从事向库内倾倒垃圾,直接排放污水等污染水源的活动。

三、违反上述规定者,将依法移送有关部门追究法律责任。

L县F镇人民政府
二〇〇七年十二月二十二日

对于公告的第一条,细哥他们是完全遵守的。平均水面500亩的水库,每年只能投放十来万块钱的鱼苗。细哥他们几个人,即使有心想投放饲料,也没有资金。记得二十年前,水库管理处每年要向周边村民收购"青草"——虽说是青草,其实除了各种草,更多的是一些杂灌木——投入到水库里。现在连"青草"也收购不起了。也正因为没有投入任何饲料,紫檀冲水库的鱼虽长得慢,却特别好吃,价格虽然比外地进来的鱼要高,但方圆二十里的人,就爱吃这里的鱼。"紫檀冲水库的鱼",已经成了本地老百姓口耳相传的一个品牌。

《公告》的第二条,基本是落空的。水库周边的塆子,垃圾遍地。大雨一来,这些垃圾即被冲进溪流河道里,再进入到水库中。

水库是国家的水库,山里的水好,政府要求农村支援支援城市,没有一个人不觉得这不合理。问题是:完全靠人放天养,在市场经济条件下,根本不具备竞争能力。那么,水库数十万的历史债务怎么办?水库需要上交的钱,这些年不减反增,又怎么办?更重要的问题是,水库能够给周围村民提供就业的机会越来越少了——由从前的十几个人,减少到现在的四个人;从前水库管理处不但养鱼,还有自办企业,给附近的经济发展灌注了一些活力。如今,水库却是自顾不暇。当地老百姓毁田地修水库,靠水却不能吃水,这个问题又如何解决呢?

更让人不理解的是,就在前几年,水库被镇政府承包给了外地人。

这件事可是惹恼了库区人民。虽然大家普遍不能从水库中获益,但水库周边几个塆子的村民还是自发组织起来,每家出一个人,到镇里、到县里上访过许多次,才把水库要了回来。库区人民生气的是:我们的几百亩良田都在水底下,山林也在水底下,现在你承包给外人,为什么不问问老百姓同意不同意?

外地人从上交资金,到添置器材,到投放鱼秧,总共投入三十万。与本地人承包水库不同,本地人一边务农,一边养数量不多的鱼,有两份收入,上面要求他们采用"生态养殖",完全可以落实。但是,外地人是来投资的,资本的特性是唯利是图,为了确保收益最大化,他们又如何做到不投放饲料和药物呢?

四

水库管理处东头的平房早已经拆了,土地卖给了别人盖了私房;正中间还是一排平房,只有几间很大的屋子,是前几年整修水库时,上面投资改建的——我记忆中的平房是长长的一排,正中央是大门,从大门进去,便是一道长走廊,走廊的两边是职工的房子。从走廊往西,出了小门,便到了西头的几间房子,是职工们的厨房和饭厅。如今,西头的房子已经垮塌了,只剩一片断壁残垣。

我还记得,我二哥的房间,就靠近大门。二哥在世的时候,是水库管理处的会计。那时候水库的效益还不错,单位还为每个职工订阅了杂志。二哥的房间里就有《知音》,还有一种现在大家没有听说过的杂志,叫《布谷鸟》。二哥心细,把这些杂志都带回了家。那时我还在读小学四五年级,却把二哥带回的几十本杂志全看了。我觉得《布谷鸟》比《知音》还要好看些,可惜后来这些杂志都找不到了,我从此再也没有见过一种名为《布谷鸟》的杂志。塆里有叔爷也在水库管理处工作,他订阅的是《故事会》,带回家来十几本,十几本《故事会》我也全读了。想起来,我受到的最初的文学教育,就是从这些言情类、故事类的杂志开始的。

可是我二哥已经去世十二年了,他去世的那年,水库管理处的处长也得白血病死了。那时水库上的效益已经很差了,连还债的能力都没有。处长和会计都死了,水库也要"死"了。

二哥去世的那年,儿女都小,儿子才只有九岁。如今二哥的女儿已经出嫁,儿子也已经上了大学。

紫檀冲水库已经进入了黄昏。在中国大地上,还有多少像紫檀冲这样的集体企业,都已经进入了黄昏啊!它们还能迎来新的黎明吗?

2015年春夏,我在家乡做调研,每隔几天就会骑着摩托车,穿过大坝,到水库管理处转一圈,然后离开。

我想念这个集体企业昔日的辉煌,想念这里的果园,想念这里昔日鼎沸的人声,想念我的二哥。

想念我二哥的时候,我常常会回头读一篇好些年前的文章——

稀世之鸟

那年春天,我和侄儿送鱼到山上去。雪早停了,新一年的太阳悬在高空照着,太阳也是新的,把山都照活了,树在闪光,草在言语,然而我的二哥,却睡在了泥土里,永久沉默地盼着阳光。像沉入水中的鱼,雪水悄然沉入大地深处;阳光是五颜六色的线,被雪水拉扯着,也纷纷钻进泥土,泥土就温暖起来。我和侄儿,踩着温暖的泥土送鱼到山上去。

我提着水桶在山路上攀登,侄儿在前边跑,轻快得像一只兔子。侄儿原本就是个郁郁寡欢的孩子,性格像他父亲,沉默少言,头脑精明。自从二哥过世后,侄儿很久就没有这么快活过。鱼也快活啊,鱼要回到野性的自然中去了,鱼在水桶里撞来撞去。鱼还是鱼苗,我们要把它们送到接近山顶的那个水塘里。那个水塘已经好多年没有放鱼了。说起鱼来,真叫人伤心,二哥就是在水上与鱼打了十多年的交道,然后染了一身重病,说走就走了。

穿过茂密的树林,我们爬上一片长满荒草的山坡。这时候,鹰从远处飞来,是侄儿首先看见鹰的。鹰在远处早就看见我们了,一直向我们飞过来。天是高远的天,飘散一片片白云。鹰在我们头顶盘旋,鹰前所未有地大起来,连高天白云都成了鹰的衬托。已经很多年没有见过这凶猛的大鸟,我们突然感到害怕。向前跑去,鹰也跟着向上滑翔,地上的一个影子始终追赶我们。鹰一定在很远的高天上就发现了水桶里的鱼。在苍茫大地上,我不知道还有谁的目光比鹰更加锐利。那些叽叽喳喳的东西,那些招摇过市的东西,鹰全都看不起,所以它们全成了鹰的猎物。这宇宙间最威猛的生灵,却又是那样沉默。我从没有听到过鹰的长啸,我猜想那一定是苍穹里最骄傲的自鸣。

我们终于跑到水塘边。水塘结着冰,冰下的一塘如丝如缕的水草还露着绿色。砸开冰,把鱼从冰窟窿里放进去,鱼在洞口逗留了一会儿,便摇着尾巴,快活地钻进水草消失不见了。离开的时候,鹰依然恋恋不舍地在天上盘旋,突然,像大风席卷而来,鹰在天上划了一个巨大的圈,飞到更高远的天上去了。往北就是大别山主峰天堂寨,鹰向着天堂寨飞了过去。

回家路上,侄儿看到两棵笔道的野柏树,侄儿说:"我要把它们挖回去,栽在爸爸的坟上。"听着这话,我的眼泪又来了。——现在,这两棵柏树就守护在二哥坟前,风姿绰约。我想,等到侄儿长大成人的时候,两棵柏树一定是亭亭如盖了。

2005年,我出差到宜昌。站在烟雨迷蒙的葛洲坝边百感交集。因为

这里,是二哥生前唯一出游过的地方啊。后来我在诗中写道:

来到人世间你做了一个梦/然后便没了影子

那时你站在葛洲坝上/不曾想到/时间的绳索再过十年就要断开/命运的剪刀啊/那么狠那么狠

我站立的地方/也许你曾经站过/我想起你,一遍又一遍地想起/像只孤单的船孤单地驶过许多道闸门/灰黑的水啊,你在谁的胸膛里翻腾/你为谁/而翻腾

…… ……

这是深秋,万物都在沉默,我在沉默中读海子的诗。海子在诗中说:"秋深了,神的家中鹰在集合/神的故乡鹰在言语。"神怎么了?鹰把神赶走了。然而像鹰一样沉默的二哥啊,你却远远没有鹰的强硬,没有鹰的生猛,你就像季节的一片叶子,轻而易举地就被命运之神唤了回去。

二哥已经永远不能在这世上行走了,但我知道二哥去了哪儿。二哥在天上,在雄鹰的翅膀上。雄鹰最喜欢沉默的生命,雄鹰一定把沉默寡言的二哥当朋友了。

雄鹰驮着二哥的魂魄飞啊飞,飞向天堂寨,飞到彩云深处……

五

总有人偷鱼。不但白天偷,夜里也偷。从春末到深秋,夜里的水库边总有很多星点,那是偷鱼人用夜光浮子在钓鱼。

不是不许钓。钓鱼每人收费二十元。钓到小河鱼、鲫鱼等,都可以带走,但是像鲢鱼、草鱼等大鱼,则需要另外过秤收费。细哥他们每年投放的鱼主要就是鲢鱼和鳙鱼。有些人不但不交费,还用一种特制的食饵,专偷鲢鱼和鳙鱼。

为了便于管理,水库今年只开放了西边一角,让人们垂钓。

三月的下午春光灿烂,细哥、宝林哥、朋哥,三个人坐在一个小山包上,抽着烟,有一句没一句地聊着天。要是有人钓起大鱼,他们就要过去收费。可是那天下午,整个水库没有人钓起一条大鱼。风吹着他们,吹过来又吹过去。他们

说起了昨天中午刚回到家,正准备吃饭,就接到水管站的电话,一顿训斥,说是上头有人要来检查,而他们还没有把水库沿岸的树砍干净——不能等它们长大了,长大了再砍容易长白蚁。宝林哥说:"以前三五年没有砍,都没有事,现在年年砍,还总怪我们没有砍干净。据说砍树护库,有一点钱,但年终时到底给不给,也还不晓得,也可能给,也可能不给,一切还是上面说了算。"

在那里蹲了两个小时,快四点了,细哥他们就撤了,跨上摩托车去找一个人。

这个人的儿子都26岁了,在家里什么都不做,也不外出打工,大半时间就在水库里钓鱼。他是为首的,带着几个跟他年纪差不多的人,鲢鱼和鳙鱼被他钓走了很多。有时一次钓走几蛇皮袋,再拿去卖四块钱一斤。只是这两天没有来。其实他不是钓鱼,而是用一种鱼饵将鲢鳙吸引到水面,鲢鳙一群一群地涌过来,他们就用特制的钩子钩,钩起来的鱼毕竟占少数,更多的是被钩伤了,在水里折腾几天就死了,臭在水面上。有次细哥他们提醒他,他也不理,却从水里拉起一条鱼,摔死,然后直接扔进了水中。双方还打过几次架,朋哥一身蛮力,有一次直接把为首的那个撂进了水库里。为首的那个从此身上总带一把匕首。细哥他们找派出所,派出所要他们取证后才来抓人。有一次趁着他们正在偷鱼,把派出所叫来了,来了六个警察,到底还是被他们跑脱了。

宝林哥喊那人"表叔"。表叔说:"我说过他好多次,人家养点鱼也不容易,但他虽是我的儿子,我也说不动他。早上还看到他拿本书看,说是准备考驾照……他自己其实不爱吃鱼,也不卖鱼,钓起来的鱼都送了人……"

都是熟人,抬头不见低头见,把事情告诉给表叔,让他知道这回事,多余的话大家也就不再说了。话题一转,就转到周边村子那些找不到老婆的男青年身上。

表叔说:"我儿子今年26岁,媳妇也没有找到,我也着急得很。我也跟他说过,你看二郎庙那大山上的年轻人找的都是漂亮媳妇,为什么呢?那是因为他们看到家里条件太差,一年到头都在打工,在外面不回来,自然就跟人家女孩子混熟了。而我们塆子里年轻人,之所以好几个年纪一大把还找不到媳妇,就是因为每年打工不到9月份就回了。"

表叔又说起了他侄儿。"侄儿在牢里已关了两次。去年过年回来,骑着摩托冲上冲下。大年三十给祖宗'送亮',他香烛也不买,鞭炮也不买,就骑着摩托,跟在堂弟后面去上坟。他烧的纸烛也都是堂弟带的。结果,堂弟送亮到自己父亲坟前时,发现往生钱已经烧没了。于是他们就吵起来,又打起来。他把堂弟打伤,还拿斧头把他家门窗都砍坏了。堂弟气得住在医院里不出来。派出所来抓人,他父亲去求情,最后赔了门窗五千多块,医药费两千多块……"

同表叔天南海北地闲聊了近两个小时,一下午就这样过去了,终于大家都觉得没有什么可聊的,连抽烟也都变得没有意思了。于是就跨上摩托车,沿着水库边曲曲折折的公路回家去了。

那时太阳刚落到山背后,天空灿烂而安静,薄暮首先从水上升起来,仿佛巨大的哀愁。

为了什么去农村

2014年暑假回到位于大别山腹地的故乡L县,接触了不同行业的很多人,听到最多的慨叹是:"消费太高了,真不晓得L县的人是怎么活的!"

像农民这样没有体制保障的人,都在哀叹跟不上市场的步伐;而公务员,则埋怨中央十来年不给他们涨工资。——县城超市的导购,工资约800元(不包吃住),饭店服务员工资约900元(包吃不包住),科级干部的工资2 000元;作为L县的支柱产业——板栗,价格二十年来几乎没有变化,常徘徊在一到两块之间。但是,县城小餐馆里的一碗牛肉面卖到15元;洗头一次要30元;商店里几乎难以买到300块钱以下的衣服,H牌皮鞋全都卖到500元以上;同一个型号的HJ牌摩托,前两年卖8 000多元,现在涨到12 000多(前两年对于购买者有家电下乡的补贴,现在补贴取消了,新旧两款唯一的区别是发动机有了更新换代);从前专门卖便宜货的大棚区、小商店,早被拆除了,建成了豪华商品楼盘和绿化带,人们买东西也喜欢去品牌店和大超市,同样的商品好多都要比大城市贵出很多;从县城回家,在小镇下了班车,还得请摩托,三里远的路程得6到8元——步行回家已经成了一件丑事……我自然知道,这不光是我家乡的现实,也是全中国的现实:越是偏远的农村地区,工资水平越低,农民的劳动力和农产品也越不值钱,但基本生活消费却高得惊人。

如果说,2006年中央免除农业费税,让农民再也不必过那种一年忙到头都不够交税的日子,生活又重新充满了希望。但农民的憧憬并没有持续很久,农民的生活质量并没有实质性地提高多少,因为另一头怪兽——市场,早已将整个农村捆绑了起来。——但必须要说明的是,在这个前后变化的过程中,农民的精神状态是大大不同的:在税费沉重的时代,农民有一种强烈的被剥夺感、屈辱感,但是在今天,农民虽卷入高消费的体系中,但感觉是自己在为自己花钱,有一种做主人的感觉。

农村生活的市场化、货币化,主要体现在以下三方面:首先,像城里人一样,农民也有着过现代生活的强烈愿望,从建房子到居家到出行,他们需要购买大量的工业品。超薄大彩电、太阳能、电冰箱、洗衣机、摩托车等,已成为许多家庭的必需品,现在大家时常谈论的话题是又有谁谁谁在外打工挣了钱,买了小车;而且,对于男青年来说,要成家,除了在老家有一套房,很多人还必须到县城去买上一套房,住在县城,没有田地没有菜园没有工作,得靠在外打工的钱支持着家庭的运转。第二,除了部分粮食和蔬菜可以自给以外,农村自给自足的程度越来越低,越来越多的东西需要到市场上购买,不光是工业品,也要购买很多农产品。主要原因之一,就在于农村种植的作物种类日益单一。比如在我的家乡,最主要的农作物水稻,绝大部分人家还在坚持种植,但是油菜、小麦、黄豆、芝麻、红豆、绿豆,只有少数人还在种;蔬菜也只种一些白菜、萝卜之类,其他大多数都不种了。当农民需要吃油、面粉或某些时令菜时,就不得不去市场购买。第三,农民手头缺乏活钱,农村本地又往往不能提供可以满足绝大部分农民生存的必要条件,且农产品价格一直低廉,青壮年农民不得不去城市打工,打工的钱流回农村,在给农村灌注了经济活力的同时,也强化了农民的面子观和攀比风,进而推动了消费。

当下,许多研究乡村的学者,以及投身于乡村重建的人,特别希望从梁漱溟、晏阳初、陶行知等先贤那里找到解决当下乡村问题的方法和思路,希望在当下的乡村城市化的路径之外,找到一条新路。我相信他们一定会从乡村研究和实践中得到许多有益的启示和发现,但是,另一方面,对于是否能找到一条新路,我是犹疑的。要知道的,在上个世纪上半叶,无数的知识分子投身于乡村改造运动,但他们全都失败了。学术界一直在强调他们的献身精神以及实践成绩,却对于他们的失败的教训,并没有进行很好的反思和总结。

更何况,当下中国农村的状况与梁漱溟所处的时代已经完全不同了!虽然在梁的时代，知识分子也在讲西方的侵略破坏了中国自给自足的生活方式，但破坏的，主要是江南的手工业，农村生活还没有被资本化、市场化，一个农民一月不花钱，单单依靠土地照样活得下去。但今天的世界已完全是另一个世界，整个农村社会卷入到一个巨大的市场网络中，农民的消费观念也被城市主宰着，生活已完全货币化，一个农民如果手头三天没有钱，他几乎没有办法活下去。因而，青壮年劳动力外出打工，老人留在家种田和看孩子，亲人间长久分离——这种充满悲剧感的选择和生活方式，你可以批评它是非常不好的生活方式，但你无法说他们的选择不对。要我说，他们在当前状况下所做的选择是最好的选择，因为，这毕竟保证了家庭和农村社会的基本正常运转。

我读过不少乡村工作者的文章，也与他们中的一些人有过交流，在感动于他们的理想、热情以及牺牲精神之时，也有着隐隐的失落，那就是他们十分沉浸于自己对于农村生活的逻辑，过于强调自身的预想和知识分子建设乡村的理念的正确性，却没有足够的耐心真正去理解农民的生活逻辑。乡村最基本的生活逻辑，说来很简单，那就是在今天这个一切都被货币化的时代，农民需要活下去，要有钱花——不但要活下去，他们还要过现代生活，不但要过上现代生活，他们还要过上手头不断有活钱且较为舒适的现代生活……

农村问题，压根就不是农村本身的问题，而是被整个资本主义市场体系所生产出来的，因而，我们恐怕不能够从农村内部找到出路。要诊治农村的衰败之病，必须改变整个资本主义市场体系对于乡村的主宰，以及由这种体系所塑造的消费观念。我们做乡村工作的，如果不直接触及这个资本体系，而试图绕开它，另辟一条路，恐怕多半停留于小修小补，甚至在农民的印象里，只是城里人到山沟里"寻找乡愁"罢了。——当然，我们也不能否定这样的修补工作，它们毕竟做出了有益的探索，尤其是在农村的文化建设方面，取得了一些成绩和经验。

我以为，回到农村，有着更为紧迫的事情，那就是首先放弃一些先入为主的观念以及种种美丽的预想，甚至是暂时放弃一些做具体的生活改造实践的打算，而是首先着眼于做一般的调查工作，像毛泽东做《寻乌调查》那样去做实践调查。对农民的生活方式和生存逻辑抱着"同情之理解"的态度，是一个真正的乡村工作者所具备的起码的品质,然后才有可能对于当下农村生活的复杂性进行充分调研,进而为将来的根本性变革提供思路和依据。

90年前,关于乡村建设,晏阳初先生就讲:"做这事先要调查,先看病症如何然后发药。"晏阳初调研了19个省,认识到中国的根本问题在于人的"愚、穷、弱、私",百分之八十以上的人不识字,从而下定决心,毕生致力于"平民教育"。"除文盲,作新民"——这也是他认为的解决中国问题的一个根本方法。在乡村建设最火热、知识分子参与面最广的1930年代,晏阳初却不无忧虑地认为这是农村运动到了"最危险的时期","怎样做法?什么人做?做些什么?——从这些方面去研究的人实在太少了。"今天的社会情况自然已完全不同于晏阳初的时代了,文盲的问题也早已除去了,但是他做事的理念与方法,却是值得我们学习。

在今天的乡村研究中,我最敬佩贺雪峰和温铁军二位先生所做的许多工作。二位先生都是极其重视通过实践调查来理解乡村,理解中国。很少有知识分子能够像贺雪峰那样持久地深入田间地头,顽固地站在"小农立场"上来认识农民,思考中国问题。也很少有人像温铁军那样,数十年来不仅重视对于社会现状的调查,也极重视对于历史的梳理,将中国的危机与乡村的关系问题思考得那般透彻。贺雪峰看到了农民是国家的根基,而温铁军则更重视万民之上有国家。

"真不晓得L县的人是怎么活的!"

但L县的人还都活着。

或许,他们的子孙也还要这样活下去。

从梁漱溟的困境看今日的乡村动员

说起来,这已是 80 年前的事情了。那时梁漱溟先生 42 岁,投入乡村运动已有好些年头。大知识分子到乡下去做事情,但做得并不顺利,在一次演讲中,他说起了"我们的两大难处":"头一点是高谈社会改造而依附政权,第二点是号称乡村运动而乡村不动。"

有意思的是,梁漱溟先生的这两大难处,第一点在晏阳初先生那里没有成为问题。梁漱溟"不求统一于上而求统一于下",而晏阳初开展"农村建设"的"工作原则是只从事研究和实验,设立实验学校、表演学校,将研究的结果,贡献给地方当局,让他们去推广"。晏阳初一生抵挡住了高官厚禄的诱惑,不为官,也不介入政治,却广交有权力有影响力的人物,从地方的耆老、乡绅(中国政权的最下级执行者),到旧式官僚、军阀,到权贵夫人、张治中等国民党高官,乃至蒋介石,乃至联合国的官员、美国国务卿马歇尔、总统杜鲁门等(他们直接影响着中国的国家权力)。晏阳初一方面极力向国家权力借力,把"政治"看作是教育、经济、卫生之外的社会建设的"第四条腿",从而获取大量的政策和经济上的资源,另一方面,政府也在向他借力,从他那里获取乡村治理的经验和办法。今天我们回过头来看这段历史,不得不承认,作为在西学中成长起来的中国知识分子晏阳初先生在异常艰难的处境中,"以宗教家的精神努力平教运动"(毛泽东语),他的成就是巨大的——大约要远大于他的同仁们。如果不是因为战争的爆发,他的"平民教育和乡村改造的基层计划"或许就在全中国推广了。梁漱溟的中学涵养和学术成就,晏阳初自然远不及,但作为一个实践者,梁漱溟思想里有着太多曲曲折折的东西,而晏阳初更直接、朴素,也更落实。

梁漱溟的第二个困境,在毛泽东那里更不成为问题。梁漱溟在文章中写到这么一个细节:"记得1938年1月访问延安时,毛主席问我做乡村运动曾感到有什么问题和困难,我开口一句便说:最困难的是农民好静不好动。毛主席没等我讲下去,便说:你错了!农民是要动的,他哪里要静?"

梁漱溟的路没有走通,与时代的局限都分不开,也与以他为代表的知识分子的自身局限密不可分。读梁漱溟,在乡村治理和社会改造方面,他留给今人的教训,我个人总觉得要大于正面的经验。——当然,无论教训还是经验,这都是先贤留给我们的宝贵财富。

我在这里重提梁漱溟的"两大难处",并不是为了探讨理论问题,而是想说明一点实践体会。在漫长的中国历史中,和平时期唯有两股力量能够真正将农民动员起来:一是乡绅的引领,一是国家权力的号召和强制。当然,这两股力量经常是融合在了一起。2015年3月底到5月中旬,我在家乡调研两月余,所见到的现实,让我对此更加有体会。

在群众动员中,关于乡绅的引领作用,我在另一篇文章《第一代农民工,故乡拿什么迎接你》已有论述。当然,那篇文章里面讲到的"乡绅",并不是旧意义上的,而是在新时代具有一定德才、能够在乡村起到类似古代乡绅作用的那种人。但这种力量,在当下也是十分有限。

在这里,我依然要结合具体的事实,说一说另一种动员群众的力量,也是最主要的力量。

中国是由共产党来领导和治理的国家,工农联盟是国家政权的基础,这是读过书的我们都懂的道理。然而,与之相对的事实是:由于众所周知的原因,从20世纪90年代中期到本世纪头十年,作为工人阶级天然同盟军的农民出了非常严重的问题,农业和乡村更是日益衰败,我们的政府也面临着比较严重的信任危机。这种信任危机在学界尤其强烈。于是许多关心乡村的学人,希望在政府的领导之外另辟一条复兴乡村的路;一批又一批有志青年正是在这种理想的指引下投身于乡村的重建运动。他们付出了艰辛的努力,也在局部取得了一些成绩,尤其在舆论上为三农问题作了代言,然而,摆在他们面前的困境也是巨大的。

投入乡村,试图绕开政治寻找新路,但农民却不动——梁漱溟的困境,依然是今天的下乡知识青年试图重建乡村之时所面临的最大困境。

中国农民,虽然为官员的贪腐所苦,为物价飞涨而农产品根本不值钱所苦,对于知识分子,他们也向来缺乏足够的信任,但是对共产党的中央,却始终是最忠诚的,对党中央的政策也始终深信不疑。尤其是坚守农村的老年农民,他们是中国唯一每天坚持看《新闻联播》的一个群体。从2006年免除农业税之后,农民在田边地头相遇,说得最多的一句话就是:"党中央的政策确实好,确实是为农民着想,但就是下面的那些人太坏了……""下面"尽管坏,但只要有什么文件精神下来,就会如秋风扫落叶,在农民中迅速得到贯彻。有太多事实足以证明这一点。

在学院里,对于农民,向来有两种截然相反的看法,一种认为农民最革命,一种认为农民最不革命。这两种看法可能都对,也可能都不对。关键问题是知识分子常常不能超越自身,站在农民的角度去把握农民的逻辑。在绝大多数时候,对于许多事情农民虽知而不能言,但是"大义"他们却是十分明白。起码这两点"大义"他们就非常清楚:一、在中国,唯有什么力量才能够带领他们参与生活的建设;二、倘若中国真的出了什么乱子,受害最直接最深的又会是谁。他们就常常在这两个维度之下思考问题,尽管很少有农民将这些明确地概括出来。

这次回家乡调研,更加让我确信:在中国的历史和现实语境中,知识分子可以与农民结合,可以提供经验,但真正要建设美丽乡村,非共产党来领导不可,除此外,恐怕别无其他力量能够把群众动员起来。

在我的调查笔记中,记载了这样一件事。我要说的是农村的垃圾治理问题。垃圾在中国内地农村真正成为问题,也就是近十来年的事情了,然而国家对农村垃圾实行全面治理,却是近一两年的事。2015年,我所在的大别山L县,也开始把垃圾治理提上日程。

笔记是这样的:

L县对垃圾的处理

1. 一级一级动员。5月初,县里组织乡镇领导开会,乡镇组织村干部开会,村委会组织党员和小组组长开会,小组组长组织全组的人开会。

县、镇、村,各级都在抓紧宣传。村委会在村里拉了横幅。

最近看到新闻,L县又为此开了全县大会:"5月31日,我县召开村村通客车暨农村垃圾清理工作现场会,要求全县各地要再加力度,再添措施,查漏补缺、整改提高,确保村村通客车和农村垃圾清理工作顺利通过省级检查验收。"

2. 村里给各小组发垃圾桶,建垃圾池。我们王家垮是全村比较大的组,村里发了八个垃圾桶,建了三个垃圾池。从镇上买来砖和水泥,我的父辈和兄长一起动手建垃圾池,一个下午就建好了。

小组长说:"后天县里有人来检查。"

就这一句话,家家户户动了起来。

垃圾划片,各家自扫门前雪。对于严重的地方,小组长亲自上门督促。

垮子中央有一块荒地,是章云爷家的菜园,自从他家搬到了公路边,已经十六七年没有种了吧?里面堆满白色垃圾和桐子壳。那天下午,我看到M的母亲一个人在那里清理,但只是清理桐子壳。她把泥土挖开,然后把壳埋进去,其实相比于白色垃圾,桐子壳算不了什么,很容易就腐烂,化作了泥土和肥料。我看到她累得满脸通红,汗水把衣服都湿透了,就问:"你搞这里的垃圾,组里给钱吗?"她有些生气,说:"钱?鬼的钱!他们说这是我倒的桐子壳,就要我来搞,其实又不是我一个人在这里倒!要是给个二三十块钱,我就把这整块地的垃圾都给清理了。"

公共部分,大家一起清扫。

村部所在地,公共区域最大,人流也最多,村委会打算请一个人长期负责清扫。如此说来,我们村马上就有了历史上第一个清洁工了。

我有同学在L县当镇长,她微信里发了一些关于治理农村垃圾的照片:院子里堆满了刚刚采购来的垃圾桶;镇里自己配备了消防洒水车;镇干部全部上路清扫垃圾。

3. 钱从哪里来?滕书记告诉我:上面说是要给钱,但还没有给,村里先垫着。我们村没有钱,钱都是借的。

县里的补助标准,据说是这样的:垃圾桶 50 元一个,垃圾池 300 元一个。

大雾山村是全镇版图最大的村,由于山高地险,人住得分散,处理垃圾的难度就更大。算下来,上头要给村里拨款近两万元。

我说:不到两万块钱,就把全村垃圾处理的基础设施给建起来了,还让累积多年的垃圾得到了初步清理,这也是很厉害的一件事。

4. 检查。从今年 5 月份开始,镇里每个月要到村里检查一次,县里每个月对全县的各个乡镇进行抽查。为此村干部要比以往忙一些,得时不时下到小组检查,督促一下。

5. 奖惩。滕书记说:做得不好的村,就要扣"转移支付"的钱。"转移支付",就是村干部的工资。

对于小组有没有奖惩呢?滕书记没有说。大概在这一点上,上面也还没有拿出一个具体的方案吧?

6. 效果:垃圾设施建立起来了,垃圾问题也得到了初步治理。

5 月份上头来检查,我们村得了九十多分。一组,也就是我所在的王家塆,清理得较为干净。滕书记说:王家塆的人素质要高些。不像山上头几个小组,人住得分散,又养着牛羊,粪便到处都是,清理起来难度很大。本来很多人就不爱卫生,尤其是一些单身汉,自己家里的卫生都不搞,还去搞外面的卫生?

我想原因恐怕不仅如此。

我们一组处在山脚下,人住得紧,虽然青壮年劳动力多不在家,但总还能够找出几个带头人,也有比较多的老年劳动力。而山上的小组,山高路远,本来人就少,住得散,青壮年不是外出打工就是搬走了,上头的精神到这里自然要大打折扣。

而且,在基础建设和制度建设之外,要培育讲清洁、主动维护公共卫生的文化,也不是一天两天的事情吧?

7. 7 月份回家,发现的新问题是:垃圾在垃圾桶、垃圾箱没有人处理,路上又到处是粪便。如果垃圾处理不坚持下去,今年刚改善的乡村面貌又会回到老样子。大概上头的检查,坚持了一两个月后,并没有继续落到实处。大父是退休乡镇干部,偶尔会去开会,学习政策,从他那里得知L县为处理农村垃圾投入了1 400万。大父说:"现在的这个垃圾治理工程搞成了半截子。要想真正见成效,每个村民小组都应该配备垃圾处理员来督促、焚烧。"

我知道,这篇文章倘在网上发布,会招来各式各样的批评,因为它太"主旋律"了——在信任危机还没有得到解除的时期,任何"主旋律"的东西都可能招致批评乃至辱骂。但是,我真心期盼所有真正关心乡村命运的人,能够到乡村去走一走,放下姿态听听群众的心声,真切感受一下是什么力量才能将农民动员起来。

我出身于贫困农村,成长的年代饱经曲折,但我始终像我的父辈那样,有一个"小农立场",最信任土地,最信任共产党;也正因为如此,对于自己作为"知识分子"的身份,我始终充满了自省。说到底,这份信任和自省,都是现实给我的。

L县对垃圾的处理,最终会取得什么样的成效,谁也说不好,也许会因此而成为乡村治理的典型,但也许会半途而弃,成为劳民伤财之举。关键就看政府和群众怎么去做。

在政府独大的国度里,政府只要下决心做好一件事,是不会做不好,而且一定势如破竹;但是,倘若政府很糟糕,要做一件坏事,也一定会把事情做得坏到极致。共产党的政府要永远关心群众的真正痛痒,永远不可忘记毛主席的话:"一切群众的实际生活问题,都是我们应当注意的问题。假如我们对这些问题注意了、解决了,满足了群众的需要,我们就能真正成了群众生活的组织者,群众就会真正围绕在我们的周围,热烈地拥护我们。"

(2015年6月3日,修改于2015年7月13日)

第一代农民工,故乡拿什么迎接你

一

说起农村现状,知识分子可能首先会想到"空巢"。然而,2012年5月和7月,我两次回到大别山腹地的家乡,却发现一个新现象:以前只在过年时才可能看到的面孔,却在这个季节出现在家门口。这些人不是我的长辈就是兄长,四十多或五十多岁,在广东、浙江、上海等地打工多年,突然不约而同地回乡,并且不愿再出去了。

他们为什么回乡?大概有这么几个原因:一是感觉外面已是年轻人的世界,他们不受欢迎了,而且除了出卖苦力,也干不了其他的事情,年纪一天比一天大,他们早已厌倦打工生活;二是自家的两层或三层楼房都建了起来,手头还有一点积蓄,且都办了养老保险,没有后顾之忧;三是他们一般都有两个子女在外面打工,经济上不用太操心了。

然而,回乡的第一代农民工,在家乡真的过得舒心吗?

回乡做什么?这是他们面临的首要问题。似乎还得种田。但他们对土地是否还像二十年前那样又爱又恨呢?远处山上的田地荒芜多年,长满芭茅和灌木,早已成为野猪、野羊的安乐窝,没有人会去重新开垦。近处的田地呢?牛是不用养的,因为有机器替代,现在专门有人出租机器和负责操作,主人反而成了帮手;他们平时对庄稼的照料也不上心,收成好一点坏一点,都无所谓。许多田岸垮塌了,水塘也积满了淤泥,没有人去修整;越来越多的人干脆不种田了,反正买粮也便宜……他们是回到土地上了，但他们对土地的冷漠与疏离，却越来越明显了。

今天的农村，人与人之间很少往来，哪怕是邻居，平日里见面也不多。大家经常是把自己关在家里看电视，或者每天骑摩托到镇上转一圈。镇上商店外边摆着多张椅子，那里成为人们交流最多的"公共场所"。在我离开家乡去上海的前夜，村里一个久病在床的老人终于在半夜死去了。女人们的哭声把返乡的本家都召集过来，他们在屋外替老人守灵，没有任何哀痛，只是放声交谈往昔的日子与今天的生活，一直谈到天明，仿佛过节一般。我能体会到大家平日里的孤独以及对交流的渴望。做了四十年乡镇干部的大伯对我讲："以前每个行政村都有乡镇干部蹲点，现在老百姓很难见到他们，农村实际是处于个人自治的状态。"

除了在家看电视，他们还能有什么其他的文化享受呢？二三十年前，村里有祠堂、礼堂、庙会、农民运动会、露天电影、小学的钟声，镇上有会堂、文化站、台球室、录像厅、各种节日活动，县里的戏剧团和文化馆的干部也常会下乡培训农村文艺爱好者……然而，这些文化场所、文化团体和文化活动已消失殆尽。近年来，"农家书屋"也许是国家唯一推广到全国每个乡村的文化建设。但是，无论是在我的家乡还是在我调研过的其他省份的十多个行政村，"农家书屋"基本处于闲置状态，没有人去借书——似乎大家都不看书了。在我的家乡，除过孩子们的课本，很少人家里有藏书，我的绝大多数长辈和兄长从未买过书。

新世纪以来，底层写作成为热潮，将种种残酷的生活场景集中来写，放大来写，引起众多评论家的激赏。然而，底层的真正情形就是这样吗？至少乡村不是这样的。要我说，在物质的贫困得到基本解决之后，底层的最大问题是文化生活的欠缺。第一代农民工在大城市苦了许多年，满以为回家就可过上惬意的日子，但是，故乡又能给他们什么呢？今日的乡村并未处于所谓的"残酷生活"激起的波澜之中，乡村太安静了！这些回乡的人，站在熟悉的土地上，精神疲软，百无聊赖，冥冥之中他们在希望着什么，却又说不出自己到底缺什么、要什么；好像这种比较富足的生活本身就是希望，但他们又觉得似乎处于一种没有希望的境地……

我深深地知道，不仅是返乡的农民工，所有底层人民对文化生活都有迫切的需求。我一直忘不了2012年6月在Q市调研时了解到的一个情况：Q市是沿海新型发展城市，其工业园区有工人20 000，但工资水平不高，工人流动快。园区领导都为这个事情发愁。让人惊讶的是，园区有家工厂，从建厂到现在，没有一名工人流失。原来，该厂的老板是个资深基督徒，经常带工人做祷告，宣扬"我们都是上帝的子民"，"我们都是一家人"，并且，这个基督徒宅心仁厚，对待员工也确实比较好。还有一个工厂，流动的工人也特别少，该厂老板是个佛教徒，在厂里建了一座小庙，带领员工在庙里祭拜。本来，园区是不允许建庙宇的，但是看到它有利于"社会和谐"，领导也就佯装不知了。这两件事惊动了更上面的领导，下来看了以后，大发感慨。

在外漂泊了二十年的第一代农民工开始返乡了！可是，有谁会在山岗上唱一首凝聚着共同记忆的歌谣来迎接他们呢？孙晓忠先生在《改造说书人——1944年延安乡村文化实践》中写道："如果说文化是对生活意义的理解并决定对生活方式的选择，社会主义文化如果要在乡村获得文化领导，就必须思考应该给乡村一个什么样的'现代'文化？从而将改造乡村文化与改变农民的生活方式结合起来。"我想，在今天的农村建设上，除了要重构人与土地的关系，更为紧迫的是要重建乡村的文化生活，让老百姓获得较多的文化资源，在文化生活中恢复人与人的集体之关系，"通过对集体世界的想象、对乡村公共生活的关注和对人民主体的塑造，将个人的内心世界重新敞开"。

二

以上的文字写于2012年9月12日。

几年后的今天，在我的家乡这个情况几乎没有变化——第一代农民工普遍返乡了。令人庆幸的是，他们还有家园，还有土地，还有路可退！我们村899人，外出打工的三百多人，40岁以下的基本常年在外。而50岁以上的人，除个别人还在城市打拼，绝大部分都回到家乡重操旧业——务农，他们很快就让自己从"农民工"的身份返回到"农民"。对于曾经的城市打工生活，他们并不多谈。当然,还有一个更重要任务,就是替儿子抚养后代。

乡村生活依然是寂寞、单调的,人人都显得那么孤独,仿佛陷入了失语状态。在很多塆子,常会碰到一个这样的老人:他(她)老得已经没有力气拿起锄头了,就每天扶着拐杖,坐到门外的石头上晒太阳,碰到一个熟人走过,便会用力喊出一句别人听不大清的话,而那人,也多半并不理会,埋头从他(她)身边走过。这些除了劳动再没有任何兴趣爱好的老人,当劳动也将他(她)抛弃的时候,他(她)所能做的,就是每天像看时间的流逝一样看着路人从身边走过,静静地等待死亡的降临。我在一篇文章里写过这样的话:"乡村生活有一种深刻的悲剧,但这悲剧并没有强烈的戏剧感,而是一种单调的重复,悄无声息的流逝,默默的衰败。"

我很清楚,并不只有我的家乡是这样的。

对于我所在的村民小组"王家塆"来说,最近一个月倒有一件事情,让在家的男男女女都兴奋起来。王家塆落在山凹里,从通村公路到塆子只有狭窄的山路,数百年来连一条两米宽的泥土路都没有。塆子里筹划修路已筹划了许多年,终于在最近把计划落实了。为了修通这条路,在家的男人几乎每天夜里都开会,不断地争吵,不断地协商,终于确定了路线,议好了赔偿方案,协调好了土地。——这些男人,我的兄长和父辈,从四十多岁到七十多岁,成为了本次修路的主力。

然后派出几个代表找村委会要钱,村支书答应给三万,醉酒的村长忽然清醒,打断村支书的话:什么?三万?两万就够了!村长是干了几十年的老干部,快七十岁的人,还在当村长,一生见多识广,经验丰富,说话也似乎比书记更有威信。反复讨价还价之后,村里到底只同意"拨款"两万。我们村,虽是全镇版图最大的村,但到底是穷村,确实没有钱;上头有什么项目,往往也落不到这样的穷村。村里答应给我们塆子修路的两万块钱,还是通过"一事一议"的国家政策来解决的。事实上,挖机的工钱、赔偿款以及必需的材料等,大约要四万。

大家沿着设计好的路线,祭土开山,把大树砍光,然后挖土机进来了。每天有两个人协助挖土机师傅的工作。每天都会有新问题出现,比如有人看着自己的田地一块一块地消失在挖土机的爪子下,忽然反悔了;有人看到邻居家只挪动一块石头,而自家要废掉大片经济林,就觉得不公平,要求更高的赔偿;七米宽泥土路面,挖到自家的地面上时,有人只同意挖四米;有人认为新修的主路离自家太远,儿女又不在身边,自己可以走小路,就不想出钱……但这些问题,都通过开会讨论的方式,一一解决了。

白天修路,晚上开会,经常开到夜里十二点……就这样,一条毛坯路挖出来了,然后塆里的男男女女又集中起来——男人筑岸,女人加固路面……

令我印象深刻的是,在修路和开会的过程中,尽管少不了争吵,但大家的交流明显多起来,笑声也多起来,因为大家忽然有了一个共同目标,有了一个共同话题。从前到后,有一种声音最强烈:这是给整个塆子修路,给子孙后代修路,总有人要多吃点亏,如果斤斤计较,什么事都做不成。

泥土路修好的那天傍晚,家家户户自觉买来火炮,在路旁鸣放,炮声一片接一片,传得很远,周边的小组也都知道我们塆子的路成形了;晚上塆里又摆了三桌酒,请来村干部和挖土机师傅,在家的男人,一家一个,又聚到了一起……

我们说:乡村文化的确是衰败了;但说到底,是乡村文化的那个根基——集体——衰败了。在王家塆,我看到了大家在集体协商和集体劳动的过程中,重获了一种主体感。而对这个集体的形成以至发挥作用,那些有见识有勇气的第一代返乡农民起到了一种类似"乡绅"的作用。——当然,在这里把他们与从前的乡绅同比,也实在是过于夸张了。

然而,这种"集体"到底只是一种临时的集体,它很快就会消散。

我们需要的,自然是一种凭借经济、制度和文化所形成的坚固的集体。但是,对于以老人和孩子为主体的乡村,要重构这样的集体,又是如何可能的呢?

老人农业有效率吗

按照专家的说法,超过 45 岁的农民就已经进入"老年劳动力"的行列了。中国 9 亿农民,除过两亿多人进城务工,留在土地上的还有近七亿,其中劳动人口三亿多,绝大部分都是所谓的老年劳动力。

随着老年社会的阔步前来,对于未来农村谁来种粮食养活全中国的问题,很多专家学者充满了忧虑,但贺雪峰先生认为:老人农业有效率,我们应该对中国小农经济有信心,对老人农业有信心。毫无疑问,这已经是被十多年来的中国经验所证明了的事实,而且,贺雪峰认为:"在可以预见的未来 20～30 年,进城农民中的相当部分甚至大部分都难以体面地融入城市,到年龄比较大,在城市就业已无优势时,他们就要回到农村,好在他们还可以回到农村。""在未来的 20～30 年,中国农村以中老年农民为主的农业人口,仍然数量庞大,且他们需要以小规模经营来作为获取经济收入和展开人生意义的场所。他们是进城失败的人口,是城市淘汰留下的、机会成本很低因此种田几乎不计算自己劳动成本的群体,这样的群体种田,尤其是种粮食,就具有任何资本下乡进行规模经营所没有的无比优势。"

——顺便说一下,我非常喜欢贺雪峰先生的书。他的文字给我的常常是满满的感动,因为他总是能够深入田间地头,站到"小农"的位置,思考"他们为什么会这样做"。我们这些农村大学生,自读中学起就已脱离体力劳动,对农村的种种问题,虽充满困惑,却始终无法弄明白,而绝大部分农民"虽知而不能言"。很多事情,是贺雪峰先生给我们说明白了,也给政府说明白了。正因为如此,我

老人农业有效率吗

总是给朋友们推荐贺雪峰的书——忙于会务的当政者可能没时间看他的文章，但我们这些根在农村的人，却一定要读一读，搞明白我们是怎么回事，是怎么来的。

贺雪峰先生认为"老人农业有效率"，我也认为"老人农业有效率"。

但是，从我今年回乡观察到的现实来看，我突然意识到，要维持比较有效率的老年农业，有一个前提，贺雪峰在《老年农业有效率》一文中还没有提及。我愿意以问题的形式来提出这个前提，那就是：在未来二三十年里，农村老年劳动力是否还会像今天的老年农民那样，依然对土地，尤其是种粮食，还有着比较深厚的感情和信心呢？

我家所在的那个小组有20来户人家，属于库区，山大，人多地少——20世纪70年代修了水库，祖上的好田好地绝大部分都淹没在水下。我们小组，历来是被全村公认为最勤劳的组。但是，这几年来，除过那些空巢家庭，剩下的至少有9户不种粮了。这几户人家，有两户户主是年过六十的老人，其他几户的主要劳动力都不到五十——除了种一点板栗，他们主要是靠着子女从外面寄回来的钱买粮吃。依然保持辛勤劳作习惯的，主要是那些六十岁左右的老人。而且，他们也基本只是种些水稻，种小麦的人家越来越少了。而我们镇，处在平坦地带的农户，不种小麦已经很多年了，种油菜的也日渐稀少，以致这些年来，放蜂人也不来了。

同时，在那些种田的人家当中，种水稻完全不打农药的人逐渐增多，打农药的一般也只打一次或两次——而在以往的年月里，一季水稻至少要打三次农药。难道是他们的环保意识得到了极大增强吗？非也！他们说："反正粮食不值钱，种田划不来，粮多一点少一点，都无所谓了。你可以算一下，一亩田不到一千斤粮，刚脱出来的谷九毛钱一斤。种田根本就是个折本生意，还不如种点放心粮自己吃！"

最近，武汉大学的学生项伟给我的QQ留言，有这样一段话："我们组在'平畈'（小平原），五十多户人家，许多田都荒了，或者改种劳动强度稍小一点的棉花和花生、大豆一类的杂粮。五十岁左右的人，基本不愿意种田。因为他们还有一把子力气，可以干小工。现在农村的工程多，如私人建房、公家修路、田园化、建新农村等,都需要劳力,工价每年都在涨,今年每天混 8 个小时就可以得 100 块的工钱,如此算来,帮工比种田划算得多。我们那里,多数家庭只种经济作物,农闲时 60 岁以下的男人、40 多岁的女人,都去帮工了。到处都是工程,包工头四处求人去帮工。我爷爷都 72 岁,还有人上门叫他去修路,100 块钱一天,我全家坚决不同意。"

笼统来说,在今日农村,同是老年劳动力,对待劳动的态度,六十岁左右的与五十岁左右的农民有着很大的区别:前者一辈子生活在土地上,只是断断续续地去城市打过工,每次呆的时间都不长,基本还保持着对土地的感情和劳动的习惯,田地舍不得荒芜,该种粮食的时候还得种一点;后者则不然——他们一般都有着在外打工十多年的经历,有一定的积蓄,而且非常熟悉城市,城市生活与农村生活、城市收入与农村收入的巨大反差,种粮的付出与所得又远远不成正比,这在极大程度上伤害了他们从事农业的积极性。而且,他们还有很多在本地打工的机会。

种田划不来,劳动不值钱——这种普遍的情感挫伤,早已在农村人心中扎下根来。做父亲的日晒雨淋地劳作半年,种出一季粮食换成钱,不如儿子在城市打工一周两周的收入。想一想,谁不难过?而且,那些不种田的农民,正以"脱离田地"为荣,嘲笑那些起早摸黑、仍在土地上劳碌的人呢!而那些被嘲笑者,也时时在为自己看来要劳碌到死的"苦命"而哀叹、自责。

农村变成了这样,正如王晓明先生在《E 州杂感》一文里所写:"不用说,事情的关键之一,是农产品的价格太低。今天这样的极度贬抑农产品的全球价值和价格系统,是现代的一大病态现象。""农产品的价格之所以被压得这么低,主要是因为定价权不在民众手中,更不在农民手中……正是靠着把农业和农产品死死地踩在脚下,那些今天看来是越来越弊大于利的'现代'工程:大工业、城市化、军火工业、虚拟经济、知识经济……才得以疯狂扩张……"

农民种田,虽然常是不计成本地投入,但是,极低的农产品价格,勉强维持生计的劳作,早已在农民心中刻下一道又一道的伤痕。我们的爷爷在土地上挣扎了一辈子,我们的父亲还在土地上坚守,而在这个正积极融入"极度贬抑农产品的全球价值和价格系统"的当代中国,有什么充足的理由能够说服我们这些城市的失败者,将来愿意回到土地上子承父业呢?又有什么理由能够说服回到土地上的"未来的我们",除了为自己生产粮食,也乐意为全中国人生产粮食?

丝毫不难想象,以"80后"和"90后"为主力的新生代农民工,当他们在城市里耗光了人生中最富有活力的二十多年青春,而突然跨入老年劳动力的行列之时,且不说他们是否具备种田的技术和能力,单就他们对待劳动的态度和对待土地的感情,跟他们的父辈相比,又是何其远也!

在今天的中国,农村文化生活已荒漠化多年,农业劳动早已不是一门可以提供生活乐趣的艺术,农民与土地的关系更是越来越疏离了。如果不能让农民通过农业劳动实现人生价值,不能让农民通过农业劳动重拾自尊,农民与土地的感情没有得到重构,农村人与人的共同体没有得到重建,那么,"老人农业有效率"这句话恐怕也要打一个问号。

如何保证农民有愿望、有积极性地通过种田来"获取经济收入和展开人生意义",除了要从物质层面、制度层面来思考这个问题,恐怕还必须从"心灵的重塑"方面做反思。

说到底,我还是没有贺雪峰先生对于未来的那份信心。我倒是记得前些年莫言说过的一些话——莫言先生直到今天还时时担心中国会出现饥荒,因为他的童年经历告诉他:别看粮食在今天的中国堆积如山,但是说没,眨眼就没了。

寻找乡贤
——关于城乡关系的随想

一

5月8日，跟随L县宣传与教育系统"学习班"的人员，一起参加了一场社会实践活动。主要去参观三个地方：一个黑山羊基地，一个葡萄园，一个新农村示范点。

一点半集合。两辆大巴停在县委大门前的马路边，车的左侧靠近高出公路一米多的人民广场。待要出发之际，突然发现两辆大巴前后和右侧被四辆小车围住。有人惊叹："邪门！在老家还遭遇了车匪路霸？！宣传部的车也敢拦！"负责带队的宣传部办公室主任下车协调，未果。

过了好久才得知：临时租用的这两辆大巴是L县跑武汉的线路车，只能专跑旅客运输；当地人包车，不能包线路车，只得向旅游公司租车。车内立刻炸开了锅："我们又不是去旅游，为什么一定要包旅游公司的车！"另有人说："算是上了一课，以后知道包车还有这种规矩。"

带队主任打了一圈电话，近半个小时后，两辆大巴终于被放行。

首先去参观的是黑山羊基地。黑山羊基地周围的山林和田地，现在都已变成牧场。基地正对面是一座名为"薄金寨"的高山，十多岁就外出打工的刘锦秀事业有成后回乡创业，最开始就是在这座山上与黑山羊住在一起，吃尽苦头，终于大有所为，进而成为全国人大代表。刘锦绣带头成立了黑山羊合作社，据说现在会员已达7 000多家。但那天在牧场上并没有看到羊,据介绍,是因为刚下过一场大雨,怕羊吃了沾雨水的草得病,就把它们全都关进了圈子里。

然后便是参观三里畈葡萄园。葡萄园的规模很大,三百亩。L县的气候原本不适宜种植葡萄,这里的葡萄种植主要依靠大棚和相关技术,据说前期投入要比普通葡萄高出十几倍。葡萄园的定位是吸引游客实地观光采摘来获取旅游收入,但目前面临的境况似乎不容乐观:因为销售价格数十元一斤,是市场价的好多倍,一般民众根本没有这个消费能力。葡萄园的工人也承认:去年的葡萄,只卖掉了一半,另一半送了人。

最让我感兴趣的是××塆的新农村建设。这个塆子距三里畈镇只有几里路远。与其它许多新农村示范点不同,这个塆子的房屋并未规划成一种模式,都是农户根据自己的需要、审美以及地势条件,自行设计而成。还建有沼气,但因养猪的人家不多,所以沼气的利用率值得怀疑,不过有沼气也不是坏事,毕竟有利于清洁环境。塆子中的排水设施,把清水和污水分成了两层。塆子还对古戏台进行了保护和修缮,恢复了祠堂,又进一步修了家谱,树了家训。塆子四周山上的古树,也都得到了保护。

这个塆子之所以能够成为新农村示范点,得益于一个退休干部。他曾在L县某局担任局长,退休后觉得自己在任时没有为塆子做过什么,就主动担任了这个塆子的小组长,利用他的经验和社会资源,带动村民开展新农村建设。他虽然现在人住三里畈镇上,但每天早上都会步行回到塆子里……

这个人让我想到了古代的乡贤。

二

在古代,乡村的正常运转,除了它在经济上自给自足之外,还有一个重要原因,就是乡村并没有受到城市的宰制,城乡之间有着内在的互动性、循环性。在古代社会,往往是家族集中力量培养出人才送到城市为官,当他告老还乡之时,就将自己的知识、财富、人生经验和社会关系带了回来,回馈乡里。福建有个叫培田的古村落,五百间明清古建筑至今保存完好,其形成就得益于这种城乡互动的力量。

在今天的中国,乡贤几乎是看不见了,但城乡间依然存在着循环,尽管是一种不和谐的循环——这种循环基本不再是通过贤德之人告老还乡来实现的,而是通过农民工来维系的。农民工不仅为城市提供了大量的资源和劳动力,也将大量的资金和新观念带回农村,使得农村能够维持基本正常的运转。

三里畈镇的这个新农村示范点,虽然也离不开上面的政策扶持和资金投入,但与很多新农村示范点的区别在于——其它众多示范点,大多是做出来的面子工程,如果离开国家的巨额投入,其建设方案几乎无法得到推广,而这个示范点主要依赖于退休干部带动当地民众的力量建设而成,是从泥土上开出来的花,故在诸多方面可以为其它村子借鉴和学习。

重建乡村,有很多重要的前提。其中一个就是要把乡村建设放到城乡一体、城乡互动的这个大思路中去考虑。

由此,我进一步想到了知识界在思考城乡关系时存在的思维偏差问题。

三

"站在乡村看乡村"与"站在城市看乡村",看起来是两个不同的立足点,但导向的结果可能是一样的。与很多跑向城市打工的农村青年鄙弃乡村、逃离乡村的直观感受极为不同,城里人看待乡村时也往往会在不自觉中陷入这样一种思维:城市是不好的,而乡村是好的,或者本应该是好的。

——其实,无论农村人还是城里人,对待乡村问题时尽管看法相迥,但都容易有意无意地将乡村与城市割裂开来看,在一种二元对立的思维中对其作出价值判断。雷蒙·威廉斯早就批评过这种将乡村与城市作为两种基本的生活方式加以对立的观念。

比如说起城市化,"右派"普遍持肯定态度,但是"左派"对它始终抱着强烈的批评态度。抛开立场不说,左右之间的共同点是经常不自觉地把城市和乡村割裂了开来。起码,在今天,农民的温饱问题得到了普遍的解决,手头有了活钱可以消费;绝大部分乡村的生态环境也得到了很好地恢复;过去那种寸土必争的紧张的人际关系也有了极大改善……城市化在为农村提供就业、消除贫困、控制人口增长、推动经济发展等方面,的确起了巨大的积极作用。但同时,乡村在很多方面也确实是越来越凋敝了,尤其是村庄的消失、人才的外流、社会的失序、文化的凋敝等,而这些问题往往还是由于外来原因——尤其是工业化、城市化的扩张——引发乡村内在的失序。与此同时,单纯的城市化思路给城市自身带来的社会危机、生态危机也是巨大的。

城市化到底是好还是不好,如何理解城市化与乡村的关系,单纯的左派思路或右派思路,恐怕都无法找到有效的答案。

而且,还可以进一步追问:今天的知识分子为什么会以前所未有的热情来关注乡村呢?是因为中国乡村比十年前、二十年前更糟糕了吗?不是的!许多知识分子之所以如此热烈地关注乡村,不是因为乡村在近些年才失序,不是因为乡村在近些年完全陷落了,相反,是因为"城市"越来越成为问题。——但是,这个心理动因,绝大部分人并没有意识到,他们更多地以为自己就是在单纯地同情乡村。

说到底,重建乡村,不仅仅是为了乡村更美好,同时也是为了解决"城市病"。所以我们就必须重新回到城乡命运一体、城乡和谐互动的大视野中去。继续把城乡对立起来,一心一意扑在乡村的大野中救不了乡村;一门心思搞城市化而抛弃乡村,也不可能建设好城市。

恰如王晓明老师在一次发言中所说的:"乡村建设不仅是要在乡村建设乡村,它的很大一片战场还在城市。"反过来也一样,城市的前途,很大一部分也是寄托于乡村的身上,所以王老师又说:"乡村,让城市更美好。"

在今天，谁来赡养乡村老人？

当你到广阔的乡村大地上随便走一遭，你看到数千年来以青壮年为劳动主力的农耕文明，现在却只能依靠无数老人来传续，哪怕是年过八旬的老人，只要还未倒床，依然摸索在田间地头；当你绕开立着一栋栋漂亮小楼的新农村示范点，走近那些最破烂的民居、废弃的祠堂或者牛栏，你时不时就会发现一个无依无靠的老人龟缩在角落里，看到你的到来，他（她）蠕动嘴唇，浑浊而绝望的目光里生出惊喜……这时候，一个词语从你的脑海中冒出来：养儿防老。在大学的课堂上，你曾是多么激烈地批判这种"落后的观念"。但现在，当你触摸到活生生的现实，想起当年的浅陋，你的脸会一下子红起来。

必须要承认，经过三十年的发展，农村的温饱问题得到了较好解决。但经济发展了，是不是就一定意味着社会整体就进步了呢？在今天的乡村，随便到哪里，你都不难听到这样的慨叹："有两个儿子又怎么样？儿子长年不在身边，一年顶多回一次，过年吃的喝的，还不是从我们两个老的这里拿？有儿子跟没有儿子有什么区别哟……"儿女在城市打工，早已远离了农业，农村老人的劳动强度并没有随着生活条件的改善而有所减轻，相反是加大了。而且，这三十年来一切以发展经济为中心的思路，让传统的文化生活消失殆尽，而新的乡村文化还未开始创建。农村老人在种田之余，几乎没有文化生活，心里非常寂寞。

有儿女的留守老人尚且如此，对于那些根本没有儿女的孤寡老人，又有谁来为他们"防老"？如果让我用一个词来形容他们的处境，我会选择"悲惨"。他们的年纪一天比一天大，身体一天比一天衰败，没有经济来源，日子过得异常艰难。绝大多数孤寡老人都有一身病,却无钱就医,更无人照料,就这样不声不响地死去。幸好现在农村统一办了养老保险,年满六十的老人每个月能领取55块钱(现已涨到70),再加上粮食都是自己种的,也就不至于饿死。

曾看到一个新闻:在雅安地震中,一个独自生活了几十年的102岁老人,在废墟中扒砖自救。当他在医院里得到免费晚餐时,感动万分,不禁感叹"成都的伙食就是好"。而像他这样"无人认领"的老人,在该医院首批入院的204名伤员中,有五六位。相信许多人看过这条新闻后都要问:为什么一个年过百岁而又无依无靠的老人,还只得自食其力地熬着最后的时光呢?我们的社会到底是怎么啦?!

更严重的是,这些孤寡老人平时连说话的对象都没有,精神寂寞到可怕的程度。在数千个村庄进行过扶贫和考察的爱新觉罗·蔚然老师告诉我这样一件事:有一个孤寡老人,躺在床上,渴望交流,就在床头的墙上挖一个洞,每当听到路人的脚步声和说话声,就觉得像在跟他说话一般。他从不关大门,就是盼着有人进来跟他说几句话,哪怕是来了个小偷也好,可是小偷也不来。这些孤寡老人也都是人,但是我们的社会却并没有把他们看作是完整的生命体,没有人去关心他们。有这样一个数据:中国农村每年有超过10万的老人自杀,自杀率是世界平均水平的4~5倍。孤寡老人自杀的情况就更为普遍。

近十年来,政府和媒体推出了许多新农村建设的典范。但是,这所有的典范在着重强调农民收入的增加、公共设施的完善、楼房的漂亮、环境的优雅之时,却在有意无意地掩盖老人的问题。事实上,许多老人,尤其是孤寡老人,不但被周围人歧视,也恰恰是新农村建设所遗弃的对象。他们没有力气,没有财力,也没有话语权去参与新农村建设。其中的种种权益,他们往往不能享受。我曾在某省的一个保留着大片明清古建筑的村落看到,为了发展旅游,政府让居民相继搬入附近的新村,新村的楼房格式、装修形式完全一模一样,这都是政府的要求,否则就不给建房补贴。而距离新村一两里多路的山脚下,一个六十多岁的老人刚建好几间平房,泥土地面还没有干。他、痴傻的妻子,以及一个抱养的女儿,住在古村的一间低矮的老房子里。现在大家搬出古村,进入新村,他却因为无钱无力建楼房,就被排除在新农村建设的范围之外,也得不到任何补助。于是他就选择了在山下的一块田里建起了他的新房。

即使是那些有儿有女,且儿女常在家乡的老人,他们的晚年就一定幸福吗?现在农村有这样一个常见现象:儿子成家后,也像城里人一样,通常不愿与父母住在一起,但农村没有商品房的买卖,用来盖房的土地资源也非常紧缺,一般都是拆老屋盖新楼。不少人将楼房建好后,就将父母赶到装农具和柴草的角屋里、牛栏里或者其他什么地方,平时对父母的关照也是极其之少。这样的儿子,还能指望他给你养老?得了吧!究其原因,有多方面。在市场经济的冲击下,农村传统道德的沦丧,是主要原因之一。

在传统的乡土中国,"养儿防老"是一个确保社会良性运转的重要条件。对于那些没有生儿子的家庭,或者孤寡老人,往往会从族里或亲戚家过继一个儿子,或者,由家族的德高望重者出面,给这样的老人安排一个继承人。继承人在赡养老人的过程中,有道德的约束以及家族的监督。然而,在今天的乡村,随着家族社会的终结,虽然"养儿防老"的观念还普遍存在,但由于"儿"长期在外打工,计划生育政策造成"儿"的急剧减少,"儿"几乎不再过继给他人,以及"儿"不孝等情况,"养儿防老"这种自给自足的养老模式,对于大多数农村家庭已然成为不可能。

那么,我们自然要问:在今天,谁来赡养我们的乡村老人?

截至2009年底,我国农村老龄人口约占全国老年人的63%,达到1.05亿,现在应该已经超过了这个数字。而《中国老龄事业发展报告(2013)》告诉我们:2012年,中国农村约有5 000万的留守老人。如果再加上可能无法统计数量的孤寡老人,这个数字就更加庞大。而与之相对的是,在绝大部分农村地区,根本没有公益性的养老机构。少数地方虽有,但因条件极其简陋,服务水平低下,老人宁可在家等死也不愿入住。

老无所依、老无所养的情况在广袤的中国乡村大地上如此普遍和突出,而且,养老不仅是经济的问题,还是精神文化层面的问题,加紧建设合格的养老体系和重构敬老文化也就成了当务之急。

难道政府就没有认识到这个问题的紧迫性?不!政府之所以还没有行动起来,不是不了解情况,也不是没有财力,而首先是因为政府还未转变社会管理的理念。在这样一个一门心思发展经济且被资本逻辑所支配的时代,效率成了最高的道德标准——凡事有投入,就一定要追求最高的回报;而对于那些看起来只有投入而没有回报的事情,都被认为是违背了效率原则,政府往往不愿去做。与农村养老体系的兴建始终不能展开形成对比的是,地方政府却能以最快的速度最大规模地推进撤点并校的工作,也正是这种效率理念的最好诠释。

倒是少数乡村建设志愿者的行动令我们感慨不已。他们依靠一些关心民生的学术团体和公益组织,深入乡土开展新农村建设实验:创立社区大学,为农村人提供文化生活和智力支持;创办老人公益食堂,扶助老幼,弘扬尊老爱幼的道德传统。也许,他们所做的一切,相对于农村社会的实际需求还微不足道,他们的成果也极有可能在一夜之间夭折,但是,他们的探索,却为建设真正的新农村提供了有益的启示。

附录一：写给家乡的诗

打　要

新谷成熟的日子
父亲在饭后的间隙
取出头年的旧草
坐在门槛上打要

金色的稻草在手中扭动
扭动成一根根麻花辫子
这些辫子又亮又长
将要下到山谷里捆住年复一年的希望
捆住我们和耕牛的口粮

这些辫子又亮又长
母亲年轻的时候
就是拖着这么长这么亮的辫子
从山的那一边嫁了过来
当她穿过醉酒的黄金稻田
多少把砂镰在朝天的唢呐中生出无限哀伤

我们的父亲多能干

眨眼就把麻花辫子扎成发髻

把处女变成了母亲

然后将它们拢在一起背在背上

像背上一只饱满的谷仓

注:打要,鄂东方言,农人用稻草编织捆束稻谷的草绳,并将其缠绕成发髻状。

父亲的生日

父亲,我在你生日的时候

想起一个女人

想起她的羊水你的脐带

想起你第一声啼哭

她精疲力竭地笑

父亲,我在你生日的时候

想起一个女人

想起老鼠饿死在谷仓

你们兄妹绕着一窝猪食打转①

而她从祖宗的井边

打回一桶桶清凉的白水

父亲,我在你生日的时候

想起一个女人

隔着重重黑夜

我听到她在遥远的灯下咳嗽

想起每年这个时候

她总要叮嘱我去祭奠那个授你精血的男人

父亲,我在你生日的时候

想起一个女人

父亲,我在你红光满面的时候

想起一个女人

父亲,我在你酒气熏天重复着酒话的时候

想起一个女人

父亲,我在今天想起一个女人

想起她的青春她的血

想起她八十六年的时光

静止于村庄的泥土

想起她刚刚合眼入睡

时光就把她安放在寂寞山上

2008年11月30日下午

注释:① 父亲讲过,小时候受饿时,他们兄妹几人趴着猪食锅,吃锅边的白糨子(跟粥糨子相似)。

还 乡

他看起来已有些衰败了

灰扑扑的头发好像永远洗不干净

其实还不足五十岁

城市便将他发配还乡

过去那些年他辗转过很多地方

在中国最大的城市寄宿了二十年

什么样的力气活儿他都干过

什么样的铁馒头他都啃过

什么样的骂他都忍气吞声

可城市就是一个婊子　都说婊子无情啊

从没有坐过智识者的办公室
这是一生最大的遗憾
于是他将两个儿子栽培成大学生
十几年没有女人　被窝冰冷
他也不曾续弦
没有人知道他靠什么
解决男人必须解决的问题

远处的田地荒芜已有不少年
只是最近才去看过一回
一路披荆斩棘　大汗淋漓
山路早隐没在树林间
他忽然生出恍如隔世的感觉

那一丛梯田落在山坳里
长满芭茅与灌木
野猪肆无忌惮地翻拱,交配,睡眠
过着前所未有的好日子
日光明媚啊万物生长水草丰茂
他想着兔子、祖先和遥远的少年
突然有些感动了　流下泪水
他想来生就做一头野猪吧
托生在祖宗的田野里

那栋三层楼　总面积近三百平方
已被装潢得闪闪发光

门窗紧闭　一个人坐在客厅里看新闻
总觉得乌黑的风从四面八方灌进来
屋旁的田种着菜和红薯
每天清晨　他会将一泡浑浊的尿灌输给它们
然后坐到水塘边抽三块钱一包的烟
鱼浮上来　又叮咚一声消失不见
水面的涟漪会让他兴奋半天

然后回去打开电视看国家大事
国家大事一件都不要他管
但就是这些事每天让他牵肠挂肚
除过这些，他还能关心什么呢
等到太阳老高　他便骑一辆二手摩托
到镇上去转一圈
有时候他会买一些食盐、农药和化肥
有时候什么也不买

有一天傍晚他在镇上丢了摩托车
从西头找到东头　看到两家洗头房
浑红的灯光已经亮起来
穿短裙的妇人用蹩脚的普通话招呼他
犹豫了三秒钟　才一头扎进去
他十分清楚里面的勾当
只是闯荡江湖数十年
为了吃饭，为了儿子们的学费
他从没有进过这些地方

那夜他没有回家　伏在一具肥胖的身子上

睡过去　并且不再醒来
无论女人如何尖叫　都扰不了他的黑甜乡
他梦见葡萄美酒在夜光杯里荡漾　荡漾
泼在雪白的大腿上
那一抹酡红
是年少而寡淡的他陪着祖父
坐在河滩上望西山的夕照
祖父坐在那里已经望了许多年

静　默

这浩大的水面
隐藏着怎样深刻的悲痛

村　庄

睡在老人的手掌上
像一沟山石在倾斜的前夕

单腿立于松树的是白鹤
时间所有的静动
都逃不过它的眼睛

墓　地

其生若浮　其死若休
——《庄子》

出村子，往山岗上去
要与亡魂迎面而过
他们不食不语　身形飘逸
像从天而坠的影子

将血脉传递至我的这些人
是王子乔的万代子孙
他们丢失凡间的名字
还有脚印，已经很久
很久远了

穿破长裾的曾祖父从未见过我
牵耕牛的祖父亦对我熟视无睹
去年的烛，一段凝固的眼泪
凝固在奶奶的墓前
被风吹灭的记忆　以灵火重生
后死者越葬越高
越葬越远
终于葬到河那边的林子里

墓碑落在树脚下
一棵树紧挨另一棵　密密的房子
有些存活千年　有些
轰然倒塌　尘埃四起
萦绕于耳的　是野蜂嗡嗡
仿佛借着风　从远处传来
妇人的哭泣

数不清的祖先

整日逍遥游　忽现忽隐

如同数不清的蝴蝶

蝴蝶在我家乡不叫蝴蝶

叫颜山伯

方言中的名字

让人浮想联翩的名字

与某个凄美的传说相关

在这世上

我们认识的人

越来越多

然后

然后越来越少

熟了呀,稻谷

水里长出的金黄

填充了我们五千年的饥饿

可以从稻谷的体内抽取出祖父的形象

当风从它们身上走过

我看到那已过世多年的老牛

那流传了两千多年的曲辕犁

在无边无际的田野里诉说爱情

稻谷成熟的日子

多少个母亲趴在田埂上哭泣

父亲们站在田野间

双脚扎入温热的泥土

无边无际的金黄淹没父亲的思想

有时候我想

父亲就是大地的孩子

我们全都是从大地的根部长出的孩子

在 L 县

再没有比冬天更寂静的日子

再没有了!

这静得让人发狂的季节

落在铁石封锁的山凹里

有大风卷着枯草

从它的头顶呼啸而过

午后的日光在荒坡上荡漾

老鹰滑翔在天上　投下铁一般的影子

日光如此短暂,山色又苍茫

湖水退下去很远　裸露的石头没有年轮

所有的房子都变成老房子

所有的人都是被风吹旧的老人

所有的炭火终将化作灰烬

只有喜鹊环绕枝头跳跃,它的鸣叫

短促而清脆

只有牛铃在暗夜里叮当

叮——当——

屋旁开一丛无名小花,蒲公英似的朵儿
不被造化驯服的一群
它们想醒来就醒来,愿意凋谢就凋谢
随性过着日月
世上所有的季节与它们没有关系

附录二：L 县见闻

王晓明

八月中旬，随同事去大别山腹地的一个小村子住了一周。时间虽短，毕竟有见有闻，有一些因此而起的明白和疑惑。这里先写出几段。

一、L 家湾

我们去的地方是在 L 县中部。出县城三十多公里，汽车驶入一个狭长的山谷，左边是连绵的稻田，右边是一条近百米宽、清浅、露出大片沙质河床的大河。河上，隔个一里半里的，就会横一段宽约三尺、以水泥和石块混合砌成的低坝，充当过河的道路。我们在其中一段坝边下车，脱鞋，从坝上涉水过河，再沿一条泥路上行七八分钟，就到了 L 家湾，一个三十来户人家、有一百五六十人的小山村。

村子依坡势南北展开。大多数是泥砖房，黄褐色的墙面，灰黑的瓦顶。一面墙上写着："华主席在五届人大庄严指出……"村子中央，有两幢新起的平顶楼房，其中一幢特别新，不锈钢的窗栏在阳光下闪亮，但是门窗紧闭，一条老黄狗懒懒地伏在门口。村人说，这家主人在外地打工，房子是他为自己娶媳妇造的，花了四万多元。"他还没有找到老婆呢！"村人笑着说。

我住的那一家，是在村子的东北角，一座也是依坡势而建的两进的房子。第一进是原先的泥砖老屋，如今拆掉一半北墙，造成一个不大的、能遮雨的前院。二进是住屋，大约七年前造的，用了新式的空心砖，却依旧是平房、斜顶，老派的农家样式。屋子面南,正门进去是堂屋,左右另各有一间房,堂屋后面是厨房,有一扇门通向屋后。整个房子高而敞,据我在屋里目测,从水泥地面到屋顶足有八米高。跨出后门两三步,就是一面相当陡的山坡,它从北面和东面,构成这房子的院墙。

屋里屋外,处处显着主人的勤勉。堂屋的北墙下,是一台新买的29英寸的彩色电视机,机上覆着的红色的人造丝巾,被小心地撩起来,避免盖住散热的气孔。厨房的烧柴的灶台面上,贴着白色窄条瓷砖,擦抹得干干净净。前院里,贴墙砌了一口养鱼池,十余条本地特有的小鱼,静静地停在池底。池对面是一个单独的灶台,上架一口烧猪食的大锅。另一边叠放着两口寿材,结结实实,给年长者一种安心的感觉。前院东边开一扇小门,跨过去,是一个在山坡的斜面上辟出来的狭小的东院,其中以石块围成一个半米高的猪圈,卧一头圆滚滚的黑猪,小眼睛紧紧地盯着你。一群半大的母鸡,就在这前院和东院飞上跳下,伸着脖子"咯咯"地叫唤,却并不一定是下了蛋。屋后的山坡上,树木青翠,豇豆架,丝瓜藤,还有一小片竹林,其中一根竹子不知何故弯了下来,三四只中年母鸡,稳稳地停在上面,悠然四望。前院和后院都砌有排水沟,后院里还有一个专门洗衣用的方形石槽。最让主人自豪的,是在后山上打出一口四米深的水井,再以钢管和水龙头将水分别引入厨房、鱼池和洗衣槽。看我这城里人很节省地从厨房的储水槽舀出半碗水——这可是清澈甘甜的山泉哪,他笑了:"多舀一点,这是不要钱的。"

天刚蒙蒙亮,窗下两只小公鸡就扯开嗓门啼起晨来——其中一只还是哑嗓子,叫不成调,却异常顽强,远处每有一啼,它必要跟着叫一回。我干脆起身,随同事去后山走走。同事是本村人,四年没回来了,一上山就叫起来:"嗨,这山上林木都长好了!"四年前可不是这样,树木被人伐得七零八落,到处露出砂石的地面。"现在倒是一片绿了!"我四面看。"是呀,人都去打工了,村子里没那么多人来砍柴伐树了,这山就自然长好了……"他说。

确实,L家湾也好,周围的几个村子也好,凡我所见,尽是五六十岁的老人,和七八岁、十来岁的孩子。也遇到几个青年和壮年人,不是神色有点迟钝,就是缺一截胳膊,或者有别的残疾。似乎大多数体格和头脑健全的青壮年,都如那造了楼房空关着的人一样,去城市打工了。我住的那家的一户邻居,有一个十八岁的姑娘,衣着鲜亮,一脸聪明相,完全不像是村里人。一问才知道,她已经在县城打工多年,是因为有人提亲,才临时回来的。我那同事的两个妹妹,也都是从上海回来不久,她们的丈夫,现在都还在上海打工。

  山村人晚饭吃得迟,趁着天还没黑,我拎一把竹椅坐在堂屋口,问起主人的日常生计。他年近六十,身材不高,瘦,笑起来满脸皱纹,却一头黑发,不显老。和村里其他人不同,他能说一口流利的普通话,此刻就扳着手指头,慢条斯理地告诉我:平时家中,就他和妻子两个人,儿子在上海工作,两个女儿也都出嫁了,住在不远的外村;他种两亩多地,一年两季,每季可收稻子近千斤,以目前的粮价,扣除种子、肥料、雇短工的费用,每亩可得四百来块钱,一年合计一千五百元左右;这笔钱包括一年的口粮,油盐酱醋,还要用来交纳税、费——去年是一千多,今年减了,将近九百元。

  "那你怎么够啊?"我的数学虽差,也立刻估摸出,他种地的收入不敷日用。"养猪——",他妻子,个子矮小,终日在家中忙个不停的,解释说:每年养两头猪,一头春节时自用,另一头长到两百斤,卖了近千元;还有鸡,将近三十只鸡,平均每天可得六七个鸡蛋,每个卖三毛五分钱。"这样可以维持吗?""不行",男主人摇头:"现在农村办什么事情都要送礼,小孩满月、老人过生、上学、结婚、造房子……一送起码几十块。"到他这年纪,似乎不用再为子女的教育费钱了,可是,外甥和外甥女们都在读书,现在学费这么贵,作外公外婆的,能不支援一点?毕竟是渐入老年了,总要生病的,医药费可是无底洞……说到这儿,结论很清楚了:如果没有儿子从上海接济,这人家的生计是艰难的。

  "在村子里,我这样的境况属于中等。"他补充说。

二、镇上

  从L家湾沿公路东行一里路,就是X家坳镇,原先的乡政府(现在已撤销)所在地。两长排新旧不一、样式各异的两层或三层楼房,分列在公路两边。凡是新建的两层房子,一律蓝色玻璃、铝合金窗、白色的外墙砖。百米左右的距离内,几乎每一家楼下都是商店:杂货铺、理发店、农用物资供应站、药店……竟然还有两家照相馆!"哪有那么多照相的生意?"知情人告诉我:"平常是没什么人上门,他们主要是做附近学校和学生的生意。"倒也是,报名照、证件照、毕业照……没想到乡村的学校教育还能连带着撑起这样密集的照相业。

两家肉铺子,都将案板摆到了公路边。"老板,多少钱一斤啊?""八块!""这两个一样价?"我指着并排放着的一条蹄膀和一块肥膘肉,"都是八块!"卖肉的中年妇人一边挥赶苍蝇,一边回答。怎么比上海的超市里还贵啊?据当地人说,这还算便宜的,到了春节时候,要卖到十块钱一斤呢!

肉铺背后是镇上最大的"供销商场",它和其他小货铺不同,用的是开放式的货架,一副超市模样。货架上花花绿绿,尽是包装粗劣而艳丽的仿制品。一盒三块多钱的饼干的包装袋上,印着一大堆龙飞凤舞的西文字母,中间四个汉字:"法国风味"。统一牌的冰绿茶,三元一瓶,差不多是九个鸡蛋的钱了,比上海我家附近的超市贵好几毛。商场的东墙上,高高低低挂着几排衣裤,仔细一看,大半是印着各式西文的T恤衫,和这里那里磨白了、剪出了窟窿的牛仔裤,要是光看样式,真是和大城市里出售的衣裤差不多。

在X家坳,更能显出城市化的气象的,是那差不多紧挨着的"中国移动"和"中国联通"的"专营门市部"。在统辖L县的H市的大街上,悬挂着一条横幅:"热烈庆祝我市移动用户突破五十万。"而在L县的两千多部手机中,多数用的是联通的号码。X家坳附近的山区公路上,不止一次有巨大的蓝底白字的广告牌迎面而来:"成功人都用全球通!"现代城市生活的潮流,在这条短短的山区小镇的街面上,声势逼人。在X家坳的东端,一幢老楼房正在装修门面:高高的大理石铺就的台阶,占满整面外墙的镀铬框的大玻璃窗,黑色大理石的柜台和地面,闪闪发亮的不锈钢防盗栅栏……大门上方一排粗大的英文字母:Credit Cooperation of China(中国信用合作社),那突兀而豪华的气派,让我一时不知道身在何地。

三里畈。这是L县东南部的一个大镇,当地税务分局的朋友说,这是全县最富裕的一个镇。我在镇上粗粗走了一圈,只见好几条长街上,一家挨一家的,都是小商铺。印象最深的,是那些卖摩托车的商店,嘉陵、本田、山崎,还有英国的Gerige牌——有一家商店门口扯着大字横幅:"英国Gerige摩托车向广大中国用户提供全面的服务",各种型号济济一堂。据说,L县的摩托车有两万辆之多(全县人口是五十九万),其中不少是无照车,就那么在乡间的高低不平的土路上驰骋。有一晚,当地朋友用摩托车送我回L家湾,在漆黑一片中颠簸了将近十分钟,突然在一座桥头遇到警察查夜,那朋友正尴尬——一位年轻警察已经盯住了那个应该挂车牌的部位,从警车上又下来一位年长的警察,是熟人!于是寒暄两句,顺利过关。

镇西南的汽车站对面,竖着一块醒目的标语牌:"经济发展是硬道理,招商引资是硬本事,项目建设是硬成绩。"三个"硬"字,将当地政府对自己工作目标的理解,说得清清楚楚。旁边的一面三层楼房的外墙上,还有一幅更大的标语:"无女不嫁,无女不好,无女不宁"。镇上的朋友解释说,当地男女比例严重失调,影响到镇里的政绩,才刷出这样的标语来。可后来,在别的地方,我不断看到类似的标语(还有这样的:"严禁非法胎儿鉴定和选择性引产!"),在远离三里畈的一个公路的三岔路口,L县的计划生育局还专门立一块牌子,标明各种针对胎儿鉴定和引产的罚款数额,最高的一种是7500元。这就明显不是三里畈一地的问题了。看起来,要让官员真正出力解决一件事情,最好的办法,就是将它算进考核政绩的指标。

在镇上逛到一半的时候,看见一幢奇怪的巨型建筑,五层楼高,方方正正如一座城楼,外墙是白色瓷砖,顶上还有四根圆柱,撑起一个琉璃瓦的翘檐式屋顶。"哦,那是镇上一个富翁的家,想进去看看吗?没关系的!"陪同的税务朋友挥挥手,领头走进那大屋。"请上楼,请上楼!"看清来人是谁,主人满脸堆笑地招呼。是四十来岁的中年人,瘦瘦的一张黑脸,将我们迎入二楼客厅:"我这里每天都有客人!……"客厅足有五六十平米,铺着地砖,中间一圈木沙发,西墙立两个一米多高的瓷花瓶,空空荡荡。主人是一个煤商,从大同贩煤至本县。"老板,生意好做吗?"我问。"不好做!能源紧张,煤价太不稳定了……""大同的那些小煤矿……""我的煤都是从大矿采购的!那些小矿的煤质量没有保证,我不敢进的。"大概是有税务所的人在,主人很快就把话题扯开。听说我们来自上海的大学,他立刻讲起自己儿女的教育问题:"我有三个儿子一个闺女,一人一层楼！……大儿子书读得不好,在省里一个专科学校念书。……老三不错,以后去上海读大学！我是文盲,没文化……"

我不习惯他讲起"我有三个儿子……"时的那种骄傲——在今日农村(也不止是农村),子女的数目已经成为贫富差异的重要标志,起身告辞。煤商陪我们下楼梯,在转角处的窗口停下,指着楼后面的一块足有一亩半的空地,和空地尽头的两排平房:"这都是我买下来的。我这楼房的地面,和楼前面的地(至少半亩),也是一起买下的。""要一大笔钱吧?""总共十四万。"这么便宜?税务朋友看出我不大相信,出了大门就向我解释:"要招商引资啊,就送土地给人家!"他还告诉我这样一件事:某投资客以 80 万元买下镇上一家破产的小工厂,作为回报,镇里以每亩 1 万元的低价将工厂周边的 20 亩土地卖给他。投资客挂出一块"XX 股份公司"的招牌,象征性地摆几张办公桌,一分钱生意不做,也一分钱税不交,却转手以 800 万元的价格,将这些土地抵押给银行,空手赚进 700 万!"瞎搞!"事情过去快一年了,税务朋友说起来还有点气忿忿。

"那你不查他的帐?"朋友不好意思地解释:"我们这里小地方,不正规,那些人,"他指指周围那些两层或三层的自建住宅,"都没有帐的,我们只能大致估算一个税额,然后每年递增。他说没有生意、亏本,我们也很难查……"这朋友是个重友情的人,遇见朋友,空口能灌下两杯白酒。虽然当了税务官,是非却没有忘,有一次酒酣耳热,当着同事和我们的面,他大声说:"我们是不怕的,我们有法律,就是县长来说情,也没有用!"可是,遇到那样的投资客,他却毫无办法。

三、从 X 家坳中学到 L 县一中

X 家坳中学距 L 家湾不到两里路,是同事初中时(1980 年代早期)的母校。在 L 家湾附近的公路边,我两次看见一辆车头贴着写有"X 家坳中学欢迎你"的大红纸的小面包车,匆匆驶过。当天下午,同事来邀我了:"去 X 家坳中学看看吧?他们今天开学……"我有点纳闷:才八月中旬,怎么就开学了呢?

从公路向右转入一条砂土路,穿过一片稻田,就到了学校。果然是开学了,三层的主教学楼挂着横幅,几个工人敲敲打打地在一间学生宿舍里安装货

架——这里要改成一个小卖部。校园西头,一个大玻璃窗的新食堂即将竣工,镀铬的门窗框的保护纸撕得七零八落。两长列带有廊柱的平房,是男生宿舍,墙漆剥落,锈红色的铁皮木门上写着粉笔字:"高一(2)。"大礼堂还是如二十年前那样,排满了双人木床,"我就在这里面睡过",同事回忆说,"七八十个人一间!"和以前一样的还有厕所,灰顶,一排小方镂空窗,高踞在靠北的坡上,其中的光线和气味,二十年没变。

同事昔日的一位老师,学校语文教研组长,热情地招呼我们去主楼的校长办公室喝茶。他五十岁上下,皮鞋,挽着裤管,似乎不怎么习惯说普通话,但我大致能听懂:这两天忙得很!要和别的学校抢生源(我立刻想起那贴着红纸的小面包车),所以提前开学,计划招四百人,今天来的一半还不到!过两天老师们再分头到村子里去找,还会再来一些学生的,但计划大概完不成……

我问起学生这两年高考的成绩,语文老师略一迟疑:"考进专科的在内,超过百分之三十了。""那另外的百分之七十的学生,明知道自己考不上的,他们读书的情况怎样呢?"我紧接着问。"也一样学啊,他们大部分还是希望能考上的,不然就不读高中了。也有一些被家长硬送来读的,就在学校里玩……"说到这里,他深叹一口气,"起码有百分之六十的学生的家长,到外面打工去了,不少是父母都在外面的,家里没人管,这些学生的心理成长有问题啊!"

三十多岁的校办主任也被拉来了,一口相当标准的普通话,说起学校的财政状况,直皱眉头:"学校需要的经费当中,县财政拨款只有三分之一,其他的?向银行借呀,寅吃卯粮!再就是靠学费了,高中?一学期连学杂费是两千元……不过,我们教师的工资是按月发足的,八月发七月的,也是寅吃卯粮!就拿我来说,中级职称,"他的语气有一点骄傲,"每个月能拿到一千二百块!""在这里算高的吧?"我试探地问。"是。别人要少一点,一千块左右。"

"X主任!那边……"一个职员模样的人急匆匆进来,满头是汗。我们不好意思再耽搁他们,就此告别。晚霞笼罩的校园里,三三两两的都是新生,有端着脸盆在水龙头边洗衣的,也有一个人坐在台阶上发呆的。个子似乎普遍比上海的同龄人矮小一些,花花绿绿的T恤衫,牛仔裤,一个淡青色衬衣的女孩子,染一头黄发。

校门口竖着一块木板的告示牌:"校园卡……,成本费30元。"在上海,我所在的大学的附属中学里,这种中学生必买的校园卡是免费提供的。L县的银行厉害。

走在回L家湾的路上,回望那渐渐隐入暮霭的学校的主楼,同事感慨万分:"我读书的那会儿,这学校不错的,被称为县里的四中,有很用心的老师,可惜现在都去了县一中!乡下的孩子再不能就近读好的学校了……"

这话似乎也不完全对。X家坳镇上,就有一所"民营"的"楚才学校",任课的都是附近几所中学的最好的老师,听讲的也都是从这些学校选送来的成绩靠前的学生。砂土地操场,一幢灰色的旧教学楼,二层楼梯的转角处,立着一面长方形的"正衣镜",镜框两边分别写着:"每日三省可以正衣冠,晨昏颂读可以正人心",仿佛与校名呼应,颇有一点气势。八月中旬,上海还在放暑假,这里却已经开课了,三十多度的气温,教室里坐满了人,热气直溢出窗外。我看了一楼的几个教室,在黑板前比比划划的,都是三十来岁的男教师,神情自信,手势和声音都很大。同行者中有刚从上海某重点中学毕业的,仔细看了黑板,说:"除了英文,别的课程一点都不比我们学的容易。"

本地的熟人介绍说,这里的学生,大多仍将学籍挂在原来的学校(例如X家坳中学),在这里读完了,再回学籍所在的学校参加中考或高考。"那学费怎么交?""当然要高一点了,一般高中,每学期的学杂费,加上生活费,不到两千元,这里是两千七八百元。另外,'楚才'向学生学籍所在的学校,每人付一百元。"民营学校在资格上受限制,不得不曲折行事,这我能理解,可是,那些学校怎么肯听任自己的优秀教师在这里上课呢?在教学楼的入口处,挂着一块小小的黑色大理石铭牌:"世界银行资助项目单位"。这么一个自己都不大能堂堂正正招学生的民营学校,居然拿到了世界银行的资助?真是拿到了,为什么铭牌那么小?我更觉奇怪了。

直到离开L县的那天下午,在县城第一中学,我才解开了这个疑问。县一中的一位老师听我谈到楚才学校,咧嘴一笑:"那不是民营!那是几个公立学校合起来办的,用民营的名义,集中好的生源和老师,提高升学率,也可以多收学费……"原来如此!那些骨干教师,其实是各自学校派出来的;L县一直是贫困县（脱贫还不到两年），那些合办楚才学校的公立中学中，完全可能有一所曾分到一点世界银行的资助款，既要用这个名目，名义毕竟不大正，那块大理石铭牌的小尺寸，也就可以理解了。"那么，有没有真的私人投资的民营中学？"我问。"有啊，西门就有一所，可老板不敢大投入，师资和硬件都差，招不到多少学生，你才开张，报不出升学率，一般家长自然不敢送子女来……据说去年亏了一百万！"

说到高考升学率，最硬气的自然是一中了。我们一进学校的主楼，劈面就见一张大表格，覆满了整整一面墙，上面密密麻麻列着被各地高校录取的本校毕业生的名单。第一至三格分别是：北京大学、清华大学、上海交通大学。引我们参观的教研组长语气十分自豪："我们每年都有一两个学生考进清华、北大的！考取本科的比例？百分之九十以上！"

一中的气氛的确不一样。校园中心是一个标准尺寸的椭圆形操场，修整得干干净净。隔着操场正面相对的，是红砖墙面的四层的旧教学楼，和用600万元新造的五层的主楼——因为用了香港富商邵逸夫的一百万元，所以也叫"逸夫楼"。敞亮的大食堂的入口上方，四个大字："膳食中心"。东北角的女生宿舍，是用教师宿舍改建的，粉红色的马赛克外墙，细格子的不锈钢防盗栅栏，网住了从一楼到顶楼的所有门窗和阳台。是午后一点多钟，太阳火辣辣地晒下来，校园里满是学生，眉清目秀，夹着书本匆匆而行，一会儿都不见了。"也是提前开学了？"我问教研组长。"是，已经开学了。放假也晚，整个七月都上课的。"他又笑着补充一句："这里不大管教育部的那些规定的。"

作为L县升学率最高的学校，一中显然不愁生源。教师的收入也不错，据说教毕业班的，一年能有三万元。教师的办公室外面停了一长排摩托车，其中有一辆本田牌的，漆色鲜亮。但是，学校仍然缺钱，"县里的拨款只能满足学校的一半需求，剩下的一半，就要靠自己想办法了。"教研组长说。办法之一，就是办在学校边门五十米之外的"育英学校"。老师都是一中的，收费则视学生的中考分数而定，比一中的录取线低五分的收多少，低十分的又收多少。平均下来，高中生一学期的学杂费是五千元左右（一中是两千元，一点不比上海的名牌学校少）。"伙食费呢？""一般一个月两百块吧。"我一算："那在育英学校读一个高中,要花三四万哪!"

尽管如此,许多想进一中而进不了的学生,还是去了"育英学校"。"这和上海一些重点中学的做法差不多了",我说。"是呀,你政府不给钱,叫我们怎么办?"教研组长头点得理直气壮。

出于职业兴趣,我每见到一个中学语文老师,总要问他:"你的学生课外读些什么文学名著?"在X家坳中学,得到的回答是:"我们这里……主要还是读课本上的那些文章,其他的不大读。"那位老师进一步解释:"语文是比较空的东西,真要学好,考出高分,很难的,同样的精力放在别的课程上,效果明显得多——这一点学生都知道。"别的几处地方,回答也都是如此。不过,在一中那幢红砖楼的一楼东头的一扇门边,我却看见钉着一个绿色的小木箱,上面写着:XX文学社投稿箱。

四、乡镇书店

三里畈有四家小书店。三家是私人的,格局差不多,单间的门面,却很深,两排长书架,靠近街面的都是簇新的"教辅"书,靠里面的是别的书——所谓"别的",主要是文学类,《安娜·卡列尼娜》,阿加莎·克里斯蒂,《池莉中篇小说选》,《三国演义》……"老板,你这些书",我指着文学类的书,"卖得快吗?""不好,销不动的,没什么人买……"连着两位老板都这样回答。看我神色有点失望,陪同的那位税务朋友说:"我在旁边,他们都不会说实话的,怕我加税。下一家你自己去看。"果然,第三家的老板,一个看上去才二十出头的小伙子,回答得很爽快:"有人买!附近中学的学生来买,我一般四五月份进书,到第二年春节,总能销掉两万块钱的书!"一年能卖出一千多本文学类图书,有这么多?

第四家挂着"新华书店三里畈营业所"的大牌子,我老远就看见了。可走近一看,那大牌子下面的主要的门面,已经用来卖服装了,旁边剩下的一间,才是书店。书架上稀稀拉拉没多少书,几乎全是"教辅"类,一侧的一个格子里,倒是有几本文学书,其中一本是《普希金诗选》,封面上一层灰,翻到版权页一看,竟是1986年出版的,定价:0.86元。

我去过的另外三个比较小的镇,包括X家坳,都各只有一家小书店,而且都挂着新华书店的牌子。情形也都和三里畈的那一家相似,门面相当宽,却几乎都只是卖教辅书。最典型的是X家坳的新华书店营业所,很大一间铺面,差不多一半的地方都堆着教材和教辅书,捆成一个个纸包,从地上码到一人多高。中年的女店员(承包人?)从空荡荡的柜台后面走出来,很勉强地应付我的问话:"我们是国营的!你是哪里的?大学老师?我有什么好担心的!……"最后,见我问个不休,她索性截断我:"你把身份证拿给我看看!"

幸亏我只遇到一个如此警惕的人。在中学的教室和宿舍里,路边的商铺中,同事的亲戚家,我都有机会从容地了解学生日常看些什么书。在L家湾附近一个村庄的兽医站里,主人见我对放在柜台上的课本发生兴趣,就进里屋又捧出一叠来:"这也是我儿子的"。不用说,所有这些场合,我看见的全是课本和教辅书,唯一的两本非教材书,一本是《红楼梦》(就放在那个兽医站的一叠书的最上面),另一本是当代作家路遥的《人生》,封面上都清楚地印着:"教育部推荐中学生阅读书目"。

在楚才学校的一间空教室里,我逐一查看那些整整齐齐摆放在课桌上的书簿,发现每一叠都夹着不止一本教辅书,我立刻想起了X家坳新华书店里的大堆的纸包,和X家坳中学那位语文老师的话:"我们这里……主要还是读课本上的那些文章,其他的不大读。"我更记起了三里畈的那位年轻的书店老板,当我问他:"都是学生来买你的文学书吗?老师们呢?"他笑了,仿佛是安慰我一般地说:"老师也有来买的。"

五、天堂宾馆

从L家湾依盘山公路往东北走大约七十里,有一处名叫薄刀锋的山岗,松林茂盛,山虽不高,但沿一里多长的山脊走一遍,还是很有些险峻的感觉的。在朋友W的陪同下,我们也去爬了一次,还得他照顾,住进了薄刀锋下的天堂宾馆,"是这里最好的宾馆!"W介绍说。

宾馆果然不错,背山而建,前面正对一个向下展开的山峡,峡中用坝拦出一个水库,水面碧绿。我们是傍晚到的,宾馆的餐厅里人声鼎沸,不断有人来和 W 打招呼:这是 X 镇财政分局的 X 局长,那是 L 县税务局的 X 主任,那边一大群,是 H 市里来的……都是熟人。

天黑了,当地的一位局长——朋友 W 的"铁哥们"——在宾馆附近的一家小饭店设宴招待。饭菜摆齐了,我刚想伸筷子,主人和另一位陪者(当地的派出所长)却站起来了,高举酒杯——都是白酒啊,要与我的同事和 W 一干到底!这一圈刚完,门外约好了似的,又一个接一个进来端着酒杯的人——都是刚才打过招呼的熟人,笑嘻嘻地,但却是非干了不可地,径直向 W 伸过酒杯去。窗外漆黑,风里透着一丝寒意,我周围却是热气腾腾,热诚的眼神,红脸,不断擦汗,声音一个比一个响。朋友 W 偏过脸来,高声对我嚷道:"我们这些人,不喝酒的时候有正气,喝了酒有豪气,都是好朋友!……"

我是上海人,毫无酒力,对这样的不挟一口菜、先灌下几杯去的豪情,真是十分羡慕。不过,我也看出了,这样的豪气之中,还有别的东西在。一位也是从门外进来的敬酒者,四十来岁,长身白面,"在 H 市干税务的",敬酒时就毫不掩饰地将一桌人分成了两等:和别人都是一杯见底,唯独对我那同事的两位旧同窗,如今是普通乡民的,他只瞟一眼,沾一下酒杯,就放下了,那两位本份人,则依然照规矩,一饮而尽。

酒酣饭足,一桌人三三两两往宾馆走。我身边是那位陪宴的高高的派出所长,看他三十岁都不到,却肥头大耳,胖得可以。"中国的老百姓就是素质差,不像人家西方人,以缴税多为荣!……"他很惋惜地摇头。忽然,一辆汽车亮着大灯在道旁停住,刚才饭桌上的主人已经坐在车里,说:县里的某稽查股长明天要来水库钓鱼,他现在下山去接,不能陪我们了……

我想起了上山前知道的一些数字:L 县全年的地税是三千万元(国税是四千万元),县财政局另外还能收两千万元左右的税费(例如农业税);全县财政收入大约是七八千万元一年。财政、税务、县委和县政府机关可以发足薪,但统计局、档案局之类就只能发百分之六十了……

晚上,同事回忆起和朋友 W 在中学时代的情谊和志向,对他和他的铁哥们的现状很担忧:"这人都不坏的,可就是这么吃吃喝喝惯了,住宾馆、钓鱼……什么社会责任、远大一点的理想都不想了！"他停住不说了。我和他同时意识到，我们也正住在这漂亮的天堂宾馆里……

六、一个问题

　　我是带着一个令我深深困惑的问题去 L 县的。这几年，"三农问题"逐渐引起全社会的关注，从政府到学界，主流的声音也越来越雄辩：要解决"三农"问题，首先必须大量减少农民——依据欧美和日本的现代化经验，走城市化的道路，让大部分农民变成城里人。可是，大批民工涌向城镇，城镇的接纳却愈益吃力，由此引起的种种矛盾，又迫使人们意识到，中国今天的情况已经与当初的欧美和日本大不相同：人口基数太大，自然资源明显匮乏，又无国境以外的空间可以转移就业压力，如果大批农民放弃了土地，却进不了城市，他们怎么办？这个社会又怎么办？于是，另一个主张提出来了：中国农村必须创造出适合自己条件的发展模式，应该将很大一个数量的农民留在土地上，在乡村——而不是城市里——创造新的生活。以我这样的"三农"门外汉的见识，我是很想赞同这后一个主张的。国情的不同是如此显而易见，全面的城市化并不可取。可是，在今天，要让大批的农民安心留在农村，这可能吗？或者说，国家和社会应该做哪些事情，才能使这个可能成为现实？这就是我的问题。

　　在 L 家湾，我第一次真切地设想：倘若政府切实地扶植农业、保障农民接受教育和医疗的基本权利，像我借住的这户人家，也就因此可以靠种地和养猪维持日用，还略有结余，付得起去镇上理发、购书、买衣鞋的费用，不用子女特别从城市接济，那么，这是不是一种可以留住农民的生活？在有些方面，它当然不能和城里比，譬如交通、货币收入、文化信息、卫生条件——我这主要是指厕所，若论一般环境的干净，至少 L 县的县城和三里畈、X 家坳那样的镇街，是远不如 L 家湾的。可在别一些方面：空气、水、食物的质量、听觉环境、人均绿色植被、资源的循环利用，等等，它都明显占优。还有一些方面，例如劳动（综合体力和脑力两种形式）强度、时间的自由支配度，则是互有优劣，难以比较。如果我们相信，城市和农村的一般生活形态，本就应该是不同的，那么，以中国目前的条件,像L家湾这户人家这样的生活(当然是在那些"倘若"能实现的前提下),是否就能使许多农民安心,成为他们在乡村创造新生活的扎实的基础?

在L家湾附近的一个叫做T家冲的村子里,我遇见一位不到四十岁、个子瘦小的党支部书记。他曾和村里的其他青年人一样,去上海打工。大约两年前,村(行政村,由靠近的几个自然村组成)里的党员们不满原支书的工作,将他缺席选成了新书记,他就回来了,还当选为乡人民代表。他骑一辆摩托车,一身泥尘,脸上是温和而歉疚的笑容:"对不起,来晚了,我正在那边搞修路的事……"我早已听说,为了从县里争取一笔拨款铺这条路(T家冲尚不通公路),他瞒报数据,将这个行政村做成了贫困村,为此自己少拿工资——在L县,村支书的工资是和村民的收入水平直接挂钩的。他一年多前就搭架子造新房了,可到我去的时候,房子还没完工:没钱。

虽然神情有一点腼腆,他却很健谈,坐下来说了没几句,就向我们介绍他近年向乡政府提交的两个提案,特别是今年的提案:"农村有文化的人都走光了,留下的人文化太低,所以要教育他们,我们现在有'村村通'(有线电视网?)嘛,所以我提建议,要进行文化和科技普及,上课,我在村里组织过,来得人太少,白天大家要干活……所以我现在计划把上课时间改在晚上,吃完饭以后、睡觉以前的这段时间。所以……"他近乎滔滔不绝地说着他的乡村建设的计划,一旁坐着的他的大哥却隐隐露出不屑的神情。同事说,十年前他第一次见这位青年人(那时还只是普通党员),就惊讶于他的"呆气"——以一般村民不用的书面语言,热烈地谈论改造农村的计划。"十年了,还是这样子!好人!"同事很用劲地说。

我不禁也很呆气地想:如果四处都有这样的人,如果他们的努力不断取得成功,农村是不是就会比现在多一些人气,能收拢更多的青壮年农民的心呢?

但是,L家湾同时又让我明白,有巨大的障碍挡在前面。首先是自然资源,正像那个早晨我们在后山看到的,只有大部分的青壮年放下锄头和砍柴刀,去城里打工了,裸露的山岗才能恢复生机、郁郁葱葱,这是不是就意味着,农村残存的自然资源已经无力继续承受如此庞大的人口,不论前途如何,大多数的青壮年农民都只能前往城镇?可是,与L家湾的生活相比,城里人的生活不是更消耗资源吗?

　　另一个是今日乡村的主流文化。文化的一个基本表现,是日常生活方式,而L家湾及其周边地区,衣、食、住、行,各个方面,都强烈地表现出一种嫌弃乡村、向往城市的趋向。似乎只有年纪比较大的农民(例如我借住的人家的主人),还基本保持——并且习惯于——农家的生活方式,年轻一代的农民,即便从城里打工回来,住在乡间了,他们想要过的,却是一种尽可能像城里人的生活。

　　在L家湾附近的两个村子里,我分别拜访过两幢平顶的二层砖房,主人都是从上海打工回来的。一幢造于四年多以前,除了水泥地面,几乎没有别的装修,二楼的房子大多空着,唯有主人的卧室是布置过的:一张双人床,两边床头柜,床左是窗,右边是一架双门大衣厨,正对床的,是一个差不多占满一面墙的组合柜——这正是十年前上海"新公房"里的通行样式。另一幢则刚刚造好,磨光地砖面的客厅,瓷砖墙面的厕所,所有门窗都装着木质护套,一律是上海流行的"咸菜色"!尤其引起我注意的,是客厅一角的塑料垃圾桶,套着黑色的塑料垃圾袋——完全是城里人的派头了。

　　不用说,这样的生活方式是更费钱的。就以垃圾来说,我借住的那户人家,全部生活垃圾一分为二:可食类——包括鱼骨头——统统倒进一个大桶,煮成猪食;非可食类(从瓜子皮到纸药盒)铲进灶膛,充当燃料。因此,墙角一支扫帚,加一把农用铁铲,所有垃圾都处理得干干净净,连畚箕都不用置备,又何需花钱去买垃圾袋? 当然,也很有可能,那新楼房里的塑料桶和垃圾袋,基本上是个摆设,日常的大部分垃圾,还是用农家的方式处置,并不真如大城市居民那样,每天换一个新塑料袋。但是,惟其如此,年轻一代农民选择生活方式时的这种一边倒的情形,就更加重了他们的实际生活负担:在这些新砖房里,不实用的文化符号式的物品,岂止是一个塑料垃圾桶?

　　不用说,新一代农民的这种选择,是社会教化的结果。在L县,我目力所及的范围内,几乎所有的新事物:镇上的建筑、商店里的货架和商品、公路上驶过的汽车、家中电视机播出的图像,更不要说县乡两级的大小公务人员——他们越来越多地将住家迁入城镇,也不必说L县以外的更大范围里的政治、文化和经济时尚了,一切都在刺激和布告农民:什么田坎、农舍、牛栏、猪圈……统统是粗陋的、落后的、必定要被现代世界淘汰的东西!只有城市:镇上、县里、省城、上海、美国……那里才是现代的世界!高楼、汽车、装着空调的办公室、灯红酒绿的大饭店……那才是理想的生活!这个社会的几乎所有的文化产品:广告、电影、肥皂剧、小说、报刊的专栏文章,"学术"论文……都汇入了鼓吹城市化、鄙弃乡村生活的潮流,即便一些偏僻的角落里,偶尔会冒出一两样别式的创作(譬如刘亮程的散文),也都迅速被这潮流淹没,沦为"农家土鸡"式的点缀,使人们更安心于享受城市的奢华。在这铁桶一般的"现代化"、"城市化"的主流文化的包围和熏染之下,农民除了向城里人的生活看齐,还有别的选择吗?和许多城里人相比,他们反而更轻贱自己的生活。

这样的乡村主流文化的形成,乡村的学校教育是一个特别有力的推动者。在访问L县的那些学校、看着学生们的年轻的面孔时,我不止一次地问自己:这些学校到底对L家湾们有什么用呢?除了向年轻人灌输对城市的向往,激发他们背弃乡村的决心,除了将那些最聪明、最刻苦、最能奋斗的年轻人挑选出来,送入大学,开始那成为城市中产阶级的"灿烂前程"——这是一所中学大门口的标语上的话,除了以这些成功者的例子在其余的大部分年轻人心头刻下无可减轻的失败感、进而刺激他寻觅其他的途径——从打工到贩毒——也涌向城市,这些学校还做了别的事情吗?在L县,我多次惊讶于村民对各种升学和高考讯息的熟悉,"那个学校不行,它的及格线只有……""不对,它是二本里面排在后面的!……"类似的言谈,已经成为这些显然是要终老乡间的人们的一个聚谈的热点。如果一茬一茬的农民都是抱着这样的热忱,不惜勒紧裤带,要将孩子们送进学校;如果他们也和周围的邻居们一样,看见孩子从学校毕业、回来务农了,就觉得脸上无光、家门不幸;如果孩子们从小就被推入这样的背水一战的紧张氛围,在这氛围的潜移默化中长大成人,那么,无论最后是否高考中榜,乡村的学生们对自己的家乡,进而对所有的乡村,都不会再有真正的认同,甚至也很难有真正亲近的感觉的。

那样一种感受生活的能力——让你既能拥抱城市的丰繁,也能懂得乡村的富饶;既能惬意地享受城市的便利,也能安心地品味乡村的从容,似乎正迅速地从我们中间消失。这消失是如此广泛,不但在上海,也在L县。

在这样的情形下,就是经济上"小康"了,手里有点余钱了,农村的年轻人又会怎样呢?他们会因此安心于留在乡村,重新开始珍惜已经拥有的生活,还是相反,觉得自己离城里人的生活更近了,于是更加跃跃欲试,怀着更大的期望涌向城市?说实话,我是觉得后一个可能更大些。

在L县度过一周以后,我沮丧地发现,我带去的那个问题,非但没有获得答案,它反而更加膨胀,更加复杂了。"三农问题"并不仅仅是来自今日中国的经济和政治变化,它也同样是来自最近二十年的文化变化。这些变化互相激励、紧紧地缠绕成一团,共同加剧了农村、农业和农民的艰难。因此,如果不能真正消除"三农问题"的那些文化上的诱因,单是在经济或制度上用力气,恐怕是很难把这个如地基塌陷一般巨大的威胁,真正逐出我们的社会的。

如果事情真是这样,那么,我们该怎么做?

2004年9月　上海

王晓明,男,1955年生于上海。1977年考入华东师范大学,1982年获文学硕士学位,留校任教。2001年开始在上海大学任教,2004年在该校创建文化研究系。主要从事文化研究与中国现代文学/思想研究。著作单行本有:《沙汀艾芜的小说世界》《所罗门的瓶子》《潜流与旋涡——论二十世纪中国小说家的创作心理障碍》《无法直面的人生——鲁迅传》《王晓明自选集》《半张脸的神话》《在思想与文学之间》《近视与远望》《横站》等。

编后记

2015年春节，一篇《近年情更怯——一个博士生的返乡笔记》的演讲稿在网上迅速蹿红，转发量惊人，随之上海大学博士生王磊光及其背后的家乡成为舆论关注的焦点。近几年，每次返乡过年，都有"文化人"记述与描写养育他们的家乡状况，尤其是中国城市化运动中的家乡变化，成为他们着墨的重点。在这众多的作品中，为何独有王磊光的作品流行起来？这引起编者的注意。

在《近年情更怯》这篇演讲稿中，作者从各个不同侧面呈现了"他眼中"的家乡世俗境况与人情冷暖，内容包括村民的住房、外出打工的父母与子女、回家的交通、留守老人与子女、葬礼、春节的力量以及知识的无力感等章节，可谓涉及当下农村的方方面面，且资料丰富，数据翔实。由于作者长期浸润在家乡的环境，对家乡怀有深厚的情感，加之作者特殊的身份——从偏僻农村考入大城市攻读文化学博士，专业关注的视野，城乡的巨大反差，自我的身份焦虑等所带来的强烈的内心冲突，汇聚成一种势能，通过笔端的文字，倾泻而出，这就使得作者的文字，具有了较强的感染力。我认为这也是引起广泛传播与关注的根源所在。

诚然，文以情为贵，人为情而动，只有具备了真情实感的文字，才会有感染力。但作者王磊光在感性表达与理性观察分析之间，还是尽量保持着一种平衡。由于作者对自己的家乡爱之深情之切，在描述一些现象时难免带有自己个人的主观色彩。——尽管这不是作者刻意要这样的。

本书是作者的"一家之言"，但它毕竟向我们展示了处于大别山区偏僻一隅的农村的"生动图景"，倘能借此引起更多人对当下农村问题，尤其是如何打赢脱贫致富攻坚战这一问题的关注与思考，幸莫大焉！

图书在版编目(CIP)数据

呼喊在风中:一个博士生的返乡笔记/王磊光著. —上海:复旦大学出版社,2016.1
ISBN 978-7-309-12042-4

Ⅰ.呼… Ⅱ.王… Ⅲ.随笔-作品集-中国-当代 Ⅳ.I267.1

中国版本图书馆 CIP 数据核字(2015)第 317712 号

呼喊在风中:一个博士生的返乡笔记
王磊光　著
责任编辑/李又顺　关春巧

复旦大学出版社有限公司出版发行
上海市国权路 579 号　邮编:200433
网址:fupnet@fudanpress.com　http://www.fudanpress.com
门市零售:86-21-65642857　团体订购:86-21-65118853
外埠邮购:86-21-65109143
上海市崇明县裕安印刷厂

开本 787×960　1/16　印张 16.5　字数 221 千
2016 年 1 月第 1 版第 1 次印刷
印数 1—8 000

ISBN 978-7-309-12042-4/I·964
定价:35.00 元

如有印装质量问题,请向复旦大学出版社有限公司发行部调换。
版权所有　侵权必究